Pieria Books

沓掛良彦
Kutsukake Yoshihiko

凍れる美学

定家と和歌についての覚え書き

東京外国語大学出版会

凍れる美学　定家と和歌についての覚え書き　目次

はじめに……9

第一章　詩歌における創新と模倣・文学作品の再生産……17
　　――「文学から文学を作るということ」
（一）和歌史における定家の功績とその後の和歌　17
（二）文学制作の手法としての「本歌取り」とその普遍性　42
　　――「文学から文学を作る」ということ
（三）「詩から詩を作る」ということ　47
　　――近・現代詩における独創性重視
（四）中国古典詩における「本歌取り」的作詩法　52
　　――伝統重視の「規範の詩学」と詩人たち
（五）ルネッサンス以後のヨーロッパの詩における「本歌取り」的手法　60
　　――典範として作用したギリシア・ローマの詩
（六）ローマの詩における「本歌取り」的手法　68
　　――模倣・翻案から独創へ
（七）ギリシアの詩における「本歌取り」的手法　73

——独創的な上代の詩人たち・ヘレニズム詩の「本歌取り」

第二章　凍れる美学または「点鉄成金」の詩学……85
——定家の唱える本歌取りの原理
（一）「本歌取り」の提唱者としての定家とその意義　85
（二）詩作の原理としての「本歌取り」・定家以前、源俊頼の否定的態度　94
（三）俊成による「本歌取り」手法の導入とその実践　106
——物語を背景とした和歌・和歌の物語化
（四）定家の唱える本歌取り・「凍れる美学」の理念　118

第三章　人工楽園の華麗な幻花・超絶技巧の饗宴……135
——本歌取りの歌瞥見
（一）定家の歌吟味　135
恋の歌三首／自然詠の歌・「凍れる美学」の歌二首／
春の歌二首・梅の花と月の歌

（二）俊成卿女の歌・夢幻的で艶なる世界　169
（三）藤原家隆の歌・「達者のわざ」　177
（四）鬼才藤原良経の歌・名歌二首　181
（五）後鳥羽院の歌・一代の絶唱／宇治の橋姫の歌　188

第四章　『新古今和歌集』あるいは地獄の中の人工楽園……199
――現実拒否の詩的宇宙
（一）万葉支持派対新古今支持派　199
（二）地獄の中に咲いた花・『新古今集』成立の背景　216
（三）『新古今集』の文学的到達点・言語芸術の精髄　229

第五章　付論・和歌とはどんな言語芸術か……245
――元横文字屋の異見
（一）いかにも「日本的な」詩文学　245
（二）これまでの和歌の定義　249

（三）異常に文学的生命の長い詩文学 253
（四）因襲の文学としての尚古主義による規範性の強さ、狭小な詩的世界 261
（五）社会性、思想性を欠く優美一途の繊弱な文学 274
（六）抒情的な、あまりに純粋に抒情的な文学
——その限界と功罪 293
主要参考文献……301
あとがき……307

凍れる美学

定家と和歌についての覚え書き

はじめに

　本書は、詩を中心とするヨーロッパ文学の一読者として、いささか長きに過ぎた一生の多くの時を過ごすかたわら、少年時代から漢詩にも親しみ、また詩文学としての和歌に格別の関心を抱いてきた老読書人による、藤原定家と『新古今集』、さらには和歌全般をめぐる随想である。これは『和泉式部幻想』、『式子内親王私抄』、『西行弾奏』に続く、和歌をめぐる私の四番目の著書だが、それらと同じく、専門家、国文学者による本格的、学問的な研究でもなければ、短歌の実作者あるいは歌人による歌人論でもない。一老骨が、日本人の抒情の核心をなすものとして実に一三〇〇年近く続いた古典和歌という言語芸術について、定家という詩人（歌人）に焦点を当てて、一読者として長年抱いてきた思いや疑念を忌憚なく洩らしたものである。本書を書くために、その同工異曲に辟易しつつも三万首を優に超える和歌を通覧し、国文学者をはじめとする先学諸家の著作にも一通りは眼を通しはしたが、それはたとえ門外漢からの立場からであるにせよ、和歌について何事かを述べる以上は、それに関する最小限の知識ぐらいは身に着けておかねばならぬと心得てのことである。学術書ではなく、あくまで古典和歌の一アマトゥールとしての立場から、詩人としての定家や和歌に関して著者が積年にわたり抱いてきた思いを開陳したものにすぎないことを言っておきたい。

　と同時にこれは、「文学から文学を」、「詩から詩を」作るという古来東西古典詩に広く見られる作詩法において聳立《しょうりつ》した存在であり、また詩技の巧緻という点では際立った存在であって、まさしく東西古典詩史上異彩を放っている一種天才であった藤原定家という詩人に捧げるオマージュでもある（本書では定家をはじめとする歌人たちを、あえて原則として「詩人」と呼ぶことにする。「歌人」という名称はわが国でのみ通用するものであって、世界の古典詩の中に置いてみれば、和歌はまぎれもなくわが国固有の伝統的抒情詩にほかならないからである。その作者は「詩人」と呼ばれてしかるべきであり、和歌の作者だけを「歌人」と呼んで世界の古典詩作者と区別することは、それだけで和歌という言語芸術を、東西の古典詩の中に置いて考える妨げとなるからである）。

断っておかねばならないが、私は定家を神のごとく尊崇し、夜中に定家のことを想い出しただけで物狂おしくなると語った自称「定家宗」の信徒正徹《しょうてつ》の徒ではないから、詩人としての定家を一方的に賛美するつもりはない。ましてや「定家を蔑する輩は冥加あるべからず。罰をこうむるべきなり。」などと、毛頭思っているわけではない。

好悪の感情を言うならば、和歌で私が好むのは西行の歌、和泉式部の歌や純なる魂の滴りとも言うべき良寛の歌、「独樂吟」の作者　橘　曙覧《たちばなのあけみ》の歌などであって、作者の熱い血や魂の鼓動が伝わってこない定家流の「凍れる美学」に支えられた歌ではない。だが正岡子規や斎藤茂吉以来の万葉びいきの詩人や歌人たちのように、定家とその一派の新古今詩人たちの歌を、作者の血の通っていない作り物、「虚仮威《こけおど》しの鬼面」（土屋文明）などと貶下《へんげ》するつもりは毛頭なく、好悪の感情は別として、もっぱら純粋に言語芸術としてそれを高く評価しているだけのことである。

ことばの芸術、古代・中世の詩として眺めた場合、一三世紀という時代に、フランス象徴派の詩人たちにはるかに先立って、あれだけ高度な象徴性を帯びた巧緻きわまる作品を生み出した、稀代の「歌作り」、後鳥羽院の言う「生得の上手」としての定家という詩人の技量には、やはり感嘆せざるを得ないものがあることは確かだ。そこを強調したいのである。それゆえ本書の意図するところは、「詩から詩を作る」という技法にかけてはほとんど古今に冠絶した存在である稀代の詩技の天才、超絶技巧変奏曲の名手、稀世の手練れの「歌作り」としての定家の貌を、中国の古典詩や横文字の詩文学などを念頭に置いて窺ってみようとするところにある。これは綿密かつ実証的な考証だの論証だのといったものとは無縁な、主観的、というよりは独断と偏見による定家とその周辺をめぐっての随想であり、ヨーロッパ詩を学んだ者による和歌私論でもある。定家という特異な詩人の詩法・詩学をめぐって私見を披歴する傍ら、付論という形で、国文学という狭隘な閉じられた世界を離れて、東西の古典詩というより広い世界に引き出してみた場合、詩文学としての和歌には、言語芸術、韻文作品としてどのような特色が認められるのかということを念頭に置いて書いたものである。これはかつて私が『和泉式部幻想』という本を書いたときにも念頭にあったことで、東は漢代西は古代ギリシア以来、中国の女性詩人や近代までの全ヨーロッパの女性詩人たちの中で、和泉式部に比肩しうる女性詩人は稀であって、彼女が前七世紀から前六世紀にかけて活躍したサッフォーに比肩しうるほどの一高峰であるということを、わが国の読者に言いたかったのである。またその恋の歌が、唐代の女流詩人魚玄機やフランス・ルネッサンスの詩人ルイーズ・ラベの悲恋の詩に、極めて似通ったところがあるということも言っておきたいことであった。

定家の歌にしても『新古今集』という歌集にしても、さらには和歌全般にしても、それを内部からのみ見つめるのではなく、東西の古典詩というより広い世界に置いてみれば、その特質や位置、古典詩としての文学的到達点、詩的完成度といったものがより正確に測定できるのではなかろうかという気もするのである。

定家をあつかった本書で、付論としておこがましくも「和歌とはどんな言語芸術か」という一章を設けたのは、実は私自身が専門家からそれを聞きたかったからにほかならない。それを知ろうと、これまで和歌に関する国文学者たちの著作のいくつかに眼を通したが、和歌とは何か、何がそれを詩文学として特色づけているのか、和歌に固有の特質とは何か、韻文芸術としての和歌には、海外の抒情詩などとは異なるいかなる特色があるのかということを、十分に納得できるほどに説いた書にはついに出会わなかったからである。やむなく一介の門外漢の異見という形で、和歌について私が考えてきたことや感じていることを、披歴したまでの話である。特に新たな発見があったというわけでもなく、すでに言われていることばかりで、偶々私がそれに無知であるだけかもしれない。「いや、和歌とはさようなものではない、汝の考えは誤りである。これこそが言語芸術としての和歌というものである。」と私の謬見を正してくださり、和歌とはいかなる言語芸術か、門外漢にも十分に得心がゆくように説き尽くしてくださる専門家が現れることを切に望むばかりである。

長らく詩を研究してきた者として、私は「文学から文学を、詩から詩を作り出す」という詩作の手法にとりわけ関心を抱いてきた。ヘレニズム時代のギリシアの詩を読むと、そこに、完成しきった古典詩を前にして詩作に苦しみ、「詩から作られた詩」を生むことに活路を求めた詩人たちの詩と『新古今集』との不思議なほどの相似性を見出し、おのずと両者の比較が意識に上るのである。さらには典故の多用という形で中国古典詩に一貫して流れている、先行の詩を意識しての詩作の態度や、江西詩派の開祖とされ、いわゆる「点鉄成金」の詩学で知られる黄庭堅などの詩にふれるにつけ、否応なしに本歌取りに詩作（詠歌）の原理を見出した定家のことを考えずにはいられない。またその詩文学全体がギリシア詩の圧倒的な影響下にあって、それを手本として生み出されたホラティウスをはじめとするローマの詩人たちの作品や、江戸時代の荻生徂徠一派の擬唐詩を想起させるルネッサンスのラテン語詩人たちを読むにつけても、ロンサールなどプレイヤード派の詩人たちの生んだギリシア詩の模倣・模擬、「本歌取り」的な詩を読むにつけても、本歌取りの稀代の名手、「詩から詩を作り出す」魔術師的な詩人としての定家という存在を、やはり思い浮かべずはいられない。これは私が和歌を愛する日本人だからであろう。

個人的なこだわりかもしれないが、私としては、わが国が生んだ「詩から詩を作る」という作詩法の天才である定家という詩人を、ひとまず和歌史のコンテクストから解き放って考えてみたい。定家とその周辺の詩人とその作品を、国文学という狭い枠組みを越えて、より広い視野から改めて見直したらどう映るかということが脳裏を去ることがないのである。ヘレニズム時代のギリシア詩、ローマの詩、ルネッサンスのラテン語詩、一六世紀のプレイヤード派の詩などを中心とするヨーロッパの古典詩、それに中国古典詩などを念頭に置いて、定家とその周辺の詩人たちを読み直し、もっぱらその詩作の手法、技法に視点を据えて眺めてみたいという誘惑を捨て切れないままに、今日に至っている。以下本書で五章にわたって述べることどもは、そんな誘惑に駆られての、定家と和歌をめぐる閑人による放談である。詩を論じた文が学問でならなければならない理由はないと思う。和歌にしても、これを学問的、実証的に論じることのみが意味をもつわけでもあるまい。これは世に言う「比較詩学」、比較文学だのといった本格的な学問的作業ではなく、あくまで和歌を愛する一老読書人の随想であり。閑業であることを、お断りしておく。

そういう次第で、本書での試みは、和歌に関する専門的知識や学殖を欠いた一介のヨーロッパ詩の研究者による、定家と和歌に関する極めて主観的かつ独断的な異見にすぎない。和歌研究の専門家たちから見当違いな放言として一笑に付される惧《おそ》れは多分にある。だが定家という詩人や『新古今集』、さらには和歌全般を「他者」の眼をもって眺めることで、ひょっとしたらこれまでには言われてこなかった新たな側面が浮かび上がってくるのではないかという、かすかな期待がないわけでもない。他者の眼をもって和歌を考察することにより、これまで国文学者、和歌の専門家たちが気づかなかった和歌の一特質をみごとに開示してみせたツベタナ・クリステワの大著『涙の詩学』が、その可能性を示唆しているように思われる。ただし彼女の場合は、和歌に関する専門的な深い学殖があっての上での発見だが、私の場合は一介の和歌愛好家の気ままな放談であるから、同じレベルであつかうことはできない。

「他者の眼をもって」などと言ってしまったが、所詮は日本人の一読者として和歌に親しんできた私が、クリステワのような他者の眼をもつことはむずかしいことも事実である。それでもギリシア・ローマの詩をはじめとするヨーロッパの詩に長らく親しみ、また多少はその研究めいたことに多く時を費やしてきた者が和歌を眺める眼は、国文学者のそれとはおのずから異なっているであろう。

ともかく定家や和歌に関して、かような異見を抱いているヨーロッパ詩の一読者がいるのだと、知っていただくだけでもよい。それが多少なりとも刺激になって、和歌を愛する人々が、定家とその周辺の新古今の詩人たちや和歌というものを、より広い視野から眺めるきっかけになるようなことがあれば、著者としてよろこびこれに過ぐるはない。門外漢の気楽さで私が吐いた和歌に関する放言が呼び水となって、本書などとは比較にならない、学問的で、より精密精緻な「比較詩学」的な和歌研究が出現するようなことがあれば、まさに望外の幸せというものである。それには和歌のみならず和漢洋の詩文学に精通した研究者たることを要するが（加えてイスラム圏の文学にも通じていればなおよいが）、あるいはクリステワに続いて、海外の和歌研究者の中からそれを成し遂げる人物が出てくるかもしれないし、この国でも隆盛を極めていると聞く比較文学の研究者が、それに乗り出す可能性も考えられる。

あらまほしいのは、新進気鋭の和歌研究者が著者の無知、本書の不備や謬見に驚きあきれて瞋恚《いかり》に駆られ、「耄碌老人の書いたこんな非学問的ないい加減な本ではだめだ、乃公《だいこう》出でずんば」と憤激発奮して、東西古典詩に目配りをした上での、広い視野からの和歌研究に積極的に挑むことである。さすれば本書もまったくの捨て石とはなるまい。

第一章　詩歌における創新と模倣・文学作品の再生産

――「文学から文学を作るということ」

（一）　和歌史における定家の功績とその後の和歌

詩人（歌人）としての藤原定家（一一六二年－一二四一年）と言えば、その名が広く世に知られているのは、なんと言っても『新古今集』という歌集を特徴づけている「本歌取り」という詠歌の技法の世にたぐいなき名手、和歌史上一際強い光芒を放っている人物としてであろう。「詩から詩を作る」というこの技法・手法は、先に一言ふれたように古来東西古典詩に広く見られるものだが、そのような文学作品制作において、この詩人ほど目覚ましい成功を収め、独自の詩的世界を築きあげた存在は稀である。定家は「本歌取り」という詠歌の技法の創始者でこそないが、それを明確な意識をもって詩作（詠歌）の原理として据え、それによって和歌の世界に新たな可能性をもたらし、純粋芸術としての和歌にさらなる詩的価値を添えたことで、和歌史の上で特筆すべき位置を占めている。和歌の世界での風雲児、異端であるこの人物は、知力のかぎりを尽くして、詩的言語としての日本語の可能性を極限まで追求したという点で、和歌史上唯一無二の存在だと言っても過言ではなかろう。「歌から歌を」作り出し、現実世界を超えた人為的、人工的な美的世界を作り出して、和歌を東西の中世詩・古典詩の中でも稀に見る高い位置にまで引き上げたのが、この畸人である。彼自身がこの作詩法を実践しみごとな成果を上げたばかりではない。それを和歌革新のための作詩の手法として掲げ、その旗印のもとに彼に従った詩人たちとともに、『新古今集』という歌集で、わが国の韻文芸術の一頂点に立つ、現実を超えた詩的世界を築きあげるという、まさに画期的な大仕事をやってのけたのであった（職業詩人としてその行為が、有閑貴族の風流韻事でもたわむれでもなく、もはや過去のものとなりつつあった王朝文化の残照余映の中で、無力な貴族階級の一員としての定家たちが、そのレゾン・デートルとして、己が生命と命運を賭してなした必死の所業であったことは、第四章の一節「地獄の中に咲いた花」でやや詳しく述べることとする）。

総じて国や時代の異なる詩歌や詩人の相対的評価や位置づけをおこなうことは、正直言って極めて困難である。対象を古典詩に限り、それを抒情詩にしぼって考えても、どの時代のどの詩人を第一級の詩人、大詩人とみなし、どの詩人を群小詩人、マイナー・ポエトに数えるかという問題はかなりデリケートである。時代の好尚によっても、文学主潮によっても評価は異なるし、個人によっても異なる。「わが仏尊し」で、人は自分の研究している文学者や自国の文学を過大に評価しがちなものだし、ただ偶々研究対象としているからという理由で、外国の文学者をむやみにありがたがったりしがちである。それを承知であえて言い切ってしまえば、藤原定家という詩人は、東西古典詩の作者・詩人たちの中でも、第一級の詩人の一人に数えてもよい、というのが私の評価である。

むろん定家は李白、杜甫、ダンテ、ペトラルカ、ゲーテのような大詩人ではなく、柿本人麻呂、芭蕉に比べても詩人としての器はごく小さく、その詩的世界は狭隘である。だが中世初期というあの時代に、当時のヨーロッパの俗語詩の水準などとは隔絶した、洗練を極め、巧緻のかぎりを尽くした高度に象徴的な詩を作ったという点では、東西古典詩史の上で冠絶した存在であることは否定しがたい。定家とその周辺の詩人たちが『新古今集』で成し遂げた詩的達成は、彼らが生きていた時代のどの地域、どの国の詩人たちのそれに比べても、いささかも遜色がない。詩的完成度という点では、それらを優に凌駕するものであったと断言してもよい。思うに定家という詩人は、一二世紀から一三世紀にかけての東西古典詩史の上で、最もまばゆい光芒を放った詩人ではなかろうか。少なくともそのような詩人の一人であることは間違いない。

定家が活躍した時代は、東洋における詩の王国である中国では、南宋は金を滅ぼして中国北部の支配者となっていた元の脅威にさらされて滅亡の危機に瀕しており、中国古典詩の黄金時代である唐詩の世界はすでに遠い過去のものとなっていた。それに続く銀の時代である宋詩の世界も、もはや頂点を過ぎ、詩は市民層へと広がったものの江西詩派の小詩人たちがいるのみで、その文学的水準は低下していたと言ってよい。定家とほぼ同時代のすぐれた詩人としては、南宋に先立って元に滅ぼされた金の詩人元好問が目立つ程度である。もっともペルシア古典詩は一三世紀に傑出した詩人サアディー、神秘主義詩人ルーミーを生んでおり、それに先立ってフェルドゥースィー、オマル・ハイヤーム、ニザーミーといった傑出した詩人たちを輩出しており、次の一四世紀には抒情詩の巨星ハーフェズを生んでいる。

当時のヨーロッパは中世ラテン詩の世界ではかなりの水準の詩を生んではいたが、俗語による抒情詩は誕生してまだ日も浅く、文学言語の成熟が遅れたため、詩的・芸術的完成度から言えば中国古典詩や和歌に比すべくもなかった。かの地では、まだ歌謡の域を脱していない詩の作者である南仏のトルゥバドゥール、北仏のトルゥーヴェール、ドイツのミンネゼンガーたちが活躍していた時代であった。大詩人ダンテやペトラルカが活躍するのは、定家の時代より一世紀後の一四世紀のことである。

定家をはじめとする新古今の詩人たちを最も大きく特徴づけているのは、詩句の洗練、巧緻のかぎりを尽くした繊細優美な表現などだが、同時代のヨーロッパにはそれに比肩しうる詩人はいない。ギリシア・ローマは別として、詭巧を凝らした詩技の巧緻という点にかけて、新古今の詩人たちに匹敵する詩人がヨーロッパに現れるのは、世に「ゴンゴリズム（誇飾主義）」として知られる巧緻を極めた詩技を弄して、晦渋な詩を書いたことで知られる、一六世紀から一七世紀にかけ活躍した、スペイン・バロック期最大の詩人ゴンゴラを待たねばならない。あたかも定家の歌が、その前衛的で大胆な、当時の詩人たちの眼には奇矯と映った難解な表現によって「新《しん》儀《ぎ》非《ひ》拠《きょ》の達磨歌」と非難を浴びたように、ゴンゴラもまたその奇矯にして晦渋そのものの表現によって、囂々たる非難を浴び、近代に入るまで理解者を得られず、評価されることもなかった。国と時代こそ違え、定家はゴンゴラの先蹤者とも言うべき存在である。

ではその定家は、より具体的には何をなしたのか。『古今集』でひとまず王朝和歌という形で古典的な抒情詩として完成を見た後、これを含む『後撰集』、『拾遺集』のいわゆる三代集以後、和歌は次第に創造性を失って下降線をたどり、質的に低下しつつあった。その危機的状況は、定家自身のことばで言えば、

むかし貫之、哥の心たくみに、たけをよびがたく、ことばつよくすがたおもしろき様をこのみて、餘情妖艶の躰をよまず。それよりこのかた、その流をうくるともがら、ひとへにこのすがたにおもむく。ただし世下り、人の心劣りて、たけもをよばず、ことばもいやしくなりゆく。いはむやちかき世の人は、ただ思ひえたる風情を三十字にいひつづけむことをさきとして、さらにことばのおもむきをしらず（『近代秀歌』）

という有様であった。和歌が『古今集』に見られた格調を失い、安易な模倣に流れてついに救いがたいまでの状況に陥っていたことへの危機意識が、このような厳しい批判のことばとなってほとばしっているのである。それに先立って藤原俊成もまた『古来風躰抄』で歌の衰退を嘆いて、「詞に至りてはいひ尽くしければ、珍しき詞もなく、目留まるふしもなし。」と言っており、鴨長明はそ

れを彼の歌論である『無名抄』で、

拾遺より後其さま一つにして久しくなりぬる故に、風情やうやう盡き、詞代々に古りて、この道時に隋ひて衰えゆく。

と言い切っている。様式化が進み、ただ『古今集』を範としてそれをなぞるだけの和歌はマンネリ化・硬直化して創造力を失い、行き詰まり、文学としての生命力を保つためには革新を必要としていた。もはやなんらかの新しい作詩法に拠らないかぎり、新味のある新たな歌を詠むことは不可能だと感じられる状況にあったのである。俊成はそれを痛感し、和歌革新の意図をもって本歌取りの手法を導入したが、それはまだ同時代の歌を大きく変貌させ、それをいっそう高次なレベルに引き上げるというところまではいかなかった。そんな王朝和歌に空前絶後の大胆な革新をもたらし、ほとんど異次元と言ってよいほどの飛躍を遂げさせたのが、定家というまさに天才の名に値する詩人であった。

定家は停滞していた和歌をドラスティックに改革し、純粋詩として一段と飛躍させるために、父俊成がつつましい形で実践した「本歌取り」という技法を、詩作の原理として高々と掲げて大胆に実践した。それによって『古今集』以後三代集を経て下降線をたどり衰微しつつあった王朝和歌に、新風を樹立し、新たな詩的生命を吹き込んだのである。それは近代における文学運動のような大がかりなものではなく、歌を詠む宮廷貴族というごく限られた文学的世界での革新であったが、和歌という言語芸術を大きく変貌させたという点では、格別の意義をもつものであった(もっとも、それが和歌の純粋芸術化や尖鋭化とひきかえに、その詩的世界を狭隘なものとし、豊饒さや多様性を奪ったというマイナス面もあったことは否定できない)。

この詩作の原理の実践によって和歌の純粋芸術化をいっそう推し進め、詩的完成度を高めたのがこの人物であって、詩人としてのその功績は実に多大なものがある。「純粋詩」(poésie pure)という観念は、ヴァレリーやマラルメなどが詩のあるべき姿として追求したものだが、定家を早くに出現したその先蹤者と見ることは、あながち見当はずれではなかろう。

萩原朔太郎は「純粋詩としての新古今集」と題する文で、それに関して次のように言っている。

新古今集の美しさこそ、東西古今の抒情詩で、この世にたぐひなきものであらう。ここには、あらゆる文化人が思念する詩歌のフォルムの、絶頂的最高峰に行き盡したものがある。それは「詩」といふ文學の中から、そのすべての文學的素材を除去して、言葉を純粋の音樂に代へてしまつたのである。

新古今をよく知る詩人朔太郎の右のことばは、決して詩人の思い込みや独断ではないし偏狭なナショナリズムやショーヴィニズムの発露でもない。東西の古典詩をなにほどか知る人は、それが否定しがたい事実であることを納得するはずである。詩人としての定家は、「本歌取り」を詩作の原理として正面から掲げ、その詭巧を凝らした前衛的で難解な詩風を「新儀非拠の達磨歌」と謗られながらも、果敢に実践して虚の世界に遊ぶ華麗妖艶な美的世界を築きあげたのであった。それによってその時代までに宮廷貴族社会での社交の具であると同時に、みやびの文学としても洗練されたかなり高度なレベルにまで発展していた和歌を、当時の韻文芸術としての極度に高いレベルへ押し上げる役割を果たしたと言ってよい。彼は、平安朝の女房歌から発して、それまで和歌に宿っていた貴族社会における男女の優雅な会話、社交の具としての遊戯的な性格を可能なかぎり払拭し、そこから日常的な匂いを消し去って、それを「純粋詩」へと近づけることに成功したのである。それは、和泉式部の歌に見るような、それまでの抒情性豊かな心情流露の器としての古代和歌の終焉を告げるものであり、短命に終わった、より高次な「芸術作品」としての和歌の誕生でもあった(本歌取りすなわち「詩から詩を作る」というこの手法・技法による和歌の制作は、和歌から「うたう」という抒情詩としての本来の性格を奪い、それを人間の魂の存在が感じられない、氷結した冷たいガラス細工のようなものに変質せしめたというマイナス面もあった。詩技のかぎりを尽くして表現の可能性を極限まで追求したため、和歌は『新古今集』で妖しく華麗な花を咲かせた後は急速にしぼみ、その後眼に見えて質が低下してゆくこととなった。美的マニエリスムが行き詰まり、行くところまで行った後に来たのは、マンネリズムによる和歌の質的低下、形骸化であり、衰退であった。定家という詩人を考えるには、その功罪両面を併せて考えねばなるまい)。

王朝和歌は一面においては皇室の権威を光背とする文学であったが、同時に宮廷貴族の間での社交の具であり、洒落た挨拶であって、本来詠み捨てにすべきものであった。それは宮廷貴族の生活の一部であって、そこを場として成立していたのである。定家は芸術家としてそれを嫌い、拒否した。折口信夫は「俊成は、眞實、短歌を文學にしようと努力した。其為に、抒情詩に這入るか這入らぬか問題な程、叙事的内容をもたせようとした。言ひ替へれば、短歌を一つの小説あるいは戯曲為立てにして來たのだ。」(「新古今前後」)と言っているが、俊成のこのような態度を徹底的に推し進め、完成させたのが定家だったのである。当時の日本には、古代ギリシアと同じく、「文学・文芸」に相当する、言語芸術をあらわす総称はなかったし、「芸術」に相当することばもなかったが、定家は明確な文学という意識をもっていた。それは、すぐれた詩才を有しながらも職業詩人ではなく、帝王として、和歌を宮廷社会の社交の具としての性格を担ったものにとどめ置きたかった後鳥羽院をいらだたせ、こんな非難のことばを吐かせるほどのものであった。

『後鳥羽院御口伝』で院は言う、「総じて彼の卿の歌、いささかも事により折りによることなし。」と。つまりは丸谷才一が言っているように、院は定家が文学であると同時に、貴族社会の日常生活を彩る優雅で洒落た挨拶でもあった和歌から、そういう性格を払拭して純粋な芸術作品としようとしていることを難じているのである。院はすぐれたアマチュア詩人として、定家が和歌を極度に芸術化し、職業詩人の狭い社会の専有物としようとしていることに、我慢がならなかったのであろう。要するに帝王と芸術家の対立である。歌はあくまで余技であり、大教養人であったばかりか、音曲、蹴鞠や弓馬の道にも長け、膂力《りょりょく》あくまで強く鍛刀の技まで心得ていたという帝王と、歌がすべての詠歌の鬼である芸術家が相容れるはずがない。院が定家を詩人として高く評価しながらも最後には忌み嫌い、非難のことばを吐いているのも当然と言えば当然のことであった。

和歌の純粋芸術化という目的実現のために、「本歌取り」という詩作の原理を掲げ、「詞《ことば》は古きを慕ひ、心は新しきを求め」て歌を詠むことを唱えまた実践し、「古人の陳《ふる》びた言《ことば》」を取ってそれに新たな生命を吹き込み、本歌をも凌ぐほどの芸術性の高い作品を生み出した詩人が、後鳥羽院に「傍若無人」と評された癇癪もちの偏屈男で、人間としてはいささか奇矯なこの人物である。みずから「歌作り」と称し、「知恵の力もて歌作る」ことに詩人・芸術家として生命を賭けていたこの男は、亡母の追悼の歌を作ってもそこに亡母哀傷の心情が露ほども見られない、

たまゆらの露《つゆ》も涙もとゞまらずなき人こふる宿《やど》の秋風

というような、己の姿を亡母を偲んで涙している一人の人物として、文学的、絵画的に美しく造型せずにはいられないほどの根っからの非人情な芸術家であり、まさに「詠歌の鬼」そのものであった。母に鍾愛された子であり、その死に際しては「わが身ひとつのことになむ侍りける」との嘆きをもらしたほどの悲嘆にくれていたにもかかわらず、いざ追悼歌を詠むとなると、真情吐露よりも芸術的造型に心を摧《くだ》かずにはいられないのである。この歌のどこからも慟哭は聞こえてこない。感

傷に流れることを嫌う定家の内なる芸術家が、亡母追悼という最も私的な心境を詠んだ歌においてさえも、技巧を凝らすことなく真情を吐露することを許さないのである。亡母を慕うという最も私的、個人的な感情を詠ってもなお、それを母に捧げる悲歌とするよりも、私情を離れた一首の美しい秀歌に仕上げずにはいられない男であった。

同じ折に彼の父俊成が、鍾愛したその妻美福門院加賀を偲んで、

まれに来る夜《よ》はもかなしき松風をたえずや苔《こけ》の下《した》にきくらん

という、肺腑を絞り出したような情緒纏綿たる哀傷歌を詠んでいるのと、なんという相違であろうか。もっともこの歌にしても、折口信夫に言わせると、「此はやはり小説である。文學に對する素朴な鑑賞ですんだ時代は同感したらうが、我々から考へると、當然のことで、そんなことをことごとしくいふ俊成の心が、冷かである。」と突き放されてしまう。いかにも定家自身が認めているように、俊成はまことの抒情詩人、「歌よみ」であり、定家は「知恵の力もて」歌を作る「歌作り」であった。後鳥羽院の言う「生得の上手」そのものであった。世に一事に異様に熱中熱狂する人間のことを「何々狂」と言うが、それを言うなら定家こそは「歌狂」の最たるもので、事実「心神常に違乱」のその人物像には、天才の常としてどこか狂気に近いものが漂っているのが感じられるのである。大著『藤原定家の研究』で石田吉貞が言っているように、その狂的なものが無常感への反

抗に出るものかどうか私には見当がつかないが、広瀬旭荘の詩句にある「醒めて猶狂」とはかかる人物を言うのではあるまいか。そう言えば哲学者だが詩人でもあったプラトンは、詩は狂気の産物であると言っている。

『明月記』から窺うかぎりでは、定家とはなんとも奇矯な人物ではあるが、芸術家そのものであり、一種の天才であることは間違いない。定家を嫌い彼が天才であることを否定する人でも、この畸人が稀代の鬼才、奇才であることは認めざるを得まい。彼が八〇年に及ぶその生涯に生み出した四二〇〇首余りの歌は、むろんそのすべてが傑作というわけではないが、鴨長明の言う「一詞に多くの理を籠め、**現さずして深き心ざしを尽くす**、見ぬ世の事を面影に浮べいやしきを借りて優を現す。」（太字――引用者）という彼の歌、少なくともその最良の部分は、和歌史上のみならず夙に高度に完成した象徴詩の域に達したものとして、東西の古典詩の上でも極めて高く位置づけるに足るものだとあえて断言したいところだ。とりわけ正徹《しょうてつ》が「定家に誰も及ぶまじきは戀の哥なり。」と絶賛した恋の歌にかけては、ヘレニズム時代にたぐいなき恋愛詩の名手として詩名を馳せたギリシアの詩人メレアグロスや、恋愛詩によって名高いローマの詩人ティブルルス、プロペルティウスにまさるとも劣るものではない。その歌の詩的結晶度の高さは、大詩人ペトラルカの詩にもひけをとらないものと私の眼には映る。

恋の歌の名手でありながらみずからは恋愛に縁が薄かったと見える、この癇癖が強く陰気で畸人としか言いようのない人物が、多くは女性の身になり代わり、悲恋の諸相を絢爛たる措辞を駆使して華麗に詠いあげている様は、まさに一奇観である。非現実的な虚の世界にたぐいない繊麗巧緻な仮象の美を現出せしめしたその手腕には、詩的想像力というものの可能性の大きさを感じさせずにはおかないものがある。現実生活では恋無き男だけに、逆に詩的想像力によって虚の世界で妖艶華麗な恋の歌を作り上げることに、詩人としての全エネルギーをそそぎ、詩心を燃焼させたのであろう。前記石田吉貞は、「定家の生活の根底にあるものは、要するに底ひなき暗さであった。その精神生活も經済生活も肉體生活も、すべて深刻なる暗さでないものはなかつた。」と言っているが、その暗黒を基底にもつ定家が、世にも妖艶華麗な歌を生み出したのである。石田によれば定家の歌の華やかさは、暗きものへの美による反抗であったという。石田はそれを頽唐精神であるとしている。そこからあの華麗な歌に見られる官能美を強く求める態度が発しているのだというのである。正鵠を射た見解である。

定家とその一派が生み出した「まねび歌」つまりは本歌取りによる和歌は、非現実主義の上に立ち、「歌の大事は詞の用捨にて侍るべし。」と彼が言っているように言語表現を過度なまでに重視し、修辞主義に傾いた詩文学であり、唯美主義の文学、耽美的で作者の魂の鼓動も息吹も感じられない非人間的、人工的な「凍れる美学」によって作られた幻想的な詩的世界である。萩原朔太郎が「繊麗巧緻な織物美」と呼んでいるもので、美しい嘘の結晶だと言ってもよい。定家は「心なき歌はわろきにて候。」などと嘯いてはいるが、その「心」なるものは氷結していて、熱い魂などとは無縁である。なにぶん愛する亡母への哀悼さえも、純粋な美に昇華させずにはいられない男なのである。定家はむしろ正直に「美なき歌はわろきにて候。」と言うべきではなかったかとさえ思われてくる。まことに『新古今集』ほど「狂言綺語」というレッテルがふさわしい歌集もなかろう。意地の悪い見方をすれば、おそろしく巧みな職人技によって、美しく精巧に作られた工芸品にも似たところがある。それを「末技の末技」(斎藤茂吉)、真の詩人ならぬ「歌作り」による職人芸と見る人々もいて、そういう見方もあながち否定できない。

『新古今集』とは地獄の中に咲いた花である。それも生きた植物が咲かせた花ではなく、荒廃した暗黒の現実の中でことばの力によって築いた人工楽園に咲いた、妖しいまでに美しい造花であり幻花なのである。「心」よりも「詞」を重んじ、ことばが生み出す虚構の美によって作り出された、現実世界とは異なる幻想的、絵画的世界だと言ってもよい。そこでは当時の詩人たちを取り巻いていた地獄絵図さながらの悲惨な現実や実生活の臭いはきれいに消し去られている。

自分たちを取り巻く日常的な暗黒の現実を、歌の世界から徹底的に排除して、言語の力だけで唯美的な虚の世界、美の殿堂を築くことが、定家たちの願いであった。酸鼻を極める地獄絵図さながらの暗黒の現実世界は、もはや詩人たちがそこから安心して詩情を汲み出せる泉ではなくなっていた。現実の中に美を見出し得ない状況にあってなお「みやび」を生命とする歌を詠もうとすれば、詩人たちはみずから時空を遡って架空の王朝風美的世界をしつらえ、そこで美遊の世界に遊んで歌を詠むほかなかった。そこを理解しないで、定家とその一派の詩人たちの詩作への必死の努力を、「末技の末技」、「虚仮威《こけおど》し」と切って捨てるのは、あまりにも酷というものだ。

その詠風は多くの点で、「正述心緒」、即自的な直情流露の『万葉集』の歌とは対極にあるものだ。万葉ばかりではなく、それ以後の、現実生活に密着しそこから詠まれた抒情詩本来の姿である和歌とも、本質的に異なるのが定家たちの歌である。妙な言い方だが和歌的抒情を否定した上で、ことばの力による新たな抒情を創造したのが、定家とその周辺の詩人たちの歌だと言える。

定家とその周辺の詩人たちの歌に、即時的な心情流露を求めても無駄である。万葉の詩人たちとは異なり、彼らは内部からの衝迫によって己の悲歓哀楽を詠うことはしなかった。それらの詩人にとっては、個人の内部から発する抒情は、もはやそのまま文学とはなり得ないものと感じられたからである。ここに至って和歌は作者の内面的真実、真情を表白吐露する主体的な抒情詩たることをやめたのである。そこで定家たちはその「知恵の力」によって現実体験とは異なった次元での歌を「こしらへて出し」、歌の中に美的な小宇宙を築いたのであった。それは歌われることなき歌、知的構成物であり、萩原朔太郎の言う「魂のない美意識の人工細工」である。元々が『新古今集』の歌はほとんどすべてが題詠であって、つまりは嘘の美しい結晶である。恋の歌でさえも「何々の恋」と歌の題があらかじめ与えられており、それに沿って美しい嘘を一首の中で造型するのである。「嘘固まって美遊」となったのが新古今の歌にほかならない。それに加えて日本語のもつ曖昧性を極力利用して、作品にフィルターをかけているから、歌意ははなはだ不透明で、名歌・秀歌とされている歌もその解釈をめぐっては専門家の間でも議論百出、大国学者本居宣長でさえも見当はずれの評釈をしている場合が稀ではない。

これは主観性の強い抒情詩であり、作者が現実の事象そのものないしは現実に反応しての感情などを詠うことが本道である和歌の道からは、大きく外れた行き方であることは確かだ。邪道ではないにしても、抒情を生命とし詠嘆を旨とする和歌本来の在り方とは大きく異なっている。それは、和歌の作者が同時に読者でもあり批評家でもあった、高度な和歌鑑賞技術を前提にし、「歌合《うたあわせ》」という場を得て、初めて成立するものであった。そのような和歌が、中世以後、貴族社会の崩壊によってその場が失われると急速に形骸化し衰退して、文学価値の乏しい「第二芸術」へと転落していったのもまた当然であった。和歌をその世界に深く通じた者のみが解しうる高度な純粋詩へと高めたことが、結果として本来の抒情詩であった和歌を殺すこととなり、中世以後の和歌を詩的発想の硬化した魂なき歌、歌なき歌へと変質せしめたのであった。

それゆえ詩歌に作者の実感や抒情の流露、真摯な告白を読み取ったり、魂の鼓動を聞き取ったりすることを求める読者や、リアリズムを信奉する詩人や読者にとっては、定家とその周辺の詩人たちの歌は、ことさらに修辞の奇を衒い、いたずらに内容空疎で華麗な句を並べただけの絵空事、「作り物」臭芬々たる詩文学と映るに相違ない。ことばによる造型に精魂を傾け、細心の注意をもってことばを商量し、縁語や掛詞を極限まで駆使し、詭巧を凝らした措辞を精密に組み立てて一首の歌に仕立て上げたのが、朔太郎の言う「没情熱の人工的歌人」定家とその周辺の詩人たちの歌である。それはしばしば作者が作品の陰に隠れた、具象性を欠いた抽象的な美の世界である（その結果、作者名を隠すと誰の歌かわからなくなるほど、似通った歌が数多く作られるというマイナス面も生じた)。朔太郎は定家を、「彼の美學を歌の方程式で數學公理に示したのみ」の「真の詩人的人物ではない。」と見ているが、これは当を得た見方だとは思われない。

朔太郎はそういうタイプの詩人としての定家について、詩人としての直観をもって彼の「凍れる美学」の本質をとらえ、次のように言っている。

定家の歌を讀んでみると、その修辭の精巧にして彫琢の美を盡して居るのに驚嘆する。さうした彼の作歌態度は、時に數學者の緻密な係數方式を聯想させる。彼はその美學を根據として、歌を高等數學の函數計算表で割り出して居る。この意味で定家は正に構成主義の典型的歌人であり、萬葉集の自然發生歌人と対蹠的のコントラストを示して居る。すべて「詩」といふ觀念は、定家に於て正に「構成されるもの」であつて、美學意識の原則と理論によつて科學の如く純數理的に「技術されるもの」であつた。則ち一言にして言へば、定家の態度は、美學によつてポエジイを構成する所の純技巧主義であつたのだ。(『戀愛名歌集』)

さすがに傑出した詩人だけあって、詩人定家の歌の本質を衝いて過たない。いかにも朔太郎の言うところが、『新古今集』の中核をなす定家の歌の本質であり特質なのである。だがそれを言語芸術として高く評価するか否かは、別の問題である。朔太郎はそれには否定的だが、この詩人に従えば、霊感による詩作を拒否し一言半句に至るまで語彙を商量し、計算し尽くした上で詩句を緻密に組み立てたマラルメなども、「真の詩的人物ではない」ことになってしまう。ヘレニズム時代の学匠詩人カリマコスも、ヴァレリーもまた同様である。

そういう詩風であればこそ、後に第四章で多少詳しく述べるように、正岡子規や斎藤茂吉が『新古今集』を全面否定して以来、近代文学の中での定家とその一派の芸術理念や彼らの歌は不当なまでに貶められてきたのであった。そのような態度が詩というものの本質に関する誤解から生じていることは、後に述べる。だが定家たちによる非現実的、超現実的な和歌を含む詩の世界を考えるとき、そもそも詩とはいかなる言語芸術かということをまず考えてかからねばなるまい。

当然のことながら、詩もまた文学である以上、何かを伝達する意図をもっており、詩人は読者にその詩想を伝えることを意図するのだが、その際「辞は膚葉為り、志は実に骨髄（言語は枝葉で、思想こそが根本）」（鍾嶸《しょうこう》）と考えて詩作するとは限らない。むしろさるアメリカの詩人が詩について、All the fun is *how* you say it.（詩の妙味は表現の仕方にあり。）と言ったように、韻文芸術である詩においては、散文芸術においてよりも、作品の内容よりも言語表現自体がより重みをもつのが普通である。詩においてもまた、詩人が何を詠うかということよりも、いかに詠うかということこそが大事なのであって、そこに詩としての生命、文学性がかかっているわけである。詩の中でも抒情詩にあっては、表現は格別の重みをもつ。ヴァレリーはマレルブに依拠して、散文を歩行に、詩を舞踏に喩えているが、歩行は目指す地点に到達すればそれでその行為自体は解消するが、舞踏は手足や体を動かすその形自体が目的なのである。それと同じく、散文は伝達機能が終われば解消するが、詩的言語は伝達の機能を含みつつもなお、その言語の形自体が主要な意味を担っているのである（もっとも、詩の社会性、道義性を重んじ、詩人がいかに詠っているかということよりも、何を詠っているかということを重視する中国古典詩などでは、こういう芸術至上主義的な考え方は通用しないところがある。中国の詩人たちの中で最も詩人らしい詩人である李商隠ではなく、現実に深々と根を下ろした詩を生んだ杜甫こそが、最も偉大な詩人であり詩聖であるとする、中国人の詩に関する観念が、それを物語っている。中国歴代の詩人の中で、例外的に幻想性に富んだ詩を書いた鬼才李賀は、中国詩史の上では孤立した存在である。中国古典詩の尺度をもってすれば、定家をはじめとする新古今の詩人たちは、ことばによって虚の詩的世界を築いているがゆえに、詞を弄び末技に溺れている小詩人群として位置づけられるに相違ない）。このような詩の特性を強く意識し、表現重視の立場から言語芸術としての和歌というものを、東西の古典詩の中でも特筆すべき高水準にまで高めたことこそが、詩人としての定家の功績にほかならない。詩がことばの芸術であるからには、詩作における徹底した言語表現重視の態度を貫いた定家とその周辺の詩人たちが成し遂げたことは、東西古典詩史の上で、やはり格別の意味をもつ。それがしばしば修辞倒れ、技巧倒れで、詭巧を凝らした詩技に溺れ、内容空疎な作品に陥っていることがあるにもせよ、である。

和歌に関して言えば、古今時代の詩人たちにおいてすでに言語の機能的分化が意識されるようになり、和歌は日常の言語とは異なった「詩的言語」で詠むべきものとする観念が芽生えていたことは見逃せない。『万葉集』に始まった和歌が、『古今集』において「和歌の言語」とも言うべき詩的言語を確立すると、それはみやびを旨とする一種の人工的言語、優美一途の観念的言語として、次第に現実をも超えた性格を帯びてゆくようになったのである。「歌はただよみあげもし、詠じもしたるに何《なに》となく艶《えん》にもあはれにも聞《きこ》ゆる事のあるなるべし。」（俊成）という理念が、和歌を現実から遊離した、無思想で観念的唯美的な、抒情一色の詩文学として発展してゆくことへと方向づけたのである。元来宮廷芸術として成立した王朝和歌は、みやびの芸術として、『古今集』以後もっぱら宮廷貴族の手によってはぐくまれてきたこともあって、『万葉集』のもつ振幅を失い、ひたすらに艶を生命とする優雅な情緒を、審美的に詠う詩文学となった（これは一つには、『古今集』以前は、平安朝においても漢詩文こそが男子がたずさわるにふさわしい正当なハレの文学とされ、最初の勅撰三集が『凌雲集』、『文華秀麗集』、『経国集』という漢詩集であって、その「漢風謳歌時代」には、和歌はもっぱら女性の手によって、優雅で機知に富む社交の具、「女房歌」としてはぐくまれてきたという事情もあろう）。「詩は情に縁《よ》りて綺靡《きび》（詩とは情感を美しく表現したものである）」（陸機『文の賦』）とは、こういうたぐいの詩を言うのだろう。詩としての器の大きさが違うとはいえ、そこには中国古典詩のもつ社会性、思想性といったものはおよそ無きに等しい（西行の歌の一部分には、思想的な内容の作もあるが）。王朝時代は『白氏文集』一色におおわれていたが、享受されていたのはその中の「閑適詩」ばかりであったし、六朝詩の影響を受けていながら、中国詩のもつ社会性や思想性はほとんど吸収されず、その技巧的な面ばかりが関心を惹いていたとしか思われない。かくして和歌が朝廷から認知されて「ハレ」の文学となった段階では、詠嘆に流れみやびを旨とする抒情一点張りの繊弱

な詩となっていたのであった。その審美主義の極北にいるのが、後鳥羽院によって表現至上主義のその作風を、

心あるやうをば庶幾せず、ただ詞・姿の艶にやさしきを本躰とする間

と評された定家である。定家とその一派による観念的に築かれた「虚の美」を構築した新古今の歌が、「詩から作られた詩」として、東西の古典詩の中でも、類を見ないほどの高度な詩的結晶を見せているのは、瞠目に値する。

その氷結した美を評した小西甚一の、「**定家たちの歌に見られる甘美さは、おそらく人間が創造しうる美の極大値のひとつ**」(『日本文藝史』、太字――引用者)ということばは決して大仰なものではなく、過褒とは言い難い。これを東西古典詩史における頂点の一つ、東西の中世詩における珠玉中の珠玉とみなすことは、およそ見当はずれではないと思われる。このことは、定家を尊崇すること神のごとくであった自称「定家宗」の信徒正徹ならずとも、この時代までの東西の古典詩、とりわけ同時代のヨーロッパ中世の詩などを覗けば、たちどころにそれと納得できるはずである。ただひたすら知恵の力、巧緻きわまる言語操作によって構築された、みやびを生命とする定家たちの歌が、おそろしく狭小な美的世界ではあるが、東西古典詩の世界で、一三世紀という時代に早くも詩的言語のもつ可能性を極限まで追求し、象徴詩の域にまで達して、ある意味では空前絶後の作品を生ん

だことは、かさねて強調しておきたい。残念ながら、定家とその一派の咲かせた花の命は短かった。それは王朝文化の残影の中でひとしきり妖艶華麗に咲いた後、和歌は急速に硬直化し形骸化して、萎縮し衰微していったのである。

そういうはかない美的世界の創造者であり、和歌の世界でそれを華麗に花開かせた前衛であった定家自身が、後年は次第により伝統的な詩風に立ち戻るようになり、実情歌とも言える歌を詠むようになっている。「新儀非拠の達磨歌」と論難された己の歌の前衛性に飽きたのか、それとも安易に彼の詩風に追随する亜流詩人たちの歌に辟易したのかもしれない。その撰になる『新勅撰集』にしても、世に新古今風と言われる歌よりも、伝統的な詩風の歌に傾いているのが見られる(定家の全歌を通覧してみると、意外にもいわゆる新古今的な歌ではなく、実情歌に近い歌や写実的な歌がかなりの割合を占めているのに驚かされる)。要するに、『新古今集』という歌集は、内部に和歌崩壊の危機をはらみつつ、すでに失われた王朝文化の残照余映の中でほんの一時期ひときわ妖しく咲き誇った幻の花であった。

『新古今集』以後の定家の亜流や十三代集時代の和歌となると、それぞれの歌集に佳作を留めた何人かの作者を擁しながらも、全体としては詩的活力、創造力を失って形骸化し、明らかに下降衰退の様相を示しているのが、素人眼にも見て取れる。およそ生気も文学的香気も欠いたさような膨大な数の歌は、今日では生きた文学として読まれることはほとんどなく、和歌研究の専門家のための研究資料以上のものではなくなっている。一般の読者でそういった歌集に親しむ奇特な人は、暁天の星のごとく稀であろう。それはあたかも今日のヨーロッパで、中世ラテン詩などというものは、専門家以外にはまず読まれることがないのと同じことである。そんな中で、定家の曽孫であり『玉葉和歌集』を編んだ京極為兼、定家を神のごとく尊崇し、歌集『草根集《そうこんしゅう》』を遺し歌論書『正徹物語』の著者として知られる正徹や南北朝時代を代表する女性詩人永福門院などの歌は、和歌衰退期にあっては珍しいほどの豊かな詩魂を示している。それでもやはり新古今の詩人たちの域には及ばないとの感が深い。中世を代表する詩人の一人である正徹の歌などにしても、難解で容易にはなじみがたく、われわれの心をとらえることはむずかしい。大方は苦痛なくしては読むに堪えない新古今以後の中世和歌の作者の中では、平明で、いかにも女性らしく繊細で優雅でありながら、知性の閃きが見える永福門院の歌などは、例外的に現代の読者の心をも惹きうる作だと思う。沈滞して生気を欠いた中世和歌の中にあって、清澄な歌を詠んだ彼女はむしろ例外的存在である。そういう傑作と呼ぶに足るわずかな秀歌を発見するために、後世の読者は詩的価値の乏しい厖大な数の紋切り型の歌に眼を通さねばならないのである。

『古今集』において韻文芸術として確立した和歌は、『新古今集』で定家とその一派の歌を芸術的頂点とした後、次第に陳套に堕ち、因襲の文学と化して色褪せたものとなり、芸術作品としての質を落としてゆくこととなった。その意味では確かに『新古今集』は、「空前絶後」の詞華集であった。風巻景次郎のことばを借りれば、「定家は和歌において平安朝の主流をなした傾向の大成者であり、じぶんの手をもって、王朝文学の扉を閉じた人であったということである。」という事態が、和歌史上の事実として残ることとなった。あるのは『風雅集』の序に言う「あるいはふるきことばをぬすみいつはれるさまをつくろひなして、そのもとにまどふ」和歌の形骸ばかりであった。風巻は「「短歌」はひとたび中世において死滅した。」、「中世に短歌はなかった。ただ何百千万の短歌の影が虚空を蔽って浮遊したのである。」とまで言い切っている。もう一度朔太郎のことばを引けば、

『新古今集』をかぎりとして、事實上日本の美しい歌は、歴史的に亡び失はれてしまつたのである。

という悲しむべき事態が出来したのである。

そして近世に入ると、和歌はついには江戸の詩人小沢蘆庵が、「末世の風は下劣なり。」、「今見る所は皆古人の糟粕なり。」と切って捨てるところまで堕ちたのである。近世和歌が果たして子規一派の明治の詩人たちが全面否定し貶下《へんげ》するほどに文学的価値の乏しいものかどうかは、疑問の余地もないわけではない（確かに宣長の歌は下手だし、加茂真淵や契沖も歌詠みとしてはさしたる存在ではなく、堂上和歌は読むに堪えないが、橘曙覧《たちばなのあけみ》や良寛の歌は今日の読者にも訴えかけるだけのものを秘めている。それに大隈言道や上田秋成の歌なども、魅力には乏しいが今日なお文学としてなんとか読むに堪える程度のものだと私には思われる）。とはいえ、子規がかの「再び歌よみに与ふる書」で、

ただこれ（『古今集』—引用者）を真似《まね》るをのみ芸とする後世の奴《やつ》こそ気の知れぬ奴には候なれ。それも十年か二十年の事ならともかくも、二百年たつても三百年たつてもその糟粕《そうはく》を嘗《な》めてをる不見識驚き入《いり》候。何代集の彼ン代集のと申しても、皆古今の糟粕の糟粕ばかりに御座候。

と言っているのは、陳腐の代名詞に成り下がっていた和歌を復活蘇生させ、それに革新をもたらすためのやむをえざる爆弾発言だとしても、当たっている部分も確かにある。俊成の「歌の本躰には、ただ古今集を仰《あふ》ぎ信ずべき事なり。」という教えが、金科玉条として、実に七〇〇年近くにもわたって守られてきたのである。「詞は古きを慕」ふ和歌の言語の不変性と永続性に支えられて命脈を保ってきた和歌は、近世に入ると、橘曙覧や良寛をはじめとする何人かの個性的な歌を詠んだ詩人の歌を除くと、伝習によって伝えられる芸道の一つとなり、ただ形骸だけを保つ、もはや文学とは言えないものにまで堕ちていた。それはやはり明治時代を待って子規によるその否定とほとんど暴力的な革新を経て、近代短歌として再生するほかなかった。

では定家をはじめとする詩人たちが、中世初期という時代に、衰退頽廃の兆候を見せつつあった和歌に新たな詩的生命を吹き込み、『新古今集』を舞台として、東西古典詩史の上でも稀に見る芸術性の高い作品群を生み出すことを可能にした、「本歌取り」とは、いったいなんであるか。そもそもそれはわが国の和歌に固有の作詩法・技法なのだろうか。それは東西の古典詩に普遍的に見られる、単に「詩から詩を作る」という作詩法とはどう違うのだろうか。それをまず考えてみたい。

（二）文学制作の手法としての「本歌取り」とその普遍性

——「文学から文学を作る」ということ

改めて言うまでもないことだが、「本歌取り」とは先人の作品（和歌）を取り上げてそれをベースとして、その作品の詞を取り入れたり、また歌自体を改鋳・改変しまたより精錬して複雑化し、もとの歌の変奏曲を仕上げる技法である。『新古今集』において定家とその周辺の詩人たちによって詠歌の技法として積極的に実践され、古今東西の古典詩の中でも稀に見るほど高度に洗練された華麗な作品群を生み出したのが、芸術性、詩技の完成度という点では本朝韻文芸術の頂点に立つこの歌集を特徴づけている、この「本歌取り」の技法なのである。国文学者の中には、これを『新古今集』前後の和歌に固有の文学的技法であるかのようにみなしたり、そう説いたりする向きもあるようだが、その実これはいささかもわが国固有の文学的技法などではなく、**広義の**「本歌取り」的手法は、古今東西の文学で古来広く実践されてきた文学制作の一手法にほかならない。つまりこれは、「文学から文学を、詩から詩を作る」という古来東西古典詩に見られる詩作の手法・技法の一つであって、東西の古典詩に広く認められるものである。「本歌取りという現象はおそらく世界の詩世界にもないであろう。」（丸山嘉信）というような見解は、和歌というものをもっぱら内部からのみ見つめているところから発した誤りだと言うほかない。とはいえ定家とその一派の新古今の詩人たちが、この文学的技法を詩作（詠歌）の原理として掲げ、その中心に据え、それを実践して東西の古典詩、中世が生んだ詩の中でも異例なほど詩的完成度が高く象徴主義の域に達した作品群を生んだという点で、断然際立っていることは事実である。そういう視点からすれば、確かに定家とその一派の新古今詩人たちがなしたことは、東西古典詩史の上でも類例がないユニークな文学現象だと言ってもよい。ヨーロッパ中世はむろんのこと、東西の古典詩の中でも、『新古今集』に見られるほど「本歌取り」による作品が集中し、しかも高度な詩的完成度を達成している例はほかにない。

同じく「詩から詩を」作った海彼の古典詩の作者たる詩人たちで、優美あるいは詩句の巧緻と洗練という点にかけてなら、定家とその周辺の新古今の詩人たちによく拮抗し、時にこれを凌ぐほどの技量の持主がいないではない。稀代の恋愛詩の名手として詩名を謳われたメレアグロスなど何人かのヘレニズム時代のギリシア詩人たち、テオクリトスの『牧歌』に倣った『牧歌』(『詩選』)や「農耕詩」を書いたウェルギリウス、ギリシア上代の詩人たちの詩をラテン詩に移植したホラティウス、『文選《もんぜん》』に収められた「擬古詩」の作者陸機や「雑体詩」の作者江淹といった詩人たちなら、広義の「本歌取り」の詩技において、定家たちに劣ることはない。彼らの作品の詩的価値を、新古今の詩人の和歌のそれよりも勝ると見る人もあろう。だが巧緻を極めた詩技を駆使し、本歌を劇的に変貌せしめて一段と高いところへ飛躍させ、超絶技巧を弄して象徴性の高い詩的世界を構築したという点では、定家とその一派の詩人たちに一日の長があると言えるのではなかろうか。

いまさら言うまでもないことだが、この「文学から文学を作る」という手法は、なにも韻文芸術つまりは詩に限ったものではなく、古来文学のさまざまなジャンルにおいて作品制作の有力な方法の一つであったばかりか、古典主義の時代には、むしろ支配的な文学作品産出の方法でさえあった。それは古来、多くの国々や地域の文学者・詩人たちによって実践されてきた手法であるのみならず、独創性と創新をなによりも重んじる近・現代の文学においても、さまざまな文学者、詩人たちによっていまなお広く用いられている手法であることを忘れるべきではない。「牧神の午後」を書いたマラルメ、「ナルシス断章」、「ピュティアの巫女」といった詩を書いたヴァレリーにさえも、ギリシアの詩に想を得た詩が何篇かあるのは周知のところだ。

リアリズムの信奉者にとっては苦々しいことかもしれないが、文学作品は必ずしも現実から生まれるものではなく、「文学が文学を生む」という現象は古来普遍的に見られるものである。「文学から文学を作る」という手法が、詩に限らず物語や近代の産物である小説などにおいても用いられていることは、内外諸国の文学に眼をやれば、誰しも直ちに気づくことである。ほんの二、三の例を挙げれば、合巻双紙の最大傑作とされる柳亭種彦の『偐紫《にせむらさき》田舎源氏』が、『源氏物語』の時代を室町時代に設定して翻案した作であることは諸人のよく知るところだし、上田秋成の『雨月物語』の中の名編「菊花の約」が、中国明代の白話小説『范巨卿雞黍死生交』のかなりの程度に忠実な翻案作品であること、近代では芥川龍之介の短編「藪の中」、「羅生門」、「鼻」、「芋粥」などが、『今昔物語』の巧みな翻案であること、室生犀星の『かげろふの日記遺文』が『かげろふ日記』をベースとした作品であること、などがまず脳裏に浮かぶ。

近代小説の分野では三島由紀夫の『潮騒』がロンゴスの牧歌的物語『ダフニスとクロエー』をモデルとした作品であること、太宰治の『新釈諸国噺』が井原西鶴の小説の巧みな翻案であること、海外の文学では、ジョイスの小説『ユリシーズ』が『オデュッセイア』に想を得た、その大胆な現代化とも言うべき性格を備えた作品であることは、よく知られているところだ。トーマス・マンの『ファウスト博士』もまた「文学から生まれた文学」の好例である。

漱石の『薤露行』にしても、マロリーの『アーサー王の死』を彼一流の才筆をもって再話したものだと言っても、誰も異は唱えまい。同様な事例は、ヨーロッパではチョーサーのロマンス『トロイルスとクリセイデ』がボッカッチョの詩『フィローストラト』に依拠して書かれたことは、どの文学史にも書かれているし、そのボッカッチョの作自体が、中世のロマンス『トロイア物語』の一挿話を敷衍した作にほかならない。同様な事例が広く見られることは、文学史のたぐいを覗けばすぐにそれと知られることである。

こういう手法による作品制作は、演劇、戯曲においても有力である。ヨーロッパ文学では、先人の作品、とりわけギリシア・ローマの悲劇や喜劇をモデルとして、それをみずからの解釈によって改鋳、改変して独自性を加味し、時代精神にふさわしい新たな作品として世に問うということは、古来演劇作の分野においても盛んに用いられてきた手法であった。それはすでにローマの演劇において始まっている。ギリシアに比べてその誕生が遅れたローマ文学は、まず喜劇の分野で開花したが、その代表的な作者プラウトゥスやテレンティウスの喜劇は、ほとんどがメナンドロスなどによるアッティカ新喜劇の翻案か焼き直しである。先人の劇作品をモデルとしてそれに新たな解釈を加える形で書かれた劇作品としては、ほかにはギリシア悲劇をモデルとしたセネカの悲劇『メデア』や『オイディプス王』などを挙げることができる。ルネッサンス以後の文学では、『アンドロマック』、『フェードル』をはじめとするラシーヌの異教的悲劇はその代表的なものだし、エウリピデスの悲劇に依拠したゲーテの『タウリスのイフィゲニア』もその一例である。近くはソフォクレスに依拠してその現代化を図ったアヌイの悲劇『アンチゴーヌ』、それに『ユリディス』、『メデア』、ジロドゥの『アンフィトリオン』、サルトルの『トロイアの女たち』、『蠅』などを挙げることもできる。同様な事例は枚挙にいとまがないほどあまたある。むろん古代ではなく中世の作品に依拠した戯曲もあって、その一例としてはヘッベルの『ニーベルンゲン』などを挙げることができる。

「本歌取り」的とは言い難いところもあるが、多くはよく知られた古典をもじったパロディー作品もまた「文学から作られた文学」にほかならない。これは西方では古くはギリシアの乞食詩人ヒッポナクスによって創始されたものだが、ホメロスの叙事詩をパロディー化した、作者不詳の作品とされている『蛙と鼠の戦争』などがよく知られており、以後も東西のさまざまな詩人・作家によってこの種の作品は生み出されてきた。アリストファネスがパロディーの名手であったことは、エウリピデスその他の悲劇詩人をもじった表現を盛り込んだ喜劇が示すところである。わが国の文学を例にとれば、江戸時代の蜀山人たちによる『狂歌百人一首』や作者不詳の『仁勢物語』などがまず挙げられよう。一風変わった作品としては、江戸時代の流行書家沢田東江による戯作『異素六帖』

などもある。

繰り返し強調しておくが、広義における「本歌取り」的手法は、古来東西の文学で広くおこなわれてきた「文学から文学を作る」という文学作品産出の有力な手法であり、定家とその周辺の新古今詩人たちが実践したのは、そのうちの一つである「詩から詩を作る」という手法にほかならない。とはいえ、これらの新古今詩人たちが成し遂げた事績に関しては、古典詩に広く認められるそういう一般的な現象とは、同列に論じられないところがあることを強調しておかねばならない。和歌革新の意図をもって意識的になされたその手法が、一国一時代の抒情詩の様相を一変させ、飛躍的に高次の詩へ高めたという点で、東西古典詩史の上で稀に見るユニークな文学現象であった点で、定家たちの詩作活動はやはり特筆に値するのである。

(三)「詩から詩を作る」ということ——近・現代詩における独創性重視

さて問題は詩だが、近代人の文学観からすれば、作者の独創性や個性をなによりも重んじ、それを生命とするのが詩文学の世界である。詩こそは文学の精髄であり、詩人が生む作品は究極の個人言語とみなされている。近・現代の詩においては陳腐であること、独創性を欠き、個性に乏しい作品は詩として認められないか、価値なきものとみなされる。詩人は型にはまった既成概念を打ちこわし、定型からの逸脱を図り、言い古された陳腐な表現を打ち破って新たな言語表現を創出し、日常化しマンネリ化した思考を脱して、己が個性をはっきりと刻印した独自の詩的言語を駆使することで、みずからの詩的世界を築くことを目指すのが常である。それに関して西脇順三郎は次のように言っている。

大詩人は「言葉を乱暴に使う」といわれている。それは文法を破壊したり、辞典に出ている定められた言葉の意味を自分勝手に変えていくことである。ランボーは辞典や文法などは死んだ人のためのものであり、アカデミックの人たちのためのものであり、それはみんな化石にすぎないと言った。またマラルメは文法とか辞典に出ている定められた言葉の意味などは「蓄社」の言葉であり、詩人はそれを無視する。そういうように無視することをマラルメは「純粋にする」と言っている。(『詩学』)

確かに、日常化した既成のことばをゆさぶり、安定した言語世界に衝撃を与え、世界に新たな切れ目を入れることで、独自の詩的世界を切り開くのが現代の詩人である。その典型がランボーであって、われわれが天才詩人ランボーの詩に驚嘆するのは、彼がそういう詩精神を体現しているからにほかならない。*Je est un autre.* などという、フランス語としてあり得べからざる表現が許されるのも、読者がそこに天才詩人による新たな詩の言語の創造を認めるからである。アンドレ・ブルトンの標榜したシュールレアリスムの詩や、ダダイスムの詩が、ヨーロッパ詩の世界に新たな局面を開き、詩の可能性を示したのも、古典的・伝統的な詩の観念を破壊し、言語の世界にまったく新たな切れ目を入れたことによるのである。それはしばしば言語の伝達機能を冒すぎりぎりの線にまで達したりもし、ロシアのフォルマリスト詩人クルチョーヌイフやフレーブニコフが試みたような新たな詩的言語として「超意味言語《ザーウミ》」を創り出して作者独自の詩的世界の構築を図ったりもする。これは古典詩と違って規範性をもたない近・現代詩においてとりわけ顕著に認められる傾向である。現代の詩人は、詩の言語の純粋性を求めて、日常的使用によって手垢にまみれた言語の中に、独自の個人言語を打ち建てる。そうあってこそ詩人として世に認められもするのである。

何をどう書いてもそれが詩的評価に堪えうるものでさえあれば、詩として認められるというのが近代詩、というよりも現代詩、それも形式・定型というものをもたないわが国の現代詩である（ヨーロッパの近・現代詩の場合は、散文詩などを別とすれば、詩である以上は原則として韻を踏み、またボードレールやマラルメなどが伝統的な詩形式であるソネットなどを書いていることに見られるように、定型というものをもたないわが国の近・現代詩ほど、形式の拘束から完全に自由であるわけではない。散文詩にしても、定型詩があってこそ、それに対立するものとして積極的な存在理由をもつことを忘れてはならない。そこがわが国の現代詩と大きく異なる点である）。

近・現代詩の世界では、伝統的な詩の言語によって書かれた独創性や個性が乏しい詩は、いかに詩技に長けていようと、詩句の彫琢が巧緻を極めていようと、言語的結晶度が高かろうと、それが先人の作に倣ったり、それをなぞった模擬的な性格を帯びていたりすると、詩想において独創性が欠ける作として、著しく評価が下がるのが普通である（後にふれるが、近代の傑出した詩人で、「文学から文学を」、「詩から詩を」作ることを本領としたT・S・エリオットなどは、例外的存在である）。

ヨーロッパの古典詩や中国古典詩ではごく普通におこなわれていた、古人・先人の詩の発想や表現を借りたり詩句をそっくり取り入れたりした詩は、現代詩の世界では、それが意図的なパロディーやパスティーシュでないかぎり、独創的にあらずと貶められ、時には剽窃を疑われたりすることもある。そこでは過去の詩を自作の中に呑み込み、詩の容量やその射程距離を広げる詩嚢の大きさといったものがさほど問題にされることはない。これは詩作の方法としては、古典詩とは対極にあるものだと言ってよい。

私は現代短歌には疎いので断言はできないが、伝統的な定型詩であるだけに、近代の短歌などには現代詩ほどの自由は認められていないものの、それでもやはり独創が重んじられ、創新に乏しく個性の感じられない歌は評価が低いと言える。いかによく形が整い、練り上げられたことばで綴られていても、それが古典和歌に倣った「古めかしい」歌であればたちどころに陳腐な歌として退けられるに相違ない。斬新な発想や表現による前衛的な短歌もむろんあるようだが、現代詩などに比べると、どちらかと言えば保守的なのが短歌（これも実は詩以外のなにものでもないが）の世界であるかと思われる。現代でも短歌を詠むほどの人は誰であれ、『万葉集』『古今集』などになにほどかは親しみ、そこから学んでいるものと想像される。子規による古典和歌否定、短歌革新を経て生まれた現代短歌にしても、それが和歌の後裔である以上は、やはり古典和歌に遡ってそこに学ぶ姿勢は保たれているはずである。題材や作風は異なってはいても、なにほどかは和歌の伝統に拘束される部分はあるものと思われる。

再び詩に戻ると、現代ヨーロッパの詩人たちが、たとえ古典詩とは対極にある前衛的な詩を書く詩人であっても、古典詩以来の伝統的な詩を強く意識せざるを得ないのに対して、そういう伝統に立たず、いわば「根なし草」として発生したわが国の現代詩は事情が異なる。

独創独創と言うが、それも場合によりけりであって、読者の眼に一見詩人の独創と映る詩が、その実「詩から作られた詩」であって、先人の作（その多くは古代の詩か外国の詩であるが）を背景にもち、それらの作品の翻訳・翻案であったり、模倣・模擬であったりすることもある。わが国の近代詩から現代詩への発展、転換において革命的な役割を果たした西脇順三郎の詩集『Ambarvalia』が、ヨーロッパ詩の翻訳・翻案的な色彩が濃いことは、すでに研究家たちによって指摘されているところだ。同様な例は海外の詩にも少なくない。無から詩を作り出すことはできない。詩人が自分の独創だと思ってはいても、実際には過去の読書体験などにより、無意識のうちに先行する詩人たちの作品が脳裏にしみ込んでいて、それを吸収し、詩作している場合も少なからずあるはずである。

近代に至るまでの東西の詩の歴史を通覧してみると、このように創新を身上として、詩人の独創性や個性をなによりも重んじ、そこにもっぱら詩的価値を見出すというのは、詩に関する近代以降の観念であることがわかる。抒情詩の歴史を時代を追って眺めると、洋の東西を問わず、長きにわたる詩の世界では、詩に関するそれとはやや異なった原理が支配していた時代がむしろ圧倒的に長いのである。中国古典詩の世界や古典主義が支配した時代のヨーロッパの詩文学では、古人・先人の作に学びまた倣い、規範に則り、詩的伝統に沿った完成度の高い作品こそが重んじられ高く評価されたのである。そうして生まれた詩の少なからぬ部分が、「詩から生まれた詩」としての性格を帯びているばかりか、世に傑作、名詩とされているものもまた多く含まれている。ほんの一例を挙げれば、ホラティウスのよく知られた「私は青銅よりも永続する碑を建てた。(Exegi monumentum aere perennius.)」という詩句で始まる自賛の詩を、みごとに換骨奪胎したプーシキンの名高い詩がそれである(ホラティウスのこの詩を「本歌」とする詩は、ロンサール、ロモノーソフ、デルジャーヴィンなどにもある)。詩は自然科学ではない。時代を追って進歩するものではなく、現代詩が過去の詩よりすぐれているという保証はどこにもないし、すぐれた詩は時代を超えてすぐれた詩であり続けるのだ。

次に現代詩とは異なる詩作の原理が支配していた古典詩の世界を、「詩から詩を作る」というところに視点を据えてざっと一瞥しておこう。私の知見の及ぶかぎりでの瞥見であるから、以下述べるところは限られた範囲にとどまる。

(四) 中国古典詩における「本歌取り」的作詩法
——伝統重視の「規範の詩学」と詩人たち

川合康三がその著『中国の詩学』で指摘しまた強調しているところだが、中国古典詩の最大の特質は、それが途方もなく長い歴史を有するということである。漢代から魏晋の時代以来の強固な文学的伝統に支えられ、基本的にはほぼ均質のまま二〇〇〇年近く一貫して持続してきたのが、東西古典詩の中でも稀有な質と量を誇る中国古典詩である。あえてこれに類する詩文学を求めれば、ギリシア上代から一五世紀におけるビザンティン帝国滅亡までほぼ古体のまま文学的生命を保ったエピグラムが挙げられる。詩における創新よりも伝統的な規範を重視し、古人・先人の作に倣って詩作することこそが本道とされ、それによって詩人は文学的伝統に連なることを自覚しよろこびを覚えるというのが、中国の詩人たちが採った途であった（先人の作に倣うこと少なく、田園生活を詠った思想性の強い詩を作った陶淵明は、その点では異色の存在である。この詩人は、その詩風からして中国詩史の上では孤立している）。

川合が説いているところだが、中国では詩は士大夫《したいふ》によって形成される「文学共同体」を基盤としてその中で作られ、詩人たちは常に先行する詩人たちの作に自身の作品を重ね合わせるという形で詩作に従ってきた。それが中国における詩作の原理であり作法でもあったが、このことは中国の古典詩に多くはプラスに作用したと見てよい。過去の詩と自作を重ね合わせることで、詩のイメージは重層化されまた濃厚化され、詩にいっそうの奥行きが生じるばかりか、その詩にふれる人々は、詩人が依拠した本歌ならぬ本詩を想起して、より深く当の詩を味わうことが可能となる。読者は（それは同時に詩の作者であることが普通だったが）、そうして書かれた詩の変奏の妙味や、詩人が「換骨奪胎」、「点鉄成金（鉄を変じて黄金となす）」に揮った詩技の技量を賞することもできるのである。そういう詩の世界であるから、あえて作詩法として「本歌取り」（中国にはそれに相当する表現はないが）というような技法を麗々しく掲げるまでもなく、詩人たちはおのずとさような手法に似た手法に拠って詩作することとなったのである。

中国の詩においても、時代によっては、詩人たちが詩作に臨んで意識的に「本歌取り」的手法を実践していた時代もあったと説くのが、矢嶋美都子である。彼女によれば、「唐代になってこの技法の面白さや、便利さが意識され、多用されました。」ということで、和歌の詠歌法である「本歌取り」という用語を適用し、その著『唐詩の系譜――名詩の本歌取り』で、唐詩においてそれがどんな形で実践されたか、その様相を作品の事例にしてたどっている。

この書に拠って見るに、矢嶋の言う中国詩における「本歌取り」は、和歌におけるそれと重なる部分もあるが、作詩法としては両者の相違はむしろ大きい。作者の意図や意識も同じとは思われず、唐詩の場合は『新古今集』で定家たちが繰り広げた「本歌取り」とはだいぶ性質を異にしている。矢嶋の挙げている事例で見るかぎり、中国の詩の場合は、この技法に拠った詩には、新古今詩人たちのように「本歌」にあたる詩を大胆に改鋳して大きく変貌させ、大きく趣が異なる新たな詩的世界を作り出すといった現象は認められない。むしろ先行する詩からトポス化したモチーフを継承し、そこに新たな意匠や新機軸を盛り込み、変容を加えてみずからの詩を作る、といった詩作の態度が読み取れる。それを「本歌取り」とみなすのは妥当ではないと思われる。

中国の詩史の上ではそれとは別に、みずからの詩が意識的に古人・先人の作を下敷きとし、それを模倣しまた改鋳、改変した作品であることを明示した詩が数多く作られた例がある。それが『文選』で「雑擬」の部という独立した場を与えられている「模擬」による詩である。晋の詩人陸機の「擬古詩」や梁の江淹の「雑体詩」に代表されるこのたぐいの詩は、過去の作品を対象とし、その形式・内容・表現を模して作られた詩であるが、注目すべきことはそういう技法に則って書かれた詩が、過去の詩に対する従属的な位置にある、二次的・副次的な作品とみなされたのではなく、それ自体が成熟した表現形式による独立した作品としてあつかわれたことである（その点では『新古今集』で定家たちが繰り広げた本歌取りに対する評価に通じるものがあると言える）。『文選』というアンソロジーが、『詩経』の模作である「補亡詩」に始まり、模擬詩である「雑擬」の詩で終わっているということは、古人・先人の作に倣い、それを模して作られた詩が独自の詩的価値を認められていたことの証左である。

これまた過去の文学を尊重する態度に発するものだが、実際に『文選』に収められている詩人たちの詩を眺めると、詩人は、ただ単に古詩をなぞったり模倣するのではなく、やはり規範に則って詩作し、その上で模擬の対象とした詩を詩技を凝らして改鋳し、その表現を研ぎ澄ませ精錬して、より詩的完成度の高い詩を作り上げていることがわかる。「模擬は、その対象となる作品の精髄を的確に摘出して、加えて作者独自の新鮮な息吹を吹き込む作業」（興膳宏）なのである。さればこそ、独立した詩として価値あるものとみなされたのだと言ってよい。具体的に言えば、陸機が「古詩十九首」に擬した「擬古十二首」などは、いずれも原詩よりもはるかに巧緻な詩句を織りなして、より繊細華麗な詩に仕立て上げられている。『詩品』の著者鍾嶸がこれを「文温《おだ》やかにして以て麗《うる》わしく、意悲しくして心を驚かし、魂を動かし、一字千金に幾《ちか》しと謂うべし。」と激賞しているのも頷ける。

同じく鍾嶸に「模擬に善し」と評され、模擬詩を得意とした江淹の「雑体詩三十首」などは、漢代から南宋に至るまでの詩人三〇人のスタイルを模した作で、時代による詩の変遷と多様性を示そうという、詩に関する省察を含んだ批評精神の産物でもある。それは単に巧みに先人の詩を模し、原詩を凌駕するほどの表現の妙味を発揮して、変奏の名手としての詩技の腕前を見せるという以上の意味をもっている。また謝霊運が魏の曹丕《そうひ》の編んだ『鄴中集』に擬したという形をとっている詩八首にしても、実際に模擬の詩かどうかは定かではないが、詩的完成度は極めて高いと思われるし、鮑照の擬古詩も、そこに詩人としての独自性、個性を盛り込んだ作と評されている。

いずれにしても定家たちが詩作の原理、技法として「本歌取り」を掲げ、『新古今集』でそれを実践したのにはるかに先立って、中国古典詩の世界では同様な作詩法がおこなわれていたことを確認しておきたい。

中国の古典詩で本歌取りに類する詩の制作がなされたもう一つの事例は、蘇軾とともに宋代の詩を代表する詩人で江西詩派の開祖とされる黄庭堅（黄山谷）が唱えた「換骨奪胎」、「点鉄成金」を謳う作詩法である。この時代の中国の詩人たちの立場は、あたかも後に見るヘレニズム時代のギリシア詩人たちが詩作に臨んで直面した困難な状況を想起させるものがある。ヘレニズム時代の詩人たちが、すでに完成しきったものとして終焉を迎えていた偉大な古典詩を前に、新たな詩作の途を模索することを余儀なくされたように、宋代の詩人たちは、もはやそれを凌駕することが絶望的なまでに思われるほど、高度に完成した姿で詩人たちの前に立ちはだかっていた唐詩を前にして、新たな詩を創造することに非常な困難を覚え、苦悩したはずである。唐詩の後を承けた宋の詩人たちは、古典詩の伝統は維持しつつも、もはや唐詩のスタイルをそのまま踏襲して詩作することはできなかった。それは詩の衰弱衰微を意味する以外のなにものでもなかったからである。そこで、多くの中国文学者たちが説くように、宋代の詩人たちが採ったのは、「情」を重んずる唐詩に対して「理」を説く主知主義の方向へと詩を方向転換させ、発展させることであった、定家の表現を借りて言えば、「知恵の力もて」詩を作り、詩において理を説くことが詩作の要諦となったのである。

宋詩の古典主義的作風の頂点に立つ詩人とされる黄庭堅が、その時代の新たな詩の進むべき方向として提唱したのが、いわゆる「換骨奪胎」、「点鉄成金」の原理による詩作であった。博大な学殖によって「知恵の力もて」詩を作ったヘレニズム時代の学匠詩人カリマコスにも似て、黄庭堅の詩学においては、古典に関する深い学殖を積むことが、詩作の前提となっていた。詩人たらんとする者はまず、精密該博な読書によって過去の詩に精通し、その上で「古人の陳《ふる》びた言《ことば》」を取り、それに新たな生命、息吹を吹き込んで詩を作ること、すなわち「点鉄成金」に、詩人としての生命を賭けるものとされたのであった。要するにことばの錬金術である。

この原理によって作られた詩は、黄自身の詩がそうであるように、『文選』の擬古詩に見られるようなあらわな形での模擬・模倣ではないから、厳密に言えば本歌取りと断ずるにはためらわれるもので、あくまでそれに「類する」ものとするほうが穏当かもしれない。少なくとも、百錬千鍛を重ね磨き上げられたその詩は難解、晦渋そのものであって、専門家でもないかぎり、世の読者がその「本歌取り」に気づき、変奏の妙味を感得できるようなものではない。

黄庭堅がみずから実践したのみならず、詩作の原理として提唱したこの作詩法は、彼を開祖と仰ぐ江西詩派の詩人たちや、彼の影響下にあった北宋末期から南宋にかけての詩人たちにとって作詩の金科玉条とされていたとは、荒井健の説くところである。

北宋初期の代表的な詩人の一人である林逋《りんぽ》に「山園小梅」と題されたよく知られた詩がある。そのうちの一首は、その三・四句「疎影横斜水清浅／暗香浮動月黄昏」という広く人口に膾炙した名句によって知られ、宋詩の中でも名篇の一つに数えられている詩である。前掲の川合康三の著書にはこの詩に関して『紫桃軒雑綴《しとうけんざってつ》』なる書が引かれているが、それによれば、かの名句は五代の時代の小詩人江為の詩の詩句を二字変えただけのものにすぎないのだという。そのくだりを借用して掲げておこう。

竹影横斜水清浅　　竹影横斜して　水清浅
桂香浮動月黄昏　　桂月浮動して　月黄昏　（江為）

疎影横斜水清浅　　疎影横斜して　水清浅
暗香浮動月黄昏　　暗香浮動して　月黄昏
（林逋）

御覧のとおり、林逋の詩は江為の詩句をわずか二字変えただけのものにすぎない。だが『紫桃軒雑綴』の著者によると、これが七言律詩である詠物詩の中に組み込まれると、がらりと趣が変わり、「千古の絶唱となった。」というのである。「詩字點化の妙、丹頭の手にあるが如し。瓦礫皆金となる。」、つまりは、詩の字を少しばかり変えて名詩句としてしまうみごとさは、丹薬を手にしたようなもので、瓦礫もみな金に代わってしまう、というわけで、これぞ「点鉄成金」の手本として絶賛している。これが当を得た見方であることは、川合の著書に懇切に説かれている。だがこれはむしろ例外で、こういった成功例はあまりないのではないか。

荒井によれば、この作詩法による宋詩は、黄庭堅自身の作を除いては成功例が少なく、その亜流の詩人たちにおいてはこれという作品は生まれなかったというから、全体としては失敗だったと言えよう。そこが詩作の手法としては似ていても、『新古今集』で「人間が創造しうる美の極大値のひとつ」を達成し得た定家たちの「本歌取り」とは違うところである。定家や藤原良経、俊成卿女などの歌には、本歌の大部分の句を取りながらも、それにわずか手を加えることで、本歌とはまったく趣が異なるばかりか、それをさらに耀きを増した幻想的な歌に変貌させた歌が何首もあるから、

「点鉄成金」流の詩学は中国のそれに比べてはるかに大きな成功を収めているのである。

これまでに見てきたところから、中国の古典詩においても、古人・先人の作に依拠してみずからの詩を生むという行為が、伝統的に広くおこなわれてきたことが、ひとまずは明らかとなった。ここで西方に眼を転じて、ヨーロッパの詩における「本歌取り」的な作詩法、「詩から詩を作る」という形による詩の産出がどうおこなわれてきたか、時代を遡りながら、瞥見しておきたい。

(五) ルネッサンス以後のヨーロッパの詩における「本歌取り」的手法
——典範として作用したギリシア・ローマの詩

ギリシア・ローマ以降のヨーロッパの詩について言えば、本来集団性をもつ歌謡から発した抒情詩は、中世ラテン詩にせよ、すでに唐代に完成し、成熟しきった古典詩をもつ中国はむろんのこと、日本、インド、ペルシア、アラブ諸国に比べて言語としての初出文献自体が遅く、文学言語の成熟が遅れた俗語詩にせよ、ルネッサンスを迎えるまでは比較的素朴またしばしば幼稚であった。俗語詩としては最も早い時代(九世紀後半頃)に作られたと見られており傑作とされるフランス語による続唱《セクエンティア》『聖女エウラリアの歌』にしても、中国の詩や和歌に比すれば、詩的完成度ははるかに低いと言わねばならない。総じて中世においては、詩作といういとなみは古人・先人の詩に関する知識や学殖を前提とせず、詩人たちは稚拙ながらも比較的自由に詩作しており、古人の詩を典範とした「詩から詩を作る」という作詩法は、さほど有力ではなかった。中世においても、フランス語の詩「ピラムスとティスベ」のように、オウィディウスの『変身物語』にその題材を得た作品がないわけではないが、それはごく素朴単純なものにすぎない。詩というよりはその本質においてむしろ歌謡である一二世紀南仏のトルゥバドゥールの詩、その影響下に生まれたドイツのミンネザンクなどの中には、かなり高度な技法や修辞を駆使した作品も見られ文学性が高いものもあるが、全体として見ればその詩的水準は成熟しきった中国の詩や日本の和歌などとは同日の談ではない。またこの種の俗語詩には「本歌取り」的な性格は希薄である。高度に完成した中国の古典詩、日本の和歌、ペルシア古典詩などを知ることなくしてヨーロッパ中世の詩を論じ、これを高く評価しているかの地の中世学者たちのトルゥバドゥールやミンネゼンガーなどに関する評価には、同意しがたい部分が大きい。

それはルネッサンスが起こり、ギリシア・ローマの詩を再発見するまでは、中世の俗語詩人たちが範とすべき先人の作をもたなかったことによる。叙事詩の分野においても、フランス文学の幕開けを告げる『ロランの歌』にせよ、ドイツ中世叙事詩の傑作とされる『ニーベルンゲンの歌』にせよ、ギリシア・ローマの叙事詩の影響は見られず、「本歌取り」的な色彩はまったくと言ってよいほど見られない。文学史によれば、八世紀に古英語で書かれた叙事詩で、英文学史上孤立した作品である『ベーオウルフ』なども、ギリシア・ローマの古典詩の影響は認められないという。

ヨーロッパの俗語詩としてトルゥバドゥールの影響下に一三世紀に発生し、フリードリッヒ（フェデリーコ）二世の宮廷を中心として活躍したシチリア派の詩人たちや、それに続く清新体の詩人たちの作品にしても、まだ揺籃期にある詩であって、詩技の面からしても詩想の点からしても、爛熟しきって、高度に洗練され練り上げられた結晶度の高い詩と言えるほどの水準には達していないと私の眼には映る。ダンテが高く評価したカヴァルカンティの詩などは、巧緻にして洗練されていると評されるが、果たしてその評価を額面どおりに受け取ってよいかどうか、疑問なしとしない。少なくとも完成しきった唐・宋の詩やわが国の王朝和歌などとの懸隔が大きいことは、否みがたいところだ。ヨーロッパの詩、とりわけ抒情詩の世界において中世までは古人・先人の作を範とした、「本歌取り」的手法、模擬・模作などが有力な作詩法となるのは、ルネッサンス以降のことである。ひとたび一三世紀から一五世紀にかけてルネッサンスを経験すると、ギリシア・ローマの詩の再発見が始まり、フランスのプレイヤード派の詩人たちに見られるように、ギリシア・ローマ詩を範とし、それに倣った詩がヨーロッパ各地の詩人たちによって陸続と生まれるようになった。つまりは古典詩における積極的な「本歌取り」、「旧歌を以て師となす」という作詩法が盛んにおこなわれるようになったのである。ペトラルカのラテン語詩に見られるように、それはまずネオ・ラテン詩から始まった。スラヴ語圏を含む各国各地の人文主義者であるラテン語詩人たちが、古代の詩に関する学殖を傾け、ギリシア・ローマの詩人たちの作品をモデルとし、それを模倣しつつかつそれに張り合おうとして、修辞のかぎりを尽くした詩を書いたのであった。その多くは荻生徂徠門下の蘐園《けんえん》派の詩人たちによる擬唐詩のようなもので、独創的な作品は少なく、全体として詩興もまた乏しい。

とはいえ、このたぐいのラテン語詩が、それまでの素朴単純な中世ラテン詩を、より知的な、精錬の度合いの高い詩へと引き上げたこともまた事実である。

抒情詩の分野でより重要なのは、完成度の高いギリシア・ローマ詩をモデルとした「本歌取り」的な作詩法が有力となったことにより、ヨーロッパの素朴な中世俗語詩が面目を一新して、洗練された一段と高いレベルの詩へと飛躍発展したことである。その最も目覚ましい例が、ギリシア・ローマの完成度の高い「高雅な」詩に学んで、フランス詩を洗練された高尚なものとすることに成功したプレイヤード派の詩人たちであった。コクレ学院ですぐれたギリシア学者ジャン・ドラに学び、古典詩とりわけギリシア詩の美を知ったロンサールは、それを耽読して当時の自国の詩の貧困さを痛感し、詩人たちの「ブリガード（部隊）」を結成して無知との闘いを開始し、古典詩を吸収しそれを糧としてフランス語詩の改革に努めたのである。

果敢にも少年時より
アポロンの竪琴と野に従い
ヘリコンより詩女神《ムーサ》らをフランスに誘《いざな》い来れる者

と自負しているように、ピンダロスやホラティウス、アナクレオン、『ギリシア詞華集』の詩人たちをモデルとし、その模擬とも言える詩を数多く書いたロンサールは、フランス詩の飛躍的発展という方面で最も大きな貢献をなした詩人であった。それによってフランスの古臭い詩風を一掃し、「オード」という高雅な詩をフランス詩に導入したのも、プレイヤード派の領袖たるこの詩人であった。これにより、それまではダンテやペトラルカなどを除くと、東洋の詩に比べてはるかに低い水準にあったヨーロッパの俗語詩は、一挙に高みに達して、東洋の古典詩に比肩しうるものとなったと言ってよい。それはモンテーニュをして、プレイヤード派の詩人たちを念頭に置いて、

フランス詩人たちに至っては、詩を今後決してそれまでたっすることがあるまいと思われるほどの高さまでのぼらせたと思う。実際、ロンサールとデュ・ベレとはそのすぐれた部門において、古人の完璧からもそう遠くはないと思う。(『随想録』関根英雄訳)

と言わしめたほどであった。肝腎なことは、そうして生まれた少なからぬ詩が、それを書いた詩人の独自の作品、名詩として高く評価されてきたということである。「詩から生まれた詩」、「本歌取り的手法による詩」だからといって、それが詩の評価を下げることにはならなかったことは強調しておかねばならない。

言うまでもないことだが、ヨーロッパ古典詩の世界においても、世に傑作と認められている詩で、作者がギリシア・ローマなど先人の詩に拠ることなく、その現実体験から、もっぱら独自の詩想をめぐらせて創出した詩はあまたある。と同時に、詩人が先行する作品に倣ったり、それをベースと

して当の作品にみずからの詩想を注入して改鋳・改変し、また精錬することに詩才を傾け、それによって生み出した作品もまた枚挙にいとまがないほど数多く存在する。その多くがギリシア・ローマの詩をモデルとしたり、その変奏曲として書かれた詩だが、世に「ペトラルキスム」ということばがあるように、ルネッサンス時代には、ペトラルカの詩風に倣い、それを模倣したりそのスタイルを用いた愛の詩が盛んに書かれたりもした。それらは詩人による独立した作品として、あるいは後人による元の詩の変奏曲として独自の詩的価値を認められているのである（むろん、「詩から生まれた詩」が、すべて成功するわけではない。「本歌取り」的な手法は、詩人に豊かな詩才と詩想があって初めて成功する危険な作詩法であって、凡手の手にかかるとモデルとした作品をただなぞっただけの、無残な模造品に終わるのが常である。「ペトラルキスム」の詩で、ペトラルカを凌駕した例がほとんどないことがその証左である。所詮は模造品の域を出ない「点金成鉄」、「点鉄成鉛」に堕した作例は、数知れぬほどあったはずだが、そういうレベルの駄作は詩史には残ってはいない。ロンサールの「ピンダロス風オード」のように、名高い詩人の作ゆえに残ってはいても、詩的価値は乏しいとされる作品もあることは言っておかねばならない。ことばの錬金術は、そう容易な技ではないのである）。

こうして生まれた詩の中には先に見た宋代の詩人黄庭堅が唱えた作詩の原理としての「点鉄成金」がめでたく成就して、その詩的価値においてモデルとなった作品とよく拮抗したりそれを凌ぐと評価される作品も少なくない。たとえばゲーテの傑作とされる『ローマ悲歌』はローマのエレゲイア詩人たち、とりわけプロペルティウスに範を取り、その影響を強く感じさせる詩だが、ローマの詩人たちのエレゲイア詩に優に匹敵し、むしろそれをまさる作だと言える。それにわが国で大山定一の名訳で知られる、同じくゲーテの詩「旅人の夜の歌」のように、あまりにもゲーテ自身の詩になりきっているので、それがギリシアの詩人アルクマンの詩から想を得て、それを下敷きにして書かれた詩であることさえ、読者の意識に上らないこともある。

ロンサールが『ギリシア詞華集』の詩人たちやアナクレオンテアを模した詩の中には、ギリシア詩に匹敵する出来栄えの作もあって、立派にこの詩人の作たり得ていると評してよい。詩そのものというよりは詩劇だが、アイスキュロスの悲劇の筋を発展させた、その続編とも言うべきシェリーの『縛《いまし》めを解かれたプロミーシュース』にしても、詩人がモデルとしたアイスキュロスの悲劇を凌ぐと評されたりもするほどの傑作とされている（古典詩ならずとも、わが国の近代詩にも同様な事例はある。翻訳だが創作的色彩が濃い森鷗外の『即興詩人』はその卑近な一例である）。

ヨーロッパ近代の詩人で、「文学から文学を」、「詩から詩を」作り出した大詩人の一人は、間違いなくT・S・エリオットであろう。西脇順三郎はこの詩人の詩作の方法について、次のように言っている。

この詩論にエリオットはどんな風に実際の詩作として従ってきたかみてみよう。エリオットは古代から近代にいたる哲学者や宗教家の言ったことを、引用したり、もじったり、解説したりして、殆ど自分のつくった言葉やイメジがないほどである——このことをエリオットは説明して、詩人は個性を出してはいけないという。

そうしたことはエリオットやパウンドやジョイスの制作のやり方であった。**過去の文学から新しい文学を作り出すことである。**エリオットは詩論で主張したように過去の詩人との関係を附けるためにヨーロッパの古今の詩人からの引用や「もじり」(パロディー)を盛んにやった。それがエリオットの詩作術としての芸術であったが、さすがにそうした引用や「もじり」は巧みなものでマラルメの錬金術にあたるものであろう。それはまたエリオットの「ウィット」である。(ところが読者はどれが引用だか「もじり」であるかわからない。だから面白くもなくわからないで不快になるだけだ。)そうした意味のエリオットの「錬金術」も「ウィット」も一般の読者には絶対にわからない。エリオット自身の詩作の喜びはそうした「引用」と「もじり」の芸術をやることであった。そうする趣味を正当化するために過去の詩人や芸術家との関係を鑑賞することが詩人の任務であるというような詩論を一九一九年にかいたのであると私は思う。

(「剃刀と林檎」、太字──引用者)

つまりはエリオットの例は、「文学から文学を」、「詩から詩を」作るという作詩法が、古典詩ばかりか独創や詩人の個性をなによりも重んじる近代詩の世界にあってもなお、有力な作詩法であったことを物語っている。

繰り返しになるが、近代に至るまで数多くの東西の詩人たちによって実践されてきた、古人の詩、先行する作品の踏襲、模倣・模擬、翻案、改鋳・改変といった形をとる手法は、本質的に和歌における「本歌取り」の技法と異なるところはない（中国の詩に見られる「擬古」もそうだが、たとえば蘇軾が陶淵明の詩に唱和した「和陶詩」のような作品も、「詩から作られた詩」という意味では、広義における「本歌取り」に類するものと考えられよう。ゲーテがペルシアの詩人たちに唱和して生み出した『西東詩集』ついても、同様なことが言えるかと思われる）。この作詩法は、西方ではヘレニズム時代に始まって以後詩作の有力な手法となり、ローマの詩文学や尚古主義が支配した古典主義の時代には圧倒的な重みをもった。先に見たように、これは東洋では中国古典詩において長く実践された作詩法の一つであった。それは近・現代の詩の世界においてもなお詩を生み出す有力な手法の一つとして、生き続けているのである。

（六）ローマの詩における「本歌取り」的手法——模倣・翻案から独創へ

「詩から詩を作る」という行為に関して言えば、それがその民族、その国の文学全体を通じて一貫して徹底的におこなわれたのが、ローマである。ギリシア文明に接するまで半ば未開な民族として農民として生きていたローマ人はそもそも言語自体が貧弱で、前三世紀に至るまで文学らしきものはまったくもたず、「詩」ということばさえももっていなかった。それがホラティウスがいみじくも「征服されたギリシアが野蛮なローマを征服した」と詠ったように、ひとたびすでにヘレニズム文化の頂点にあったギリシアを軍事的に征服すると、以後ギリシア文化の圧倒的な浸透を受け、その全面的な影響下にあって、ローマ文化全体がギリシア色に染め上げられたのであった。ローマ文化で、神話、宗教、哲学、思想、歴史、美術、修辞学、科学その他あらゆる方面において、ローマ人がギリシア文化に学び摂取し、その全面的な影響を蒙らなかった分野はない。

文学もまたギリシア文学を典範・モデルとし、その模倣、翻案に努めてみずからの文学の制作を開始したのであった。ローマ文学が、リウィウス・アンドロニクスによる『オデュッセイア』の翻案に近い翻訳から始まっているということ自体が、この民族の文学全体に流れている模倣・模擬をこととする特質を物語っている。ローマ喜劇がアッティカ新喜劇の模倣、翻案であることは先にふれたとおりである。

過去の中国人と同じく、ギリシア人は範とすべき異国の文学をもたず、神話などにオリエントの影響が見られはするが、詩人たちもまた異国の文学の影響を受け、それに学んだり倣ったりすることはなかった。それに、この後でふれるように、ヘレニズム時代に至るまでは、古人・先人の作を範としたり模したりして「詩から詩を作る」という行為は稀だったと言ってよい。その点でローマ文学はその成り立ちからしてギリシアとは決定的に異なっている。

詩に限らず文学制作に関しては、ギリシアの対極にあるのがローマである。極言すれば、そもそも典範とすべきラテン語作品をもたなかったローマの詩全体が、ギリシアの詩（その多くはヘレニズム時代の詩であったが）の「本歌取り」であると言っても過言ではない。ホラティウスは『詩論』

の中でローマの詩人たちに向かって、「あなたがたは夜であれ、昼であれギリシアの手本を手に取ってまなぶように」（松本仁助・岡道男訳）と詩作に志す人々に心得を説いているが、それはこの詩人みずからが実践したところであり、また多くのすぐれたローマの詩人たちが、詩作に臨んで進んで採った態度であった（キケロの例に見られるように、詩人たちはむろんのこと、ローマの知識人はバイリンガルであり、ラテン語によらず、直接ギリシア語で著作したり、なかには詩作したりした者もいた）。だがヘレニズム文化圏にあった他の民族とは異なり、ギリシア文化の全面的な影響下にありながら、言語面ではそれに同化せず、ラテン語を守り抜き、拙いながらもみずからのことばで文学を作る途を選んだのであった。その点でローマ人はいささか古代日本人に似たところがあると言える。平安朝以前の日本人は中国文化の全面的な影響下にあって、ひたすらその摂取模倣に努め、文字からしてその借用であったが、言語的には同化することなく、やがて仮名文字を発明して、わが国の文学の黄金時代である平安女流文学を生み出すまでになった。詩に関しても八世紀には古代詩の一大アンソロジーである『万葉集』をもち、それを継承して宮廷文化の一環としての王朝和歌を発展させ、ついに最初の勅撰和歌集である『古今集』をもって、宮廷文学として天皇による権威づけがなされ、漢詩に代わる国の正統な文学に位置づけることに成功した。ラテン語を捨てることなくギリシアの詩に学びつつもなお母語による詩作へ努力を続けたローマの詩は、宮廷文学となることはなかったが、その発展は同様な経過をたどったのである。

ただ日本がローマと事情が異なるのは、日本の場合はかなり長期間にわたる口承歌謡の伝統があり、中国から文字が入ってきた時点で、記紀歌謡に見るような、まだ文学とは言えない素朴な歌謡段階ではあるが、すでに抒情詩に近いものが存在していたということである。あとはそれを文字に定着させ、洗練を加えて『万葉集』の歌へと発達させればよかったのである。

だがローマの場合はそうではなかった。労働歌とか民衆歌謡のようなものはあったかもしれないが、文学と呼べるものは何も存在せず、むろん詩も存在しなかった。そこでローマ文学の祖とされるエンニウスに始まるローマの詩人たちは、ギリシア詩に肩を並べられるような作品を生み出そうとして、ギリシアの詩を範としてそれを模倣し、一心不乱にその技法、表現、詩風を学び取り吸収して、無に等しい状態から、ラテン語による自分たちの文学を作り上げねばならなかった。仮に古代日本において、中国から文字が伝わるまでは文学らしきものは何も存在せず、日本人が中国文化にふれて初めて、中国の詩をモデルにしてそれを日本化し、日本語の詩を作り上げるといったことが起こったと想像してみれば、ローマ人によるみずからの詩文学創造の過程がわかろうというものだ。やがて時代が下ると、ローマの詩人たちは「本歌」にあたるギリシアの詩を学んでそれに倣うことからさらに一歩進んで、それをラテン語化した上でさらに精錬しより精緻なものとして、言語表現の上でその上をゆくことを目指して心肝を摧いたのであった。まさに中国宋代の詩人黄庭堅が唱えた「換骨奪胎」、「点鉄成金」こそが、ローマ詩人たちが掲げた詩学・詩法であったと言ってよい。六朝時代末期の文学理論家（むしろ詩評家と呼ぶべきか）鍾嶸の『詩品』では、取り上げた詩人を評するに際して、その叙述は「その源は誰それに出づ」という形で始まっているが、その流儀でゆくと、ローマの詩人たちのほとんどが「その源はギリシアの詩人誰それに出づ」と言わねばなるまい。ギリシアの詩人たちが作り出した作品をモデルとして新たな美的世界を再創造し、そこに新たな息吹を吹き込み、表現を研ぎすませ、より洗練された精巧な詩句によってラテン語の詩に仕立て上げることが、「本歌取り」を本性とするローマの詩人たちの目指すところであった。テオクリトスに倣って書かれたウェルギリウスの『牧歌』がその良き見本である。この詩人は随所でテオクリトスの『牧歌』の詩句を取って、それを原詩よりもさらに詩的密度が高く、より精巧精妙なラテン語の詩句となして自作の詩の中に織り込んで、かの名篇となしたのであった。

ローマ文学の一大傑作である『アエネイス』にしても、ホメロスを手本とし、それに倣って書かれた叙事詩であることは言うまでもない。そこには主として『オデュッセイア』の詩句や描写を巧みに取り入れてラテン化し、みごとなラテン語叙事詩に改変しおおせた詩人の技量と、辛苦の跡が読み取れる。オウィディウスの書簡体の詩『名高い女たちの手紙』も、失われたヘレニズム時代の作品をモデルとして書かれたものと見られている。ホラティウスの詩『歌章』がサッフォーやアルカイオス、アナクレオンなどの詩をモデルとしていることは、詩人みずから認めているとおりである。

いずれにせよ、ギリシア詩の模倣によって始まり、全体としてその翻案としての性格が濃厚なのがローマの詩だが、そんな中でローマの詩人たちは、ギリシア詩の模倣に終わることなく、やがてギリシア詩に比肩しうるほどの詩的世界を築きあげたのであった。詩人たちは彼らなりの「本歌取り」にみごと成功したわけである。

総じてカトゥルス、ホラティウス、ウェルギリウス、オウィディウスなどのローマ文学の黄金時代を彩る詩人たちの作品は、ギリシアの詩をモデルとした「詩から生まれた詩」としての性格を色濃くとどめている。ローマ人がギリシア詩を模倣することなく生み出し得た詩文学は、ユウェナリス、ペルシウスなどに代表される風刺詩のみだが、これとてもなおギリシアには、アルキロコス、セモニデスといった先蹤をなすギリシアの詩人たちがいたのである。

(七) ギリシアの詩における「本歌取り」的手法
——独創的な上代の詩人たち・ヘレニズム詩の「本歌取り」

「本歌取り」が詩作の技法として広くおこなわれたのは、なにもローマ文学ばかりではない。その実ローマの詩人たちが多くモデル・「本歌」としたヘレニズム時代のギリシア詩自体が、古典期の詩に関する学殖を背景とし、先人の詩を典範とした「点鉄成金」の詩学に則った、「本歌取り」的な性格を帯びたものだったのである。一体にヘレニズム時代に先立つ時代のギリシア人は、文学制作において常に独創的であった。ギリシア文学もまた全体としては尚古主義であり古典主義であったが、前五世紀までは最も創造的な時代であって、抒情詩について言えば、前七世紀末のアルキロコスに始まるアルカイック期のギリシアの抒情詩人たちは、全体を通じて最初からはなはだ個性的であり、またなによりも独創的であった。前八世紀末の叙事詩人ホメロスは別として、アルキロコス以前にもオルフェウス、リノスといった半ば伝説的な詩人の名が伝えられているが、文字をもたなかった時代の詩人たちの詩は湮滅して伝わっていない。記紀歌謡のように、詩が集団歌謡の段階を脱して、抒情詩と呼びうる程度にまで近づいた時期の詩もまた伝存しない。ギリシア抒情詩は、当初からその鼻祖とされるアルキロコスにおいて、すでに古拙を脱した、完成度が高く個性豊かな詩として姿を現すのである。詩の上で詩人の個性がくっきりと刻印されているのは、一つには、古典期までのギリシアの詩人たちが、中国のように士大夫による「文学共同体」を形成して、その中で詩作するということがなかったためであろう。またギリシアには中国三国時代の魏において曹操を中心に形成された建安の文学集団のようなものも存在せず、詩人たちは個々に独立した存在として詩作したからだとも考えられる。

ギリシアの詩人にしても、無から詩を創造したわけではなく、先人の作品になにがしかは通じた上で詩作に臨んだはずだが、先行する詩人たちの模倣・模擬という形をとることは稀であったと思われる。「思われる」と言わざるを得ないのは、ピンダロスの祝勝歌などを例外とすれば、古典期までの抒情詩のほとんどは湮滅、散佚して伝わっていないからである。しかしその個性豊かで独創的な詩風からして、アルカイック時代の詩人たちは、常に詩の開拓者であり、新たな詩の創造者であらねばならなかったことは容易に推測できる。

前五世紀のアッティカ悲劇全盛時代に生きたピンダロスを頂点として抒情詩はにわかに凋落衰微

し終焉を迎えたが、それまでに出現したアルキロコス、サッフォー、アルカイオス、アナクレオン、シモニデス、ミムネルモスその他の傑出した詩人たちは、いずれもその詩において創新、独創をこととし、みずから新たな詩的領域を切り開き、独自の詩形や表現を生み出し、しばしば新たな語彙や詩語をも創出して、詩人の個性が明瞭に刻印された詩作品を生んでいる。語彙の面などにおいてホメロスに負うところがないではないが、全体としてそこには先人の作の模倣・模擬といった性格は見られず、「本歌取り」的な現象は認められないと言ってよい。

しかるにヘレニズム時代に抒情詩が復活すると、ギリシアの詩はその性格を一変させ、「本歌取り」的な性格を帯びた詩文学が出現するのである。アルカイック期、古典期の抒情詩が衰微して事実上消滅し、悲劇、喜劇、散文の文学にとって代わられた後、ヘレニズム時代を迎えて新たに登場した詩人たちは、まことに大きな困難に直面していた。抒情詩をはじめ、アッティカ全盛時代に栄えた悲劇もすでにソフォクレス、エウリピデスの死をもって終焉を迎え、あらゆるジャンルの文学が「全きもの」として終わりを告げていたのである。そうした状況にあって、完成しきった偉大な古典詩の遺産を前にした詩人たちにとって、新たな形で詩文学を創造することがいかに困難であったかは容易に想像がつく。彼らにとって、アルカイック期、古典期の詩は到底及びがたい高みにあり、その存在は重くのしかかっていたはずである。もはや古典期までの詩の伝統の上に安座して詩を作ることは不可能であった。遺された途はただ一つ、古典詩の遺産をまずは継承し、それを学問として徹底的に学び、みずからの詩作の糧として新たな形で再生し、錬磨した詩とすること、それのみが一旦消滅した抒情詩を再生させ、活かす途であった。つまりはヘレニズム時代の詩人たちは、あたかも唐詩の後を承けた宋代の詩人たちのごとく、自分たちの前に立ちはだかる偉大な古典詩の重圧に耐えつつ、みずからの詩を作り出すことを強いられたのであった。蓄積された古典詩に関する学識を基盤として、古人の詞、古人の詩想を借りて新たな詩を作ったのであるから、詩人たちはおのずと「学匠詩人」たらざるを得なかったのである。

それはわが国で『古今集』以後の詩人たち、とりわけ俊成・定家に始まる古典主義の詩人たちが、「旧歌をもって師となす」ということを詠歌の基本姿勢としたことにも通じるものであった。「夫学詩者以識為主」というのが、ヘレニズム時代の詩人たちが詩作に臨む基本的な姿勢となったのである。「点鉄成金」の詩学、「換骨奪胎」の原理に基づいた「模倣(ミメーシス)の文学」こそがヘレニズム詩の特色をなしている。『新古今集』の詩人たちが、「屏風に向かうて歌を作り、『白氏文集』の句を誦して歌を作った」ように、ヘレニズム時代の詩人たちは書巻を手にして詩を作り、古人の詩句を誦して詩を作ったのである。もう一つの共通点は、この時代のギリシアの詩は、新古今時代の和歌と同じく「歌われる」という歌謡的性格を完全に失っており、あくまで文字で読まれるものになっていたということである。風巻景次郎が『新古今集』を評した、「彫心鏤骨は『新古今集』の歌にふさわしい言葉である。しかし『新古今集』の最大の欠陥は彫心鏤骨が割合にたやすくうかがわれ得るという点にこそかかっている。しかしまたそのことがいかに短歌にとって超剋すべく困難な時代にかれらが生きたかを物語る点ともなっている。」ということばは、『新古今集』、「短歌」

を「ヘレニズム詩」に置き換えれば、そのままこの時代のギリシアの詩に当てはまる。

詩は学識と技巧をもって作るものとされ、ここに至って、それまでのギリシアの詩にはなかった、その本質において文学的学殖の産物であり、「詞は古きを慕ひ」て作られた「本歌取り」の詩文学としての性格を帯びた詩が生まれたのであった。そこでは「本歌取り」や模擬の性格を色濃く帯びた「変奏の詩学」とでも言うべきものが支配し、先人の作に関する広範な学殖を背景とした詩作がなされ、彫心鏤骨して「詩から詩を作る」というのが、その文学制作の基本的態度となっていた。その結果、「本歌取り」に詩人としての生命を賭けることになった新古今の詩人たちの歌と、時に不思議なほどの相似性を示しているかに思われる詩をも生み出すこととなった。そういった傾向、特質が最も色濃く表れているのは、フィレタスに始まる、ヘレニズム時代以降抒情詩の主要な形態となったエピグラムにおいてである。

ギリシア文化圏の拡大とギリシア文化拡散の時代であるヘレニズム時代は、文化方面から言えば学問の時代であって、プトレマイオス二世の時代にはアレクサンドリアにあった蔵書七〇万巻とも言われた大図書館を中心に、驚くほど広範かつ高度な文献学的研究がなされた。この時代に形成されたのが詩人フィレタスによって開かれ、プトレマイオスの宮廷を中心に形成されたアレクサンドリア派の詩壇である。アレクサンドリア派の詩人としてはその総帥と目された学匠詩人カリマコス、牧歌の創始者として知られるテオクリトス、叙事詩『アルゴナウティカ』の作者アポロニオスなどがその代表的存在だが、これらの詩人たちはそれぞれ独自の途を選んで詩作に従った。

まずカリマコスだが、アレクサンドリアの大図書館司書で文献学者だったこの詩人は、恐るべき学殖を背景に、学問と詩を融合させ、新たな形の詩を生み出した。博大な学識を背景に学問によって生み出されたその詩は、書巻の気芬々たるもので、冷徹で磨き抜かれた詩句をもって綴られており、定家の歌と同じく、作者の息吹も熱い魂の鼓動も聞こえてこない、あくまで理知的・人工的な美の世界である。その意味では新古今の詩人たちの作風に近いところがある。杜甫の言う「書を読みて万巻を破すれば、筆を下すに神あるが如し。」というのが、この詩人の詩作に臨んでの態度であった。

「小さな完成」を狙った小叙事詩『ヘカレー』などに見られるように、完璧な韻律をもち、百錬千鍛の繊細巧緻なその詩句は、超絶技巧の手練の歌詠み定家、良経も顔負けであって、まさに「文学から作られた文学」、「詩から作られた詩」そのものであると言ってよい。これもまた定家の歌と同じく「凍れる美学」に支えられた詩にほかならない。ただカリマコスの場合は、「本歌」に相当する先行する特定の詩人の作品を挙げることは困難である。

カリマコスとは異なった方向へとヘレニズム詩を開拓したのが、牧歌の始祖と目されている詩人テオクリトスである。この詩人はシケリアの田園風景の中に生きる牧人たちを詠ったり、シケリアのソフロンのミーモス(擬曲)に学んだ、会話体を活かした小劇風の詩や独白劇のような抒情性豊かな詩を創造して、ヘレニズム詩に新たな領域を切り開いた。この時代の詩人の中では、例外的に「本歌取り」的な姿勢が希薄な詩人である。

以後ヘレニズム時代に限らず、ルネッサンス以後近代に至るまで数多くの模倣者を出したこの詩人は、学殖を背景に詩作しているという点では、ヘレニズム的詩風のうちにあるが、古典期までの詩を模倣することが少なく、この時代の詩人たちの中では最も独創性豊かだと言える。

これに対して「文学から文学を」、「詩から詩を作る」という創作の手法を貫き、当時すでに時代錯誤の試みとしてカリマコスに嘲笑されながらも、ホメロスを範としそれに倣った叙事詩を書いたのが、やはり学者詩人であるアポロニオスである。彼はトロイア戦争伝説よりさらに古い、金皮羊を求めてのコルキスへの遠征譚を詠った。『オデュッセイア』に倣った、英雄イアソンを主人公とする叙事詩『アルゴナウティカ』がそれである。ホメロスの言語を用い、そこに抒情詩の詩句を巧みに織り込んだりして仕立て上げたこの長大な詩は、その実小叙事詩の寄せ集めのごときものであって、構成に統一を欠き、叙事詩としてはあまり成功していない。故事来歴に関する博大な知識を背景にした縁起譚を数多く鏤めたその語りは、衒学的でいかにもヘレニズム時代の詩人を感じさせるが、メデアの恋を描いた第三巻の心理描写などには卓抜した手腕を発揮し、ホメロスには遠く及ばぬにせよ、本歌取り的手法により「詩から作られた詩」として、ヘレニズム詩の一傑作たるを失わない。モデルとしたホメロスの叙事詩があまりにも偉大で、及びがたい高みにあったため、「点鉄成金」はならなかったが、「点金成銀」と言える程度の成功は十分に収めたと言えるであろう。

ギリシアの詩で、ヘレニズム時代さらにはそれに続くビザンティン帝国の時代まで「詩から詩を作る」という手法が連綿と受け継がれたのが、この時代の抒情詩の支配的な形態となり、数多くの詩人を輩出したエピグラムである。これについては第五章でやや詳しく述べるが、『万葉集』に始まるわが国の古典和歌は、「五、七、五、七、七」というその基本的な形を変えることなく、また後に述べる「和歌の言語」という一種特別な詩的言語によって詩作することで、実に一三〇〇年近くにわたって詠まれ続けてきた、おそろしく文学的生命の長い詩形式である。『新古今集』以後は次第に衰退し形骸化して、詩的価値を減じつつもなお本質的なところで同一性を保持しつつ詩的生命を保った文学形式、詩の一ジャンルとして、東西の古典詩の中でも稀に見るものだ。だがギリシアのエピグラムはそれにもまして長い詩的生命を保ち、碑銘詩としてギリシア上代から始まり、前三世紀頃に文学として認められて以来、一五世紀にビザンティン帝国が滅亡するまで、実に一八〇〇年近くにもわたって作られ続け、読まれ続けてきたのである。これに匹敵するのは漢代の将軍李陵に始まるとされる（これは後人による仮託だが）五言詩ぐらいなものであろう。われわれはそのエピグラム詩の発展と消長の歴史を、無慮四五〇〇編を超えるエピグラムの集成である『ギリシア詞華集』で窺うことができる（その具体例に関しては、拙訳による『ギリシア詞華集』全四巻、四五〇〇編をご覧いただきたい）。

時代が下るにつれて創造力を失い、マンネリ化、硬直化して衰微していったとはいえ、エレゲイア詩形を用いたエピグラムの産出が、実に一八〇〇年近く続いたということはやはり驚くべきことである。王朝時代に完成を見て、以後安定した詩的言語としての地位を獲得した和歌の言語が、その後時代による歌風の変遷はあっても、近世和歌に至るまで基本的には同質性を保ち続けたことは、周知のとおりである。それにも似て、ギリシアのエピグラムもまた二〇〇〇年近く、詩的言語としてのその基本的性格を変えず、同質性を保持し続けたのである。ビザンティン帝国末期の詩人たちのことばは、ヘレニズム時代の大詩人カリマコスやメレアグロスのそれと基本的に異なるところがない。宣長が和歌について言った「古ノ体ヲ失フコトナクマッタク古体ノママ也。」という現象が、ここにも見られるのである。これは中世から近代に至るまでのヨーロッパの俗語詩の変遷変容の歴史を知る者にとっては、驚き以外のなにものでもない。たとえば古英語で書かれた詩は、英語を母語とする者にとっても、特別な勉強をしてそれを学んだ者以外にはまったく理解不能だし、一二、三世紀の中世フランス語の詩、古高地ドイツ語の詩にしても、やはり専門的な勉強をしないと読めるようなものではない。現代の日本人が八世紀に成立した『万葉集』に親しんだり、中国人が漢代の詩でも鑑賞できたりするようなわけにはいかないのである。

先に見たように、川合康三が『中国の詩学』で指摘し強調しているところだが、中国の古典詩もまた詩の伝統が一貫して均質のまま持続してきたために、時代を超えた同質性が強いという特質をもつ。中国の古典詩には時代による違いが目立たず、「古今一体」であって、時代による差異が極めて希薄だという。その点では、和歌と共通するものがあるが、ギリシアのエピグラムもまた同様な特質をもっている。規範性が強く、過去の詩を典範としてそれに重ね合わせる形で詩作するという伝統（悪く言えば因襲）が、中国古典詩に古今を通じての同質性という特質をもたらしたのだが、これは『古今集』以後の和歌についても言えることである。

古典尊重の態度に、学問・学識が結びついて生まれた、ヘレニズム詩に固有の性格は、長きにわたって書かれ続けたエピグラム全体にも、色濃く影を落としているのが見られる。ヘレニズム時代以後の詩の世界を覆い尽くした尚古主義と古典尊重の意識に貫かれ、伝統にすがる詩人たちが、過去の詩人たちが生んだ膨大な詩の集積を前にして圧倒され、それに素材を得て詩作したところから、和歌や中国古典詩にも似た、詩的言語の不変性、安定性、同質性が維持されてきたのである。ヘレニズム時代の詩人の例にもれず、エピグラム詩人たちは模倣を恐れず、むしろ進んで先人の作に倣って詩作し、表現の上で手本とした詩を超えて、その上を行く腕の冴えを見せようとしたのであった。彫心鏤骨して「点鉄成金」を目指し、「変奏の美学」を実践していたのである。しかしこれは豊かな詩才を要する危うい作詩法であって、その試みが成功している例が多いとは言えない。「本歌」にあたる原詩を凌ぐ出来栄えに達している詩はむしろ稀である。一歩誤れば単なる模倣、悪くすれば盗作に堕する危険が常に潜んでいる。模倣が模倣を生んで、同工異曲の詩が量産され続けた奉献詩や碑銘詩に見るように、「本歌取り」どころか、単なる先人の作の模倣に終わっている例がむしろ目立つ。その点で、近世に至るまで、中世以降の詩人たちがただ古歌に倣って惰性で歌を詠み続け、文学的・詩的価値の乏しい作品を生み出してきた和歌と似たところがある。

いずれにせよエピグラム作者たちが、「本歌取り」を詩作の原理・手法とし、先人の作に倣って「詞は古きを慕ひ」てみずからの作品を書き続けたことは、必然的にこの詩形式に和歌をも凌ぐ長い詩的生命をもたらすこととなった。

余談ながら、八代集の和歌を通覧したり、『国歌大観』などを眺めていると、同工異曲の歌があまりにも多いのに閉口させられるが、『ギリシア詞華集』の詩にも、同様な感慨を抱かされることが稀ではない。だが抒情詩になによりも独創性を求めるわれわれ近代人と違って、古代人はむしろそういう安定し規範化した詩的言語の枠内にあって、そこで風雅の世界に遊ぶというゆとりがあったのかとも思うのである。なんとも詩興に乏しい、ただ『古今集』以来の和歌の伝統の上に胡坐をかいて、文学性の希薄な、月並み俳句ならぬ「月並み和歌」を詠んでいた近世の二流歌人などは、そういった存在だったのではなかろうか。

さていかにも雑駁かつ不十分な形ではあるが、これまで本章では文学作品の再生産というところに視点を据えて、東西の古典詩における広義の「本歌取り」つまりは「文学から文学を、詩から詩を作る」という手法・技法をざっと眺め渡してきた。次にはそういった作詩法を詩作の原理としての「本歌取り」という技法が、東西古典詩の中でもった意味をざっと確認した上で、それが『新古今集』という和歌史上特異な位置を占めている歌集においてどう作用したのか、それについて一言しておきたい。

第二章　凍れる美学または「点鉄成金」の詩学
――定家の唱える本歌取りの原理

（一）「本歌取り」の提唱者としての定家とその意義

前章において、広義における「本歌取り」つまりは「詩から詩を作る」という作詩法が、なにもわが国の和歌に固有の文学現象ではなく、東西の古典詩において古来広く用いられてきた技法の一つであることが確認できた。それは西方では古くはヘレニズム時代のギリシア詩に始まり、近代詩に至るまでさまざまな詩人たちによって実践され、また少なからぬ傑作、名詩を生んできた。前章で述べたように、東洋では夙に『文選《もんぜん》』において、作詩上の一つの技法として独立した場と価値を認められていたものであり、以後も中国古典詩の世界では、主として古人・先人の作の継承と踏襲という形で広くおこなわれていた技法であった。

だが宋の時代に黄庭堅が、作詩法として「点鉄成金」という詩作の原理を唱えたのを別とすれば、定家のように明確な目的意識をもって作詩法・技法としての本歌取りを提唱し、それを詩作の原理として正面から掲げかつ実践した例は、私の知るかぎりでは東西の古典詩ではほかにない。いまここで「提唱」ということばを使ったが、これは必ずしも当を得ない、あるいは実態を反映していないとらえ方かもしれない。定家は詩作の原理としての『シュールレアリスム宣言』を華々しく掲げたアンドレ・ブルトンではないから、この二〇世紀のフランス詩人のように、「本歌取り」を文学的マニフェストとして高らかに宣言し、それによって同時代の詩人たちに衝撃を与え、彼らを誘掖《ゆうえき》し新たな詩風の和歌を生ましめたわけではないからだ。むしろ定家は保守的な詩人たちから「新儀《しんぎ》非拠《ひきょ》の達磨歌」と嘲られながら、みずからの前衛的な詠風によって率先して果敢にそれを実践することで、彼の影響下にあった詩人たちをその方向へといざない、超現実的な虚の美的世界を創り出したのだと言ってよい。定家の前衛的な歌が当時の詩人たちに与えたインパクトは大きく、石田吉貞が前記の書で具体的に示しているように、彼が大胆な本歌取りによる歌を頻りに詠むようになってから、同時代の詩人たちの歌で、この手法・技法に拠った作が眼に見えて増えている。なかには式子内親王の恋の歌のように、その哀切な響きによって一見真情流露の歌と見えながら実際には本歌取りの歌である場合もある。

わが恋《こひ》は知《し》る人もなし堰《せ》く床《とこ》の涙もらすなつげのを枕

夢にても見ゆらんものを歎《なげ》きつゝうち寝る宵《よゐ(ひ)》の袖のけしきは

といった歌がそれであり、恋の歌そのものではないが恋情を色濃くにじませている彼女の絶唱の一つ、

桐《きり》の葉も踏《ふ》みわけがたくなりにけりかならず人を待《ま》つとなけれど

もまた本歌取りの歌である。式子の歌が題詠であり本歌取りでありながら、これを読む者の心を激しく打つ衝迫を秘めているのは、彼女が定家のような感傷とは無縁な「凍れる美学」の信奉者ではなく、歌に魂を託しているからであろう。同じ本歌取りを実践していながらも、定家の場合は本歌を踏まえ、一個の芸術家として現実とは別次元の詩的空間を歌の中で構築することが目的であるのに比して、式子の場合は、本歌に拠りながらも、そこに己の詩魂、真情を全的に投入しているという相違があるのだと言えるかと思う。要するに詩人としての資質の相違であって、優劣の問題ではない。

ともあれ、「詩から詩を作る」という古典詩に見られる普遍的な手法を駆使して、伝統的な詩を革新し、それを変貌飛躍せしめたばかりか、それによって詩の世界に、世に「新古今風」と称される独自の詩風を打ち建てたというような例は、私の知るかぎりでは東西の古典詩においてほかには見

当たらない。そういう観点からすれば、定家たちによる狭義の本歌取りは断然際立っていて、やはり東西古典詩史の上でも特筆すべきものであることは間違いない。この一点は重要である。一つのアンソロジーの中核をなす作品群が、特定の詩作の原理、美的理念によって貫かれ、支配されているという例は、東西の古典詩の中でもあまりないのではなかろうか。少なくとも管見の及ぶかぎりでは、本歌取りのように、『新古今集』を貫く「凍れる美学」を現出させた作詩法が特定の詞華集を支配し、その中核をなす詩人たちがその技法に従って競って詩作し、一定の特色ある詩風をそれにもたらしているという例は思い浮かばない。一六世紀フランスのプレイヤード派の詩人たちにしても、個々の詩人たちがギリシア・ローマの詩に学び、それを「本歌」のごとく仰いで詩作はしたが、それを詩作の原理として掲げたわけではない。

ヨーロッパの古典詩の場合は、広義における「本歌取り」は確かに存在はした。だがそれが新たな詩を生み出すための作詩法として特定の詩人によって積極的に提唱され実践されて、一時代の詩作の原理として支配的になり、定家とその一派の詩人たちに見るように、空前絶後の特異な詩風を特色とする作品群を生み出すというようなことはなかった。多くの場合それはむしろ、詩人たちが詩作という行為によって詩人として生きる上で、選択を余儀なくされての手法であり作詩法であった。これは前章でふれたことだが、たとえば抒情詩の復活を見たヘレニズム時代の詩人たちは、自分たちの前に立ちはだかる、完成しきって終焉を迎えていた偉大な古典詩を前にして、極めて困難な状況に置かれていることを意識せざるを得なかった。詩を作ろうとすれば、もはや先行する詩人たちの作品を完全に吸収同化した上でそこに新たな意匠を加え、表現をさらに錬磨し巧緻を凝らし、言語をより精錬するという形でして詩作するほかなかったのである。

アルカイック期、古典期の抒情詩人たちが常に創造的で模倣を必要とせず、個性豊かな詩を生み出していたのとは大きく異なり、ヘレニズム時代の詩人たちは、窮余の選択として「詩から詩を生む」という途を採ることを強いられたのであった。そこから生まれた詩とりわけ抒情詩であるエピグラム詩が、おのずと新古今詩人たちの詩風を想起させるものになったのも、またうなずけるところである（その点では、範型となった『古今集』以後、抒情詩としての枠を出し尽くした三代集を前にした定家をはじめとする新古今詩人たちは、やや似た状況に置かれていたとも言える。相違点はと言えば、ヘレニズム時代のギリシア詩人たちの場合は、古典期までの抒情詩がほぼ完全に終焉を迎えて、一旦は消滅した後に復活したのに対して、新古今詩人たちは、三代集以後『新古今集』に至るまでの和歌が衰微し、詩的価値を落としていた状況に臨んでいたということである）。ローマの詩人たちのように、モデルとなるラテン語文学そのものがなかったため、詩を書くとなれば、ひたすらギリシア詩人の作品を模倣しそれを「本歌」として詩作せねばならなかった例もある。あるいはフランス・ルネッサンス時代のプレイヤード派の詩人たちなどは、新たに発見したギリシア・ローマ詩の水準の高さに圧倒され、中世俗語詩の古拙から脱してより高尚な詩を生むためには、ギリシア・ローマ詩に範をとり、それに倣いかつ改鋳改変して、詩作することにもっぱら意を用い、心肝を摧《くだ》くことに赴かざるを得なかった。ローマの詩は、「本歌」にあたるギリシアの詩を表現の上で超え、それを凌駕してこそ初めて価値ある詩として認められたからである。

総じて本歌取り的手法は、詩人たちが嬉々として採ったものではなく、むしろ多くの場合先行する詩人たちに対して劣位にあることを自覚した上で、みずからの詩を作り出したりそのレベルを高めるために、やむなく拠った必然的な作詩法であった（定家の本歌取りにもそういった側面はある）。それ以外のヨーロッパの詩で、それぞれの時代の詩人たちが、古詩や先行する詩をモデルとして詩作し、その変奏曲にあたる作品を生み出している場合は、なんらかの詩作の原理や美的理念に基づいての行為ではなく、あくまで個々の詩人の文学的趣向や、古典的教養の作用によっている。

古代の詩や先人の詩に深く傾倒したり、それに触発され、それを糧としてみずからの詩を生み出すというのが、ほとんどのケースであろう。たとえばゲーテのプロペルティウスに倣った詩やルコント・ド・リールの『古代詩集』、作品のほとんどがギリシア・ローマ詩をモデルとしているシェニエの詩などがそれにあたる。ミルトンがウェルギリウスに倣って牧歌「リュシダス」を書いたり、サミュエル・ジョンソンがユウェナーリスを模した風刺詩を作ったり、リルケがオウィディウスやウェルギリウスの詠ったオルフェウスの冥府下りを下敷きにした詩、「オルフォイス、オイリュディケ、ヘルメス」を書いたりしたのは、そういうケースである。比較的近くはエズラ・パウンドがプロペルティウスのエレゲイア詩を翻案した詩「セクストゥス・プロペルティウス頌」が生まれたのも、やはり同様な詩人の古典的教養から発していると見てよい。総じて古典詩の世界においては、全体として過去の詩への志向が強いので、そういう詩作への態度から生まれた詩は数多く見られる。

長く強固な詩的伝統を有する中国古典詩の世界では、もっぱら古人・先人の詩を背景として詩が作られ、詩人は強固な詩的伝統に拘束されつつもなお、その中で個性、独自性をもつ詩を作ることを余儀なくされたのである。中国で本歌取り的手法がおこなわれてきたのも、中国の詩が尚古主義であり、守旧性、規範性が強く、先行する作品の表現を尊重してそれを踏襲・継承することが詩作の重要な要件となっていたためであった。「詩から詩を」作る、あるいは「先人の詩に倣い、その詩句を取り込んで詩を作る」という点では共通するところはあるが、中国古典詩の場合は、定家たち新古今詩人たちが実践した本歌取りとは、やや性質を異にしていると言うべきだろう。そこには確かに後人の作における詩の変容は認められるが、それ以上にモチーフや詩的表現の継承という側面が強く、この技法が詩に革新をもたらし伝統的な詩を大きく変貌させ、詩風を一変させるために意識的に用いられたということはないように思われる。中国詩史の上でのその意義も役割も、和歌史における定家とその一派のそれとはかなり趣が異なる。定家たちの歌に見るように、その手法が詩自体にドラスティックな革新をもたらし、本歌にあたる詩をアウフヘーベンして古典詩の面目を一新し、詩に新たな局面をもたらすというようなことはなかったからである。

先にもふれたが、宋代に詩作の原理として意識的に提唱された「点鉄成金」にしても、その影響は江西派に及んだだけであり、林逋《りんぽ》の名高い詩を別とすれば成功例が少なく、提唱者である黄庭堅の詩以外にはこれという作品も生まなかったから、これまた定家たちの本歌取りが和歌にもたらした革新に比べればその意義はごく小さい。

『新古今集』という一時代を画する空前絶後の歌集が、東西古典詩史の上でもつ格別の意義は、その中で藤原定家という一個の詩人にして詩論家（歌論作者）かつは批評家でもある人物が中核となって、題詠をさらに飛躍させて、「本歌取り」という作詩法を、和歌に新たな局面を開く詩作の原理として、明確な目的意識をもって導入し、かつそれを大胆な形で実践したことにある。それに際しては定家本人がその中核となったのみならず、彼の衛星詩人とも言える藤原良経、俊成卿女、宮内卿、後鳥羽院その他の才気あふれる一群の詩人たちをもこの技法に引き入れ、天才定家をはじめとするその詩人たちが、「新古今風」と呼ばれる前衛的かつ斬新な詩風を樹立したことによって、『新古今集』という歌集を世にも華麗な詩的言語の饗宴の場としたのであった。これは東西古典詩の世界でも稀に見る、というよりも類例のない文学現象である。このことはいくら強調しても強調しすぎることはない。

この歌集を東西古典詩の中でも一高峰をなす和歌文学の精髄、純然たる言語芸術の粋たらしめたものは、一にかかって、この危うい作詩法を詠歌の原理として据えたところにある（周知のとおり、『新古今集』という歌集は、同時代人の歌ばかりではなく『万葉集』、『古今集』の歌やその詩風において定家などとは対極にある、即自的な心情吐露の西行の歌などをも多く含み、その詩風は必ずしも一様ではない。ただここで『新古今集』と言うときは、その中でも特に「新古今的」と言われる、氷結した仮象の美をたたえ、華麗妖艶かつ夢幻的、絵画的な虚の美の世界を繰り広げている定家とその一派の詩人たちの歌を念頭に置いての発言であることを断っておく）。

では、古今、後撰、拾遺の三代集以後とみに衰退に向かっていた和歌を、大胆かつ前衛的な作詩法で改革革新し、和歌という日本的抒情詩に、言語芸術としての新たな美をもたらした詩人としての定家が考えまた提唱した本来の（あるいは狭義の）本歌取りとは、どんなものだったのか。それは東西の古典詩に広く見られる「本歌取り的手法」つまりは一般的な「詩から詩を作る」行為とは、いかなる点で異なっているのか。定家はどのようにそれを説いているのか、先学の説くところに学びつつ、そのあたりをまずは窺ってみよう。後で強調するが、本歌取りに関して定家が詩作の原理として掲げ、その作法や心得を説いた言説は、歌におけるその実践に比べればさほど重要ではない。定家がその歌論に記した本歌取りに関する理念や心得が、同時代の詩人たちに大きく作用していた形跡はないし、彼らにとって歌を詠む上での指針となっていたとも思われない。原理は所詮原理であって、その実践を推進する力となっていたわけではないし、規矩として実践の足枷になっていたわけでもない。とはいえ本歌取りの妙味を感得するためにも、この詩人が抱いていた本歌取りの理念を知っておくことはやはり必要である。

第二章では、みずからが提唱するこの詩学を、定家は詩人としてどのような形で実践し、独自の美遊の世界を築いているのか、定家とその一派の詩人たちの作品をいくつか覗いてみることとする。先学諸家の力を借りてそれを吟味し、その超絶技巧変奏曲の妙味を味わいつつ、本歌取りという技法を駆使して、彼らがことばの力で構築した超現実的人工楽園を少々漫歩してみたい。それによって、超絶技巧を駆使した本歌取りによる定家たちの歌が、東西の古典詩の中でもほかに類のない独自なものであり、中世の生んだ詩として異様なまでの輝きを放っていることを確認したいのである。

(二) 詩作の原理としての「本歌取り」・定家以前、源俊頼の否定的態度

『新古今集』という歌集を世にもユニークな抒情詩集たらしめ、東西古典詩史の上での一高峰、一頂点となしたのが、定家が主唱したこの本歌取りなる作詩法・技法であることは前節で述べたとおりである。だが、具体的にはそれはどんな約束事に従い、いかなる技法を駆使するものであったのか、俊成、定家をはじめとする当時の詩人たちの歌論をさぐり、まずはそれを確認しておきたい。専門家には既知のことであろうが、現在の一般読者にとっては、言語芸術としての和歌の機微にかかわり、詩技に関するさような細かく面倒くさい原理だの作法だのといったことは煩わしく、和歌鑑賞の邪魔になるばかりである。とはいえ、本歌取りを軸に据えて話を進める以上は、定家が詩作(詠歌)の要諦としたこの作詩法・技法について、ひとわたり述べておかねばならない。それを和歌の世界に新たな美の世界を打ち建てようと夢見た詩人のスコラ学、「末技の末技」の理論化と切って捨てることができればよいのだが、この歌集にかぎり、それを脳裏に置いておかないと、歌そのものの妙味がわからない。

そもそも和歌における「本歌取り」とはどんな手法・技法なのか、ここでもう一度確認しておきたい。それに先立ってまず和歌というものが、本歌取りをあえて掲げずとも、本質的に先行の文学

に依存する性格を帯びた文学だということを言っておかねばならない。折口信夫は先に引いた「新古今前後」の中で、

飜案といふ事は、日本文學の全時代に通じる文學態度であつた。飜案が時にはたつた一つの文學の進むべき道でもあつた。

と言っているが、その中でも和歌は、とりわけそういう性格、特質が著しい文学であった。和歌のような狭隘な言語空間で作られる韻文作品は、常に先行作品をそこに取り込んで増幅し、厚みや深みを増してゆかないかぎり形骸化して陳套に堕ち、先細りになる一方で、ついには枯死してしまうに相違ない。それゆえ和歌の作者たちは、先行する詩人たちの作品を常に意識しつつ吸収し、詩作しなければならなかったのである。和歌がとりわけ守旧性が強く、伝統に沿った形で作らないと詩の体をなさないということもあって、あえて「本歌取り」を謳うまでもなく、和歌とは必然的に「詩から作られた詩」という広義の「本歌取り」的性格を秘めた詩文学なのである。折口が、

模倣は今までの日本文學の常道である。殊に歌は類型でなければならない。類型であることが文學だといふ安心感を與へたのである。

と言っているのは（「短歌本質の成立」）、和歌のそういう性格を念頭に置いての発言であろう。

俊成が『古来風躰抄』で、

歌の本躰には、ただ古今集を仰《あふ》ぎ信ずべき事なり。

と『古今集』尊重を説いて以来、王朝和歌の典範としてのこの歌集が聖典となり、伝統墨守で、先行歌を模した歌が作られ続けたことも、和歌のこういった性格を助長する結果となったことは明らかである。そういう基本的な流れの中で、先行する作品の中から特定の歌を選び、原曲を明示した上でそれを多旋律化させ輻輳させた変奏曲を作ることが、定家を中心とする新古今詩人たちが実践した狭義の「本歌取り」なのである。

大岡信は紀貫之を論じた書（『紀貫之』日本詩人選7）の中の「歌合《うたあわせ》」にふれたくだりで本歌取りについて言及し、これを和歌に見られる「合わす」という精神のあらわれと見て、次のような興味深い指摘をしている。

「本歌取り」という、日本古典詩歌の重要な方法の一つも、「合わす」という精神の最も興味深いあらわれを示している。

こうしてみると、「合わす」ということは、日本詩歌の根本原理ということになるのではないかとさえ考えられるのである。和歌において特に顕著な一特徴として、いくつもの影像を重ね合わせ、互いに溶け合わせて、ある象徴的気分をかもしだすという方法があって、それはやがて、方法という自覚さえないほど身についた生地になっていった。

大岡は『古今集』において、「合わす」ということが『古今集』的表現の重要な特徴であることを力説しているが、「日本詩歌の根本原理」とも言えるこの「合わす」という精神を、意識的に前衛的な詩作の手法・技法として方法論化し実践したのが、定家とその周辺の詩人たちである。そこで肝腎の本歌取りだが、より具体的には、それを詩作の原理に据えた定家をはじめとする詩人たちによって、それはどういうものとしてとらえられていたのか、また現代の和歌の専門家によってそれはどう定義されているのか、そのあたりからまず見てゆこう。

意外なことに、本歌取りを詩作の原理として中枢に据え、それに則って実作者として従前の和歌の面目を一新した新たな和歌を生み出した定家自身によっても、定家に先立って、実質的にこの手法・技法の創始者として本歌取りの歌を詠んだ俊成によっても、本歌取りとはいかなる作詩法であるかということは説かれていない。のみならず和歌の用語《ターム》としての「本歌取り」ということば自体もまた、この両人によっては用いられていないのである。俊成は「千五百番歌合」の判詞で本歌取りの歌を「まねび歌」と呼び、「まねび歌はかやうに侍るべき也。」などとは言っているが、「本歌取り」という用語は用いてはいない。つまり「本歌取り」というのは後人による名称である。また俊成は「歌合」の判詞ではしばしば本歌取りについて言及し、またその技法に拠った歌を批評しているが、それがいかなる作詩法かということに関する説明はなく、またその歌論である『古来風躰抄』にも、本歌取りへの言及は一切見られない。

またこれから第四節で見てゆくように、定家はその歌論で、彼の詩学の中枢原理をなす本歌取りについて、その心得やあるべき方法などを説いているが、それはあくまで作詩上の技術論であって、彼が抱懐していた詩作の原理としての本歌取りにかかわる理論ではない。最初の歌論である『近代秀歌』において、初めて「本歌」ということばが登場するが、そこには、

古きをこひねがふにとりて、昔の歌の詞を改めずよみすゑたるを、則ち本歌とすと申すなり。

とあるのみで、そこに本歌取りについての理論的な説明はなされていない。

定家と同時代の鴨長明はその歌論書『無名抄』で本歌取りについてふれているが、それについてはやはり同様に、

古き歌の中にをかしき詞の、歌にたちいれて飾りとなりぬべきを取りて、わりなく続くべきなり。

と述べるにとどまっている。先の定家のことばにせよ、右の長明の技術論的言及にせよ、「本歌取り」の定義としてはいかにも不十分である。「本歌取り」がただそれだけのことなら、なぜその技法に従って作られた歌が、和歌革新の意味をもつ新風であったのかなんの説明にもなっていない。古歌から興趣ある句を取って、それを自作の歌にはめ込んで詠むことなら、何も目新しいことではなく、『新古今集』以前からおこなわれていたし、革新でもなんでもないからだ。詩を作るに際して、そういう手法が先行の詩の表現を借りるという形で、中国古典詩でもごく普通におこなわれていたことも、第一章で述べたとおりである。そこで、詩作の原理、作詩法としての本歌取りに関しては、その実体を示すより厳密で具体的な定義が必要となる。そもそも「本歌取り」とはいかなる作詩法・詠歌の技法なのか。実作者である俊成や定家たち自身によってそれが明示されていない以上、現代の和歌の専門家の声を聞くほかない。

『和歌とは何か』という好著の著者渡部泰明は、本歌取りを次のように定義している。

> ある**特定の**古歌の表現をふまえたことを読者に明示し、なおかつ新しさが感じられるように歌を詠むこと。（太字――引用者）

実に簡にして要を得た定義で特に付言することはない。あえて言えば、「詩から詩を作る」という東西の古典詩に普遍的に見られる手法の中で、原曲にあたる「**本歌**」**を明示すること**、また「新しさが感じられるように」**意図して、その変奏曲を作ること**こそが「本歌取り」という詩作の原理だったことを、より強調していただきたかったところだ。なぜなら、古来東西の詩において「詩から詩を作る」のはごく普通の手法だったが、定家たちのように、右に定義されているようなことを、正面から詩作の原理として掲げた例は、私の知るかぎりではほかにないからである。そればかりか、実際に集団でその詩作の原理を実践して和歌に革新をもたらしたとなると、これは東西古典詩史の上でも特筆すべき文学現象だと言える。「詩文学史上における模倣（ミメーシス）の一奇観」とでも名づけて、世に喧伝してもいいくらいのものだ。

外国人研究者の立場から、つまりは「他者の眼をもって」和歌を研究しているツベタナ・クリステワは、本歌取りという技法について、次のように述べているが、これは、これまでのところ国文学者たちによってはなされてこなかった新たな視点からの本歌取りについての指摘である。

　本歌取りは、詩的伝統を振り返る技法でありながら、意味生成のプロセスのなかで発動させられた無数の連想の連鎖を拘束するための装置でもある。それゆえ、本歌取りなどの技法を用いた平安末期の歌は、詩的カノンの定義に従って規定された歌言葉の意味だけでなく、詩化過程そのものをも辿り、さらに詩化過程の展開を特徴づけた当代人の価値観や人生観をも反映するようになる。（『涙の詩学』）

渡部の定義にあるように、和歌における本歌取りとは、基本的には「詩から詩を（和歌から和歌を）作る」手法・技法であって、すでに『古今集』に先立って『万葉集』にもその萌芽が見られ、『古今集』に至って詩作の一つの技法として実践されている例が認められる。たとえば貫之の

三輪山をしかも隠《かく》すか春霞人に知《し》られぬはなやさくらむ

という歌が、『万葉集』巻十八の額田王の歌、

三輪山を然《しか》も隠すか雲だにも心あらなむ隠さふべしや

から一句と二句を取った作であることは誰の眼にも明らかであって、それを踏まえた歌であるからこれは本歌取りの先駆と言える。額田王の歌の「雲」が「心あらなむ」と言われているように自然の一部であるのに対して、貫之の歌では擬人化されているなど新たな意匠を盛り込んで新味を出しているのが認められる。俊成以降のように詩作の手法として明確に意識されたものではないにせよ、これはもはや単なる模倣や踏襲ではない。明らかに本歌を踏まえ、そのヴァリエーションを生み出すことによって、新たな詩的世界を切り開くことを意図した作である。また折口信夫は、「読み人知らず」の歌、

世中《(よのなか)》はなにか常《つね》なるあすか河《ゞは》きのふの淵《ふち》ぞけふは瀬《せ》になる

という歌を本歌とした伊勢の、

あすか河《ゞは》ふちにもあらぬわが宿《やど》もせに変《かは》り行《(ゆく)》物にぞ有《(あり)》ける

という歌を、「古今集の本歌どりの技巧」の例として引いている（「女房文學から隠者文學へ」）。渡部の前掲書には、作詩法としての本歌取りが確立する前夜の意識を示すものとして、一二世紀の歌人藤原清輔の歌論書『奥義抄』が言及されている。それによれば清輔は、巧みに古歌を盗んだ例として、

河霧《かわぎり》のふもとをこめて立ちぬればそらにぞ秋の山は見えける

という清原深養父《ふかやぶ》の歌を「盗んで」詠んだ、

ふもとをば宇治《うぢ》の河霧《ぎり》たちこめて雲居に見ゆる朝日山かな

という藤原公実《きんざね》の歌を褒めて、「これは「河霧のふもとをこめて立ちぬれば」と云ふ歌を盗めるなり。歌はかくのごとくこれを盗むべし。」と言い放ったという。古歌を誰にも知られぬようこっそりと巧みに盗んだ手腕に感心しているのである。ただ「盗む」ということばに見られるように、この場合は本歌取りと違って「本歌」にあたる歌をそれと明示していないから、これを「本歌取り」と呼ぶことはできない。

この手法・技法は、平安時代の詩人藤原公任《きんとう》の歌論書『新撰髄脳』でも、「古歌を本文にして詠めることあり。」として言及されている。とはいえ、この段階では、そういう手法は有力ではなくむしろ避けるべきこととされていたし、ましてや詩作の原理として広く認知され実践されるまでに至ってはいない。また特定の詩人がそれを詩作の原理として積極的に提唱したり鼓吹したりすることはなく、その影響力も大きくはなかった。

白河院政時代に歌人として活躍した源俊頼は、その歌論（と言っても実際には若い女性のための歌の実作の手引書であるが）『俊頼髄脳』で和歌の技法についての心得を説いているくだりで、「本歌取り」という詠法については極めて慎重な態度をみせており、むしろ否定的でさえあった。そこでは、

歌を詠むに、古き歌に詠み似せつればわろきを、いまの歌詠みましつれば、あしからずとぞうけたまはる。

という見解、つまりは「古歌をそのまま模倣するのはよくないが、まねても本歌より上手に詠むならば悪いことではないと聞いている。」と言っている。「あしからずとぞうけたまはる」とはなんとも歯切れの悪い物言いだが、橋本不美男の注によれば、この「うけたまはる」というのは、公任の『新撰髄脳』に本歌取りについてふれた箇所があり、そこには「われ一人よしと思ふらめど、なべてさしもおぼえぬは、あぢきなくなむあるべき。」とあって、本歌を取っても一人悦に入っているような独りよがりはよくない、と言われている。俊頼はそれを踏まえて本歌取りに関してかような見解を述べたのであろうとされている。俊頼の本音は本歌取り的な歌には懐疑的、というよりも否定的であったと見られる。本歌取りは危うい作詩法であって、容易に単なる古歌の模倣に堕しやすいからである（塚本邦雄はその著『新古今の惑星群』の中で「露骨拙劣を極めた本歌取り」の例として、当時俊成の猶子だった定長（出家以前、在俗時の寂蓮）が、平経盛主催の歌合で詠んだ、「さを鹿の鳴く音《ね》はよそに聞きつれど涙は袖のものにぞありける」という歌に言及している。そう言われてみればなるほど、この歌は判者清輔の判詞で指摘されているとおり、俊頼の「さ男鹿の鳴く音は野邊に聞こゆれど涙は床《とこ》のものにぞありける」という歌の猿真似にすぎない。定長当時二九歳、後に寂蓮となって秀歌を何首も生んだ詩人の歌にしては芸がなさすぎる。幸いそういう凡作は遺ってはいないが、本歌取りに失敗し古歌の模倣に堕したかような例は、ほかにも数多くあったものと思われる）。

俊頼は右のことばに続いて、黄庭堅の言う「点鉄成金」に成功し、「いまの歌詠みまし」た実例、つまりは本歌よりもすぐれた歌を詠み得た例を何首か挙げている。
その最後に『万葉集』中臣宅守の歌、

思ひつつ寝《ぬ》ればかもとなぬばたまの一夜《ひとよ》も落ちず夢《いめ》にし見ゆる

を本歌とする小野小町の名高い歌、

思《(おもひ)》つゝ寝《ぬ》ればや人の見えつらむ夢としりせば覚《さ》めざらましを

を引いた上で、「これが様《やう》に、詠みまさる事のかたければ、かまへて、詠みあはせじとすべきなり。」つまりは、右の歌のように、本歌を上まわるほどの歌を詠むことは極めて困難であるから、本歌に勝るほどの歌が詠めないのなら、心して古歌に似た歌を詠まないよう心がけるべきだと説いている。作詩法として意図的に本歌取りをおこなうことは成功率が低いし、効果的ではなく、避けたほうがよいと考えていたことがわかる。ここには本歌取りという、一歩誤れば単なる古歌の模倣や剽窃に終わる可能性のある危うい作詩法への警戒感はあっても、それを詩作の原理として認め、推進するような姿勢は微塵もない。俊頼が本歌取りを、歌を詠む上ではむしろ忌むべきことと考えていたことは明らかである。むろん俊頼自身が、それを詩作の上で実践することはなかった。

本歌取りに対するこのような否定的な態度は、和歌に関する当時の状況が作用していた。俊頼のこの歌論が書かれたのは、和歌がもはや日常生活でのみやびな社交の具から脱して文学性を高め、次第に個人の個性が刻印された「詩」へと変質しつつあった折のことである。和歌はまだ停滞しきって衰退した姿を見せるまでには至っておらず、かろうじて古典的調和を保っていた。彼は和歌がもはや直情流露の実情歌にとどまっていることはできず、言語表現の力によって、人為的な美を創り出さねばならぬ段階にあることを自覚してはいた。だがそれが質的に低下し、行き詰まって危機的な状況にあるとまでは思っていなかった。そのため、「本歌取り」というような新たな手法・技法によって革新しないかぎり、和歌が新たな生命を得て蘇ることはむずかしいという認識がなかったものと考えられるのである。

(三) 俊成による「本歌取り」手法の導入とその実践
——物語を背景とした和歌・和歌の物語化

本歌取りが和歌における作詩法として確立し、肯定的かつ積極的に推奨されるに至ったのは院政期に入ってからのことで、より具体的には俊成においてである。鴨長明が『無名抄』で、「後拾遺集より後其さま一つにして久しくなりぬる故に、風情やうやう盡き、この道時に隋ひて衰へゆく。」と慨嘆しているように、三代集以後の和歌の質的低下衰退は明らかであり、それを痛感した俊成が和歌革新の一手法として推奨しまたみずから実践したのが、本歌取りであった。和歌における文学性の追求がそのような手法を採ることを強いたのだと言ってもよい。俊成が実作において本歌取りを実践し始めた頃には、まだ作詩法・技法の名称としての「本歌取り」という名称すらもなかった。先にも述べたとおり、俊成は本歌取りを自作の中で実践はしていても、歌論などにおいてそれを詩作の原理として理論化したりすることはなく、その子定家のように、それに関する作法や心得を説いたりもしていない。

俊成における本歌取りとは、古歌の詞を取ってそれに創意を加え、趣を変えて新たな形の歌として詠むことであり、また『源氏物語』をはじめとする物語の場面を和歌に詠みなしたり、漢詩を和歌に詠みなしたりする本説・本文を踏まえて詩作するという手法・技法であった。先人の歌を、それが詠われた具体的状況から引き離し、それをみずからが作り上げる想像による詩的世界の構成要素として利用しつつ、一首の中に新たな物語的世界を構築するというのが、その本歌取りの手法であり技法であった。本歌を、あるいはその詞の一部を取ってそれを自己流に染め直し、一段と高次かつ複雑な詩的世界を織りなすことこそが、本歌取りの詩学の本領だったと言ってもよい。あるいはまた『伊勢物語』、『源氏物語』をはじめとする物語の一場面を、和歌に仕立て上げ、その「本説」である物語の世界を背景に、それと二重写しにして連想を誘い、抒情的な物語の世界を展開するという手法であり技法であった。それは狭隘な和歌の世界の奥行きを増し、文学的に拡大するという効果を狙ったものであった。

これは先に見た中国古典詩、たとえば『文選』における「擬古」詩や「模擬」詩とも、ギリシアの詩をラテン化して、より精緻な表現によるラテン語詩となしたローマの詩人たちの詩とも、先行する詩人たちの詩に倣って、それをモデルとしてエピグラム詩を書き継いだ、ヘレニズム時代以降のギリシア詩人たちとも、異なった行き方による独自の作詩法である。

それは古典に関する十二分な教養を前提として初めて成り立つ作詩法であって、作者の側も読者の側も古歌や物語を知悉していることが和歌成立の条件となっている。この技法が、有力貴族や皇族を中心とする「歌壇」が存在し、和歌の作者が同時に読者でもありしばしば批評家でもあるような、狭く閉じられた貴族社会でのみ成り立ち、それにふさわしい鑑賞や批評がなされるものであったことは、俊成が判者を務めた「六百番歌合」の判詞が如実に示すところだ。歌を詠む宮廷貴族という「文学共同体」があって、初めて成立する文芸なのである。作者と読者が重なり、その共同作業によって文学として十全に成立するところにその特質があると言える。限られた言語エリートの文学技法だったのである。渡部は本歌取りの意義の根本は座興にあるとしているが、これは卓見である。渡部が前掲書で説いている、

つまり、本歌取りというのは、その基本として歌人たちの集まる場に興趣をもたらすという場に規制される面をもつのである。(中略)一般に本歌取りは美学的に捉えられる傾向にあるが、根幹は美学にあるのではない。もっと行為的な特定な場での営みとしてある。

という見解は、いかにも正鵠を射たものと思われ、快哉を叫びたくなるほどのものだ。われわれ後世の読者にはそういう面が見えないし、ことばの幻術師定家の術中に嵌って、本歌取りをあまりにも美的に見すぎている。本歌取りの歌が、もっぱら「歌合」の場で披露されていたということは重く見なければなるまい。

「歌合《うたあわせ》」とは要するに詩の競演である。ギリシア人はなにごとによらず競争《アゴーン》が好きで、スポーツや音楽に限らず文学の面でも古くから詩の競演はおこなわれていたらしい。古くはホメロスとヘシオドスの歌比べの伝説があったし、大詩人ピンダロスは若き日に詩の競演で同郷の女流詩人コリンナに幾度か敗れたとも伝えられている。またアッティカの悲劇が、必ず複数の作者による競演という形で上演されたのは周知のとおりである。わが国の王朝貴族もまた「何々合《あわせ》」つまりは何かにおいて競い合い、勝負を決することが好きだったようである。王朝文化の特質の一つ、大仰に言えば日本文化の特質かもしれないが、「合わせる」ということをやたらに好んだのが、王朝貴族という族《うから》である。「絵合」、「貝合」、「薫物合《たきもの》」、「根合」、「前栽合」、「紅葉合」、「扇合」などなど、いろんな「合わせ」があったようだが、その一つが文学における競争《アゴーン》である「歌合」であった（それに先立って、詩の競演である「詩合」もあった）。つまりは座を分かって和歌の優劣を競い合い、判者を立てて勝敗を決するのがそれだが、平安朝以来宮廷や有力貴族の主催でしきりに種々の「歌合」が催され、定家の時代におこなわれた「六百番歌合」はその頂点をなすものであった。本歌取りもまたそういう文化を背景として成立した作詩法である。「歌合」で歌の優劣を競い、勝敗を決するためには、比較の基準として同一のテーマを詠んだ歌でなければ、判定はむずかしい。そこで題詠が歌合の前提となるのだが、それに際しては、本歌取りによる歌こそが技量を判定するのには最も好都合である。それゆえ「歌合」を場とする本歌取りが盛んとなり、ついには定家たち一派の活躍によって、『新古今集』の最も有力な作詩法・技法となったということであろう。

これは高踏的な「あそび」である。渡部の言う本歌取りを楽しむ「場」が失われ、そういう高級な「あそび」を楽しむ貴族趣味の文化も消失して、遠い過去のものとなった現代の日本で、本歌取りを身上とする『新古今集』の歌が、広く人気を博さないのも当然と言えば当然のことである。そういう貴族の「あそび」の場が消え失せた今日、この歌集を読もうとする読者は、時間を遡って過去の世界に身を置いてみなければならない。折口が言っているように、「新古今時代の抒情的な歌は、一度讀んで気分だけ與へられ、分解してまう一度讀む。二度**てま**の處を狙ってゐるのだ。」（太字――引用者）という難物である。いわば美的要素の強い高度な謎解きとしての性格を帯びているから、実に厄介である。作者はむろんのこと、読者にも高度に知的な操作を要求するのが、本歌取りを身上とする新古今の歌だと言ってよい。要するに玄人好みの文学なのである。多忙な現代人はさような手間のかかる文学には、とてもつきあってはいられない。

それはともかく、「本歌取り」に俊成が求めたものは、この技法の導入によって、停滞し衰退に向かいつつあった和歌に新風をもたらし、それを蘇生させ文学的活力を注入することであった。本歌が作り出した美的世界を吸収した上でそこに新たな美を付与し、本歌や本説の物語を背景においてそれを匂わせることで、モンタージュの手法や言語のもつ映像的効果やことばの複合的なはたらきを最大限に利用し、連想によってイメージが重層化、複合化することを狙って歌を詠むのである。それによって歌に奥行きや広がりが生じ、内容が深まり情調が濃厚になることが期待されるわけである。それは音楽で言えば変奏曲だが、原曲に比して多旋律的《ポリフォニック》な構造をもっている。三十一文字という小さな詩形の中に、その詩形を超えた内容を押し込もうとする文学的なたくらみだと言ったらよかろうか。それは和歌という詩文学が衰弱頽廃し、危機的状況にあったときに、そこからの脱出を図っての窮余の策、と言って悪ければ革新の手段にほかならなかった。これは危うい作詩法であって、かなりの手腕がないと、容易に先行歌の二番煎じや真似事に堕してしまう危険性をはらんでいた。「点鉄成金」どころか「点金成鉛」に終わる可能性が高いのである。

それだけに、渡部が指摘しているように、逆に本歌取りがみごとに成功している歌には、それによって本歌取りされた「本歌自体も新たな魅力を見せ始める」という文学的・詩的効果も生じる。本歌に映発してそれまでは気づかれていなかった古歌の美質、魅力が蘇るという現象が起きる（これは先に第一章で引いた宋詩の例でも見られることであり、またたとえばロンサールがギリシアのエピグラムやホラティウスの詩を「本歌取り」した詩を書くことで、古詩の魅力を再認識させ、再生させるというはたらきをしたことも、こういう作詩法のもつ力だと言えよう。現代の読者がゲーテの名詩「旅人の夜の歌」によって、それを誘発したアルクマンの詩の静謐な美しさを改めて感じ取るのも、同じことである）。

だが本歌取りによる歌は、必ず本歌を脳裏に浮かべて味わわねばならないと決まったものでもない。定家をはじめとする新古今の詩人たちの歌の中には、本歌取りによって生まれた歌が、本歌そのものより詩としてより完成度が高く、より高次な象徴詩の域に達していることで、本歌を離れて独立した詩として完結した美的世界を形成している場合が少なくない。そういう場合は、新たな歌はもはや本歌の情調を匂わせたり、イメージの複合・重層化を要しないものとなっている。

この手法は、文学であると同時に貴族間における社交の具でもあり、しばしば男女間の優雅な挨拶でもあった和歌というものが、もはや日常的な抒情表出の具としての域を脱して、人為的な言語美の創造へと向かいつつあった過程で、意識的に導入されたものである。和歌はもはや現実にかかわるものではなくなり、先行する文学作品を作者の美的理念により加工したり味付けしたりして、新たな作品として再生産されたものへと変質したのだと言ってよい。これによって、和歌はいっそう非日常化し、その文芸化、芸術化が推し進められることとなった。すでに『古今集』自体がその傾向が見られるが、『新古今集』の歌は、(そこに収められた『万葉集』の歌や西行の歌などを除けば)ほとんどが題詠によるものであったり、いわゆる「屏風歌」だったりする。それは作者の実体験や肉声とはほど遠い、虚の世界に仮象の美を創り出すことを意図した、意識的に文芸化された詩であって、おのずと人口楽園に咲く幻花に化してゆく途をたどり、ついには定家一派の歌においてその極に達するのである。

俊成においてはこの手法は、たとえば『伊勢物語』の第百二十三段「深草の鶉」の女の返歌、

野とならばうづらとなきて年は経《へ》むかりにだにやはきみは来《こ》ざらむ

を本歌として、それを

夕《ゆふ》されば野辺の秋風身にしみてうづらなくなり深草《ふか》のさと

という具合に、物語を和歌の世界に詠みなした自賛歌において、みごとな成功を収めているのが見られる（これは俊成第一の自賛歌であり絶唱とされる名歌である。「幽玄」を掲げた詩人の理想はこの一首に凝縮していると評される歌だが、折口信夫はこの歌を「印象がうじゃうじゃしている。幽情も、やわらぎも見えない。」（太字―引用者）と辛口に評しているが、これはいささか点が辛すぎよう）。この手法を用いて和歌の世界へ物語を導入し、和歌を物語化することによって、その内容を豊富化し、歌に広がりと厚みをもたらしたのである。物語の世界を和歌の世界で再話し、それを独自の色合いに染め上げて繰り広げているのである。

これはもう和歌の完全な文学化、純粋芸術化を示していると言ってよい。『伊勢物語』の愛読者でもないかぎり、専門家による注釈がないと現代の読者がそれとすぐに気づくのはむずかしい。だが当時の歌詠みたちはみな物語に精通したから、この歌にふれた人々は、そこでは男に捨てられようとしている悲しみを詠んだ伊勢物語の女の歌が、ここでは捨てられた女の悲しみの表出へと変貌しているのを容易に読み取ったはずである。そうした新たな物語の創り手である俊成の技量と、本歌の残響とその巧みな変奏とを同時に聴き、またイメージの輻輳を楽しむことができたわけである。みずから歌詠みでもあった当時の読者は、この歌に接して変奏の名手としての俊成の手腕に感嘆せざるを得なかったに相違ない。歌合で俊成のこの歌と番えられ、俊成によって勝《かち》を譲られている慈円の、

いかにせむ伏見の里の有明に田面の雁の月に鳴くなる

という歌もまた『伊勢物語』第九段の歌の本歌取りである。どちらの歌にあっても、本歌が新たに詠まれた歌の注釈の役割を果たしていることを見逃してはなるまい。本歌を知っていてこそ、妙味がわかる仕組みになっているのである。古歌に関する知識を共有し、文学的教養を同じくする限られた文学共同体にあってこそ、その妙味が即座に理解されまた嘆賞されもしたのである。

俊成の本説・本文を踏まえた同様な作例はほかにもあるが、『伊勢物語』を本説とした歌は右の歌のほか、その八十二段を踏まえた、

またや見ん交野《かたの》のみ野《の》の桜がり花の雪ちる春のあけぼの

という歌もある。『源氏物語』を本説とした歌として「葵の巻」の一場面を歌に詠みなした、「紅葉」と題された一首、

嵐ふく峰《みね》のもみぢの日にそへてもろくなりゆくわが涙哉《かな》

のような作もあって、これは俊成の得意とするところであった。歌合の判詞で、「源氏見ざる歌よみは遺恨の事也。」というよく知られた名台詞を吐いただけあって、『源氏物語』を背景とした俊成の歌は、いずれも巧みであり成功している。

その一方でまた漢詩を本説とする歌もあり、『白氏文集』の中のよく知られた詩「遺愛寺鐘敧枕聴」を和歌に詠んだ、

あか月とつげの枕をそばだてて聞《き》くもかなしき鐘のを《（お）》と哉《かな》

や、これも『白氏文集』にある、流謫の悲哀を詠った白楽天の詩の一節「蘭省花時錦帳下／盧山雨夜草庵中」を、みずからの宮中生活追懐の歌として詠みなした、

昔《むかし》おもふ草《くさ》のいほりの夜《よる》の雨になみだなそへそ山郭公

といった絶唱もあって、この手法による詩作が俊成の歌の世界をより豊饒なものとしていることがわかる。同様な例は『新古今集』中の他の詩人たちの作にも数多く認められるが、さほど文学的・詩的効果を上げていない歌も少なからずあって、これが豊かな詩才を要する危うい作詩法であったことを物語っている。

このように、定家に先立ってまず「本歌取り」を実践したのは彼の父俊成であったが、先に言ったように彼はそれを正面切って詩作の原理として掲げかつ鼓吹して、それによって周囲の詩人たちをその手法へと駆り立て、時代の詩風をドラスティックに一新、変貌させるということはなかった。俊成による本歌取りは、直接には定家とその周辺の詩人たちを本歌取りへと向かわせる原動力とはならなかったのである。この純粋な抒情詩人にあっては、全体として成功を収めているとはいえ本歌取りの実践は控えめであって、「六百番歌合」の判詞などから知られるように、「まねび歌」に関しては慎重な姿勢を示しており、安易な姿勢で古歌に拠って歌を詠むことには懐疑的であった。歌合に臨んでの俊成の判詞は「本歌取り」の歌に細かな注文や批判を付しており、あまりに本歌に就きすぎた歌や、多くの句を取った歌には否定的であって、それが巧みにできている場合にのみ、これを良しとしているのが認められる（ただし巧みと言っても、「達磨歌」と非難された定家の歌のように、あまりにも詭巧を凝らした晦渋な、本歌を劇的に変貌させている歌には、好意的ではないように見受けられる。声調を重視する俊成にとって、良き歌とは詞の続き方に難がなく、なだらかで姿が整った歌だからであろう）。

また俊成自身の古歌に拠った本歌取りの歌にしても、『古今集』の名高い歌「五月待つ花橘の香をかげば昔の人の袖の香ぞする」を本歌として、

たれかまたはなたちばなに思《おも》ひ出でんわれも昔《むかし》の人となりなば

と詠んでいるように、定家のように本歌を劇的に変貌させ、まったく新たな美的世界を創造するのではなかった。むしろ本歌を匂わせることで連想を誘って映像を複合化し、重層化することで、歌に奥行きをもたせて、その深みを増すことを意図したような歌が多い。俊成における本歌取りは確かに和歌に革新をもたらしはしたが、定家のそれのように前衛的で、当時の和歌に革命的変貌・変容をもたらすまでには至らなかったのである。

「歌はただよみあげもし、詠じもしたるに、何《なに》となく艶《えん》にもあはれにも聞《き》ゆる事のあるなるべし。」と説き、和歌における明確な表出を嫌って、歌の韻律的効果と情緒を重んずる抒情詩人である俊成は、その実作においても本歌取りならぬ優美な直情流露の歌もまた多い。彼は定家のように、その作品の大半が本歌取りによる歌で、知力のかぎりを尽くして一首の組み立てに詭巧を凝らし、練りに練った高度に複合的で錯雑した、しばしばアクロバティックで巧緻な表現を駆使して、本歌の世

界を異次元のものに変容させてしまうようなことはなかった。その表現上の技巧にしても、定家のように日本語のシンタックスを破壊しかねない大胆な倒置や省略、極度な詞の凝縮や省略といったものは避けている。いわゆる「疎句表現」による、上の句と下の句の非論理的接続なども見られない。そこまで突き進むには、俊成はあまりにも純粋な抒情詩人であった。少なくとも俊成が、本歌取りを和歌制作の主要な原理・要諦として強く打ち出し、それを積極的に鼓吹推進して、その門下にあった詩人たちをいざない、和歌を大胆に革新し新局面を切り開くというところまでいかなかったことは確かである。

(四) 定家の唱える本歌取り・「凍れる美学」の理念

定家が抱いていた本歌取りの理念に関しては、藤平春男の好著『新古今とその前後』に、簡潔ながら実に要を得た形で説かれている。以下それを指針として、この問題を考えてみよう。

詩作の原理としての「本歌取り」という名称は定家が生み出したものではないが、定家とその周辺の詩人たちを語るとなれば、結局は本歌取りを語ることに帰着する。定家にとっては歌とは、心の中に湧き上がる感動や感情、感慨を流露したものではなくあくまで観念の中で「こしらへて出」すべきものであったから、そのための技法、作法が必要だったのであり、詩作の原理を掲げる必要があった。定家にあってはそれが「本歌取り」であった。

この作詩法・技法の創始者ではないにせよ、それを詩作の原理・要諦として正面から取り上げ、それを詩人の拠るべき創作手法として提唱したのが定家である。定家が「本歌取り」という作詩法・技法をどうとらえ、そこに従来の和歌の面目を一新し、ほとんど象徴詩の先駆とも言える前衛的な歌を生み出す原理を見出したかを知るには、その歌論を覗き見るにしくはない。定家は本歌取りを重く見ており、彼の歌論はすべてそれに言及し、作詩上の唯一の方法論として説かれている。

折口が「日本には文學的な理論は発達しなかつた。」と言っているとおり、総じてわが国の歌論というものは、中国の劉勰《りゅうきょう》『文心雕龍《ぶんしんちょうりゅう》』が文学の本質を論じた壮大な文学論、文学原論であったり、詩を論じた鍾嶸《しょうこう》『詩品』や定家とほぼ同時代の厳羽の『滄浪詩話《そうろうしわ》』などが、理論的密度が高く、詩の本質にかかわることを論じているのに比すると、ほとんどが詩作（詠歌）に関する技術論であって、文学論、詩論としての魅力には乏しい。それは「詩学」と呼びうるほどのものではない。定家の歌論もその例外ではなく、俊成の『古来風躰抄』が一応和歌の本質を論じているのに比しても、さらに技術論的である（その点ではホラティウスの『詩論』も似たようなものだが）。その上に「有心躰」だの「秀逸躰」だのという実体がよくわからぬ観念的なものを振り回し（それが具体的にはいかなる属性を有する歌を指しているのか、和歌研究家の間でも見解の一致を見ていないから、こう言うのである）、さらには和歌の様式を「和歌十躰」なるものに分類して、「幽玄躰」だの「事可躰《ことしかるべきたい》」だの「麗躰《うるはしきたい》」だのという面倒なものを考え出し、果ては「鬼拉躰《きらったい》」などという得体のしれないものまで持ち出して、和歌をいたずらにこむずかしくしている。挙句の果てには「有心躰」などという、未だに国文学者、和歌の専門家の間でもその定義や実体がはっきりしない観念を生み出して、われわれ後世の読者を惑わせている。塚本邦雄によれば、それは「聖なる空論」である（そう言えば、定家たち新古今詩人とほぼ同時代の南仏詩人トルゥバドゥールたちも韻律に工夫を凝らし、「密閉体《トロバール・クリュス》」だの「平明体《トロバール・リック》」だのといったものを編み出して、詩技の妙を誇っていたが、これまた空論であって、その詩的完成度は新古今の和歌と同日の談ではない）。われわれ現代の読者は、さような「聖なる空論」に律儀につきあってはいられないし、そんな必要もない。

　これを定家一流の机上のスコラ学として片付けられればいいのだが、そこで詩作の原理としての「本歌取り」が説かれ、その技法・作法にふれられている以上は、詩人によるその実践を眺めるに先立って、まずそれを瞥見、確認しておかねばならない。それは確かに必要な手続きだが、歌論なるものは所詮は理論であって、定家にしても重要なことは、この天才詩人がそれを詩作の原理として説いたことではなく、実作において世にも大胆かつ華麗な虚の美の世界を築いたという事実だということを忘れてはなるまい。詩人、和歌の実作者としてほかの誰にもまして目覚ましい仕事をし、ほとんど革命的なまでに画期的な和歌革新の事績を残したことが重要なのである。俊成によって詩作の方法として取り上げられ、つつましく実践された「本歌取り」を、大胆にして前衛的な形で実践し、華麗な歌として華々しく展開したこと、これこそが最も意味があるのである。これに関して萩原朔太郎は次のように言っている。

詩學者には理論があつて藝術がなく、詩のイズムがあつて「詩そのもの」の魂がない。實に新古今の技巧的構成主義を美學した者は定家であつたが、それを真の詩歌に詠つた者は、他の西行や式子内親王等の歌人であつた。**定家その人に至つては、彼の美學を歌の方程式で數學公理に示したのみ。**（同上、太字―引用者）

これは歌の実作者としての定家の評価を誤った見方だと言うほかない。定家は歌学者、歌論作者である前に、なによりもまず前衛詩人であった。

定家の周辺の詩人たちにしても、定家がその歌論で詩作の原理として説いたり戒めたりしていることを、金科玉条のごとく尊びそれに従って詩作しているわけではない。「本歌取り」に拠った定家の前衛的な歌そのものに触発され影響されて、それに学び倣ってみずからの詩風を築いたのであった。定家が本歌取りで発揮してみせた超絶技巧による妖艶華麗な歌が、周囲の詩人たちをいたく刺激し、それに倣って他の詩人たちが、競ってこの手法に拠って歌を詠むこととなったというのが実情であろう。江戸の歌詠み小沢蘆庵が、その歌論『布留の中道』で本歌取りにふれて、「功成就の歌は誠に絶妙、凡庸の及ぶべきにあらねば、時の人多く此風に靡けり。」と言っているのは、定家を念頭に置いてのことであろう。後鳥羽院が定家の「院初度百首」の歌に収められた歌に接してこれを激賞し、一時期それに熱中陶酔したところからしても、定家がその歌によって周囲の詩人たちに与えた衝撃や刺激がいかほどのものであったか、容易に知られようというものだ。もっとも院は『御口伝』の中で、「かの卿が秀歌とて人の口に在る歌、多くもなし。」と言っている。作風があまりにも大胆で無理な表現に拠っているため、理解されにくく、秀歌として人口に膾炙している歌は多くはない、ということなのだが、それだと、そんな歌を詠んだ定家がその周辺の歌詠みたちに与えた影響は、さほどのものではなかったことになってしまうのではないか。

それとも、秀歌とは言えないまでも、その前衛的で斬新な発想や、意表を衝く大胆な表現が周囲の人々の関心を強く惹いて、皆が競って本歌取りの歌の制作に乗り出したのだろうか。

定家がその歌論で本歌取りとは何かを明示し、またそれに際しての心得や戒めを説いているのは、むしろ実践の後のことであって、顧みてその方法論を整理したということであろう。安田章生のことばを借りれば、それは「実作体験の決算報告」としての性格をもつものであった。そこには、みずからが先頭に立って推進実践した本歌取りがあまりにも流行したので、亜流によるその技法の濫用に、苦言を呈しているという側面さえもが覗いている。定家が源実朝に遣送した『近代秀歌』を書いたのは四八歳のときであり、『毎月抄』は五八歳、『詠歌大概』は六一歳のときの著作である。彼はそのときまでに代表作や秀歌とされる歌はすでに詠み終えていたし、もはや詩人としての創作活動はピークを過ぎ、沈滞期に入っていた。周囲の詩人たちにしても、いまさらその歌論に接して実作の上で影響を受けたということも考えにくい。本歌取りを説いたその歌論が、いささか机上のスコラ学的な臭いがするのは、当時の歌でこの原理に背馳している歌が数多くあるのみか、定家自身が実作において、平気でこれを踏み破っているからである。

それはひとまずさておいて、本歌取りに関する定家の所説を瞥見しておこう。まず最初に定家が実朝に遣送したとされる『近代秀歌』を覗くと、そこには「本歌取り」の手法について、こう述べられている。

詞は古きを慕ひ、心は新しきを求め、及ばぬ高き姿をねがひて、寛平以往《かんぺいいわう》の歌にならはば、自らよろしきこともなどか侍らざらむ。古きをこひねがふにとりて、昔の歌の詞を改めずよみするゐたるを、則ち本歌とすと申すなり。

「**詞《ことば》は古きを慕ひ、心は新しきを求め**」ること、これは定家における「本歌取り」の中枢をなす原理であり詩作の要諦である。「昔の詞を改めずよみするゐたる」つまりは『古今集』前期頃の古典的な歌語を踏襲して用い、表現すべき内容はまだ詠まれたことのない斬新なものを求めて詠む、これこそが本歌取りだというのである。これはまさしく古典主義の詩学だと言える。それに際しては古歌のことばを改めることなく一首の中に詠み込む、これを「本歌取り」というのだ、という説明を加えている（定家の言語重視の姿勢、ことばこそが美を生み出す源泉だとする主張がここに窺われる）。

驚くべきは石田吉貞も不可解なこととしているように、定家がその歌論で本歌取りのもつ意義については何も言及していないことである。「詞は古きを慕ひ、心は新しきを求め」るということは、普通に考えれば、どう見ても矛盾した作詩法だと言わざるを得ないが、それに関する説明もなされていない。歌を詠むにあたって、なぜ本歌取りという手法に拠るのかという肝腎な点についての説明がなく、直ちに技術論に入っているのは、なんとしても不可解である。その歌論が、厳密に言えば「詩学」と呼ぶに足るものにはなっていないということである。要するに説かれているのは、本歌取りに際しての技法であり、その心得、作法の域を出てはいない。定家は右に引いた箇所に続いて、具体例をあげ、本歌取りに際して慎むべきことなどを述べているが、それはさして重要ではない。

『近代秀歌』に続いて、定家が晩年に到達した詩作についての理念と原理を述べ、詩作の方法、作法についてその心得を説いているのが、漢文で書かれた『詠歌大概』である。これもやはり作詩上の技術論だが、『近代秀歌』に比べると詩作（詠歌）理論とも言うべき性格がやや濃厚になっている。そこでもやはり「本歌取り」について、かなり具体的な言及がなされており、定家が「本歌取り」という作詩法をどのようなものとしてとらえていたかを知ることができる。いまここで藤平春男による読み下しを借用して、その骨子となる箇所を抜き出せば、およそ次のようなことが言われている。まず最初に来るのが、先に見た「詞は古きを慕ひ、心は新しきを求め」るという詩作の要諦である。

情《こころ》は新《あたら》しきを以《もっ》て先《さき》となし、人のいまだ詠《えい》ぜざるの心を求めて、これを詠ぜよ、詞《ことば》は旧《ふる》きを以て用ゆべし。詞は三代集《さんだいしふ》の先達《せんだつ》の用ゆる所を出《い》づべからず。

次いで、近代の詩人が初めて詠んだ構想やことばは、一句とも自作の歌の中には詠み込んではならないと言われているが、これは初めてそれを詠んだ人の功を認めたいわゆる「禁制の詞」についての戒めである。それには、

近代の人の詠み出《い》づる所の心・詞《ことば》は、一句たりと雖《いへど》も謹みてこれを除き棄つべし。
七八十年以来の人の歌、詠み出づる所の詞はゆめゆめ取り用ゆるべからず。

とある（しかし実際には、新古今の歌で同時代人の歌を取ったものも何首かあり、かような戒めは必ずしも守られていたわけではない）。さらには本歌を取るにあたっては、二句と三、四字までを取るのを限度とするとか、本歌と同じテーマを詠むことを避け、四季の歌を取って、これを恋の歌や雑《ぞう》の歌に詠みなすべきだとかいうことが心得として説かれている。また言語の映像表現や歌に漂う気分を指していると解される「景気」というタームを持ち出して、

常に古歌《こか》の景気を観念して心に染むべし。

つまりは古歌のもつ言語表現やその気分などに身を浸して、それを体得すべし、とも説いている。古

歌に精通することで詩的精神を養い、理想的な表現上の技術をも修得すべきことが求められているのである。学ぶべき古歌としては『古今集』、『伊勢物語』、『後撰集』三十六歌仙の中の上手な歌をも念頭に置き、『白氏文集』を大切にして味読すべきことも詩作・詠歌の心得だとしているが、こんなことは当時の歌詠みにとっては、いまさら聞かされることもない常識であったろう。その程度の教養なくしては、歌を詠む資格なしとされていたのである。当時の貴族詩人たちは、東歌を生んだ東国の防人などではないから、古歌はむろんのこと物語類を暗唱できるほど熟知し、『白氏文集』に通じていなければ、そのかみの在原業平のように「体貌閑麗なれどもほぼ無学」とされてしまったのである。『新古今集』とは、初めから書巻の気芬々たる歌集だったわけである。

『詠歌大概』で定家が「結び」という形で説いているのは、「和歌に師などというものは不要である。ただひたすら古歌を師としてその歌境に身を浸し、古歌の詞を先行する詩人たちに学べば、誰でも歌を詠めるのだ」、ということである。曰く、

和歌に師匠なし。只旧歌《ただきうか》を以て師となす。心を古風に染め、詞を先達に習はば、誰人《たれびと》かこれを詠ぜざらんや。

これが定家の最も言いたかったことなのだろうが、ここには「本歌取り」を詩作の原理とし、その「凍れる美学」の理念によって、虚の世界で仮象の美の世界を作り上げた詩人としては、大事な

ことが言い落とされてはいないだろうか。確かに定家の言うとおり古歌の心に沈潜すれば誰でも歌は詠めるのであろうが、それだけでは足りないはずである。そういう態度、姿勢で詠み続けられた結果が、三代集以後の和歌の沈滞であり衰退であった。定家はここでもはっきりと、「詞は古きを慕ひ、先達に習ひ、**心は新しきを求めなば**、誰人か能く歌を詠ぜざらんや。」と言うべきだったのではないか。だが言うは易く行うは難しである。そもそも「詞は古きを慕ひ、心は新しきを求め」ること自体が矛盾であり、古歌を尊重し、その詞を用いるということは、詩作という行為をより困難にするはずである。古い革袋に新しい酒を入れるようなわけにはいかないからだ。それを承知で果敢にそれを実践してみせ、超現実的異次元の美の世界を創り上げたところに、凄腕の歌の職人、超絶技巧の天才定家の真骨頂があるのだと言ってよい。作詩法・技法としての本歌取りを説きながら、定家は「詞は古きを慕ひ」ながらも、「心は新しきを求め」て本歌とそれを取って生まれた歌とを重複輻輳させることで、本歌をより高い次元へと飛躍させ、古歌の情調を自作の歌に響かせることによって、より複雑で濃密な、しかも象徴性を帯びた歌に仕立て上げるという高等技術にはふれていない。それを学ぶにはわが歌を見よ、ということなのだろうか。

本歌取りに関する定家の所説・持論は、和歌を先にふれた「十躰」に分類し、詠歌の態度を論じた『毎月抄』にも見られる。そこで言われていることは、これまでに見たことと基本的に同じである。

また、本歌取り侍るやうは、さきにも記し申し候ひし花の歌をやがて花によみ、月の歌をやがて月にてよむ事は、達者のわざなるべし。春の歌をば秋・冬などによみかへ、恋の歌をば雑《ざふ》や季《き》の歌などにて、しかもその歌を取れるよと、聞ゆるやうによみなすべきにて候。

「まねび歌」は本歌のテーマをそのまま取って、花の歌を花の歌、月の歌を月の歌として詠むのはよくないとか、四季の歌は季節を変えたり、恋の歌は四季の歌や雑《ぞう》の歌に変えて詠みなすべきだとか、本歌の詞をあまり多く取ってはならないとか、時代的に近い歌を取ることはいけないとか、どの歌を本歌として取って詠んだかわかるようにすべきだとか、本歌から詠み込むのは二句程度にして、それを上の句と下の句に置くべきだとかいうことが、心得として細かく説かれている。本歌を取るということは、それをなぞったり盗んだりするのではなく、古人・先人の作と新たな歌を二重写しにして映像を重層化し輻輳させ、多旋律化することで、その内容を深め濃厚化させるところに妙味があるからである。本歌の詞を取りながらも、それをベースとして本歌とは異なった、より深みのある美的世界を作り上げねばならないということが、詩作の条件となっている。それとわかるように堂々と正面からその詞を借り、表現の上でそれを超える技量を示してこそ、本歌取りをする意味があるというのである。それは「本歌」に詠みまさる歌を詠むだけの技量を備えている自信があってこそ、口に出せることばである。

とはいえ定家本人や当時の詩人たちの実作を見るに、これを文字どおり遵守しているとは限らず、技術論であれなんであれ理論は所詮理論であって、これが定家の周辺の詩人たちに大きな影響を与えたとも思われないし、その詩作の指針となっていたかどうかも疑わしいと言わざるを得ない。一例を挙げれば、源通具《みちとも》の、

梅《むめ》の花たが袖ふれしにほひぞと春や昔《むかし》の月にとはばや

という歌などは、

色よりも香《か》こそあはれと思《おも》ほゆれ誰《た》が袖ふれし宿《やど》の梅ぞも

という『古今集』の読み人知らずの歌と、同じく『古今集』の業平の名高い歌、

月やあらぬ春や昔の春《はる》ならぬわが身ひとつはもとの身にして

という二首を少々細工して貼り合わせたものにすぎない。同様な例は『新古今集』に少なからず見出されるし、定家自身の歌にも、彼が説く作法や心得とは背馳している例が少なからず見受けられるのである。ほんの一例を挙げれば、本歌の詞をあまり多く取ってはならないなどと戒めながら、

当人は

ひとりぬる山鳥《どり》のお《(を)》のしだりお《(を)》に霜《しも》を《(お)》きまよふ床《とこ》の月かげ

などと『百人一首』であまりにもよく知られた人麻呂の歌、「あしひきの山鳥の尾のしだり尾のながながし夜をひとりかもねむ」の句の大半を堂々と取って、それを氷結した美に輝く妖艶で幻想性豊かな恋の歌に変貌させている。これも「達者のわざ」であって、偏に本歌取りの名人にのみ許される技との自負の念から出たものであろうか。

本歌取りの技法の一つとして、前節で俊成の歌に見たように、古歌のみならず漢詩を「本説」として和歌に詠みなすということがあるが、定家はそれについて、『毎月抄』でいささか遠慮がちにこんなふうに述べている。

また古詩の心・詞を取りてよむ事、およそ歌に戒め侍る習ひと古くも申したれども、いたく憎からずこそ。

先に俊成の歌に見たように、漢詩にも堪能であった当時の詩人たちにとって、漢詩とりわけ『白氏文集』は必読の書であり、それを和歌に詠みなした作例は新古今の歌に少なからずある。言ってみればこれは、ローマの詩人たちがギリシアの詩をラテン語の詩にして、その手腕を試したようなものだ。定家に劣らぬ歌を詠んだ藤原良経は漢詩人として名があり、定家はその要請を受けて漢詩の詩句を和歌に詠みなした一連の「句題和歌」を詠んだりもしている。定家は漢詩にも深く通じていたのみならず、実際に漢詩の実作者でもあった。漢詩の腕前もなかなかのものである。

以上が、定家がその歌論で説いた詩作の原理、作詩法・技法としての「本歌取り」に関する所説である。繰り返し強調しておかねばならないが、和歌史ひいては東西古典詩史の上でより重要なのは、定家がその胸中に抱懐していた理論ではなく、実作者、稀代の詩作の名手として『新古今集』や『拾遺愚草』をはじめとする歌集で繰り広げている和歌そのものである。では定家自身とその一派の詩人たちが、『新古今集』を舞台として、いかに「本歌取り」による華麗な虚の美の世界を築いているか、よく知られた代表的な歌を何首か取り上げて、そのあたりを窺ってみたい。次章で述べることは、そのほとんどが宣長をはじめとする専門家諸氏が、定家や『新古今集』について注釈したり解釈し評釈したりしていることに依拠している。定家一派の新古今の歌は、徒手空拳まったくの無手勝流で一読ただちにわかるようなものではない。折口の言う「二度**てま**」をかけて読まなければわからない、世にも厄介なエルメティスムに鎧われた作品群なのである。国文学者、和歌の専門家の助けなくしては、その妙趣や美を感得することはもちろん、歌意を把握することさえも容易ではない。意図的に明晰を避けて作られた定家たちの歌の多くは、マラルメの詩と同じく、あるいはそれ以上に opaque（不透明）である。縁語や掛詞を巧みに用い、巧緻の極みを尽くした詩技の跡をたどって詩句の意をさぐり、幾重にも張り巡らされたレトリックの網をかい潜ってそれを読みかつ味わうためには、専門家たちによる「腑分け」を必要とする。確か太宰治の小説のどこかに、「あれは学者といって、死んだ天才に迷惑な注釈をつける男だ。」というのがあったが、天才定家には迷惑でも、和歌の専門家である国文学者に注釈をつけ解説してもらわないと、定家の歌はわれわれ門外漢にはその味わいがわからない。定家の霊を呼び出してその意味を訊かないかぎりは、歌意やその狙いがわからないのが定家一派の歌であって、それを味わうには専門家の力を借りるほかないのである。

いまの私にできることは、それに学んだ上で、長らく横文字の詩に携わりまた中国古典詩で詩心を養ってきた者として、そこに「外部の者」の眼をもって、いささかの私見を添えることでしかない。先学たちの築いた高い台に乗った侏儒の眼をもって定家たちの歌を眺めるわけだが、そうせざるを得ないほど不透明で晦渋そのものなのが技巧の塊とも言うべき、この詩人とその一派の歌なのである。

では定家とその一派の詩人たちが、具体的にはいかなる形で本歌取りを実践し、東西古典詩の上でも稀に見る高度に完成された詩美を生み出したか、定家をはじめとする詩人たちの代表的な作品を何首か抜き出し、先学諸家の説くところに従いその驥尾に付して、作品そのものを眺めてみよう。

以下取り上げるのは、いずれもよく知られ、人口に膾炙した歌ばかりである。宣長以来さまざまな国文学者や詩人によって散々に論じ尽くされた歌であって、そういう歌について何か新しいことを言うのは困難である。

第三章　人工楽園の華麗な幻花・超絶技巧の饗宴

——本歌取りの歌瞥見

（一）　定家の歌吟味

まず最初に定家の歌を何首か取り上げる。最初の歌は定家快心の作であり自賛歌中の自賛歌である。定家の言う「有心躰」の代表的な歌とされている。稀代のレトリシャン、超絶技巧の名手、恋の歌にかけては右に出る者なしと評された定家の面目躍如といった趣がある歌だが、なぜか『新古今集』には撰入していない。しかしよほどの自信作だったと見え、みずから『新勅撰集』には撰入しているし、『百人一首』にも入れている。たぐいなき恋の歌の名手であり、女性になり代わって、その立場から恋の悲しみを詠うという、定家の得意とするタイプの歌である。

和歌における恋の歌のほとんどがそうであるが、恋の歌にはヨーロッパの愛の詩のように、愛の歓喜を詠うということがほとんどないし、愛する女性を賛美することもない。愛（恋）そのものを詠うのではなく、時間の軸に沿って恋の情緒とりわけ悲恋の嘆きを詠うのである。恋の歌と言えばかなわぬ恋、失われた恋などを詠うものと相場が決まっており、どの歌集の恋の歌を見ても、「涙」と「涙」を暗示する「袖」と「露」といったことばのオンパレードである（クリステワの『涙の詩学』にはそういった歌の例があまた引かれていて、和歌がいかに湿っぽい抒情詩であるかということを痛感させられる。和歌がこの国の湿潤な文学風土に咲いた隠花植物のような文学であるにしても、恋の歌がかくも決まりきった表現で一〇〇〇年余り詠まれ続けてきたこと自体が、驚きであり奇怪でもある。そういう歌を何百首、何千首と読まされた後で、なぜ恋の歌はかくもパターン化しているのか、恋を詠うにしても、もう少し独自性に富む違う詠い方はなかったものかと、嘆息するのは私ばかりではあるまい）。

定家の歌もその例にもれない。捨てられた女、悲恋に泣く女の身になり代わり、愛の哀しみを冷え冷えと美しく詠いあげるのは、みずからは恋に縁なきこの人物の得意中の得意、その本領が最もよく発揮される場である。同じ恋の歌と言っても、それらは直情流露の和泉式部の歌などとは大きく性質を異にし、あくまでも女性の恋心を男性の立場から知的に処理した悲恋の歌であって、

とこの霜《しも》まくらの氷きえわびぬむすびもを《(お)》かぬ人の契《(ちぎり)》に
袖のうへにたれゆへ《(ゑ)》月は宿《やど》るぞとよそになしても人の問《と》へかし
あぢきなくつらきあらしの声もうしなど夕暮《ゆふぐれ》に待《(まち)》ならひけん
むせぶともしらじな心《こゝろ》かはら屋《や》に我《(われ)》のみ消《け》たぬ下の煙《けぶり》は

風つらき本疎《もとあら》の小萩袖に見てふけゆく夜半《よは》に重る白露

といった歌がそれである（同じく虚構であり、男が女性になり代わってその悲哀、悲運、失意などを詠うという意味では、中国の閨怨詩や宮怨詩に相通ずるところもあるが、そういうテーマの中国の詩に比べて、同じく仮構ではあっても、定家の悲恋の歌ははるかに痛切で激しい調子を帯びていることは言っておかねばならない。中国の閨怨詩や宮怨詩は、男が頭で作り上げた「作り物」との感が強く、切実感に乏しく、悲痛哀切の感が薄い。「宮怨詩」の代表作とされる班婕妤《はんしょうよ》の「怨歌行」（実際には後代の擬作で男性詩人の手になったものと見られている）にしても、その感は免れない）。

定家は恋愛体験こそ乏しくとも、多くの姉妹に囲まれて育ったため女性の心理をよく知っており、悲哀に沈む女性を詠うことにかけては、比類なき名手であった。ローマの愛の詩人で『恋愛指南』の作者であるオウィディウスは、女性の心理の把握に長け、女心を詠ってはラテン詩人中に右に出る者なしと評されたが、恋にまつわる微細な心理をきめこまかに詠い上げるという点では、定家の方が一枚も二枚も上手である。

恋の歌三首

さてそこで肝腎の歌そのものの吟味に入ろう。最初に瞥見するのは、定家の自賛歌であり『百番歌合』に出るもので、名歌として世に広く知られた歌である。

こぬ人をまつほの浦の夕なぎに焼くやもしほの身もこがれつゝ

まずは、右の歌に見られる、燃える恋の思いを、浜辺で海藻の上に海水をかけそれを煮詰めて塩をとる「藻塩を焼く」という行為になぞらえて詠むというのは、『万葉集』に始まるもので、定家が本歌とした笠金村の歌もそれである。これと同想の歌は、『新古今集』にも初恋を詠った定家自身の一首、

なびかじな海人《あま》の藻塩火《もしほび》たきそめて煙《けぶり》は空《そら》にくゆりわぶとも

をはじめ、藤原清正の、

須磨《すま》の浦《うら》に海人《あま》のこりつむ藻塩木《もしほ》のからくも下《した》にもえわたる哉（かな）

といった歌、藤原基輔の「遭はぬ恋」を詠んだ、

いつとなく塩《しほ》やく海人《あま》の苫《とま》びさし久《ひさ》しくなりぬあはぬ思《おもひ》は

という歌、藤原秀能の「夕恋《ゆふべのこひ》」を詠んだ、

藻塩《もしほ》やく海人《あま》の磯屋《いそや》のゆふ煙《けぶり》たつ名《な》もくるし思《おもひ》たえなで

ほか何首も見出されるから、それ自体は定家の独創でもなく、特に目新しいものではない。だが定家のこの一首は、その優艶な趣と濃密さと絵画性、物語性の豊かさにおいて断然抜きんでた作である。この一首の歌意だけを言うなら、女が「来ぬ人をまつ……身もこがれつつ」ということにすぎない。散文化すれば「夕凪のころ松帆の浦で焼いている藻塩のように、わたしはやってこないあの人を待ちわびて、焼け焦がれる思いでいます。」というだけの内容なのだが、それを一首の歌として芸術作品に仕上げるために、定家がどれほど詭巧を凝らし三十一文字の句を織り上げているか、驚くべきものがある。

さてその本歌だが、『万葉集』巻十六、笠金村の長歌の一節、

名寸隅《なきすみ》の　船瀬ゆ見ゆる淡路島　松帆の浦に　朝なぎに
玉藻刈りつつ　夕なぎに　藻塩焼きつつ　海人娘子《あまをとめ》　ありとは聞けど

を本歌とした作であることが指摘されている。一読それとわかるように、定家は詞こそ取ってはいるが、それをまったく変貌させ、待てども待てども姿を見せない恋しい男を思って、恋の炎に胸を焼く女の哀切な気持ちを詠った歌にみごとに仕立て上げているのである。あざやかな手腕というほかない。

まずは、名著『後鳥羽院』で、この歌を精細に読んでみごとに解析した丸谷才一の築いた塁に拠ってその技巧のほどを見てみよう。丸谷も言っているとおりこの歌の「……焼くや」までは形の上では序にすぎないのだが、「や」という助詞をさしはさむことで詠嘆を籠め、歌枕である「まつほ(松帆)」という地名は「待つ」に掛け、同時に「松」と「帆」をあしらった景色を示し、「ほ(帆)」によって「火《ほ》」を呼び起こし、「焼くやもしほ(藻塩)」へと巧みにつなぐ。「浦」には「心《うら》」を掛け、「ゆうなぎ」は「夕凪」であると同時に「夕泣き」を暗示し、さらには「渚」をほのめかす。「もしほの(藻塩の)」はまた女の胸中に燃える「焰」を連想させる仕組みになっている。

「もしほ」は「もしや」という思いをちらつかせ、その「もしや」によりすがって、やってこぬ男を海辺でひたすら待ち続ける女の姿を描き出すという具合に、この一首は構成、構築されているのである。「焼くやもしほ(藻塩)の」と語順を転倒させているのも、定家得意の技法である。末の句が「つつ」で終わっているのも余韻を残して効果をあげていると言えるだろう。詩技の上に詩技を重ね、掛詞の巧みな使用でホモフォニーの多い日本語の特性を極限まで活かし、凝りに凝った優艶にして巧緻そのものの措辞で織り上げた歌で、技巧の極致だと言ってよい。まさに超絶技巧変奏曲である。これを末技と言うのは愚である。

恋の歌の名手である定家は、悲恋の女になり代わって恋の悲哀を詠うことを得意とし、それをテーマとした歌が何首もあるが、これもその一つでおそらく最も成功した歌である。「この夕暮れをとはばとへかし」、「今日暮れぬ間の命ともがな」といった詩句に託された男を待つという哀切な恋情は、多くの恋の歌に見られるものだが、狂わんばかりの焦慮に胸を灼きつつ、夕方男を待って海辺で一人立ち尽くしている女の姿を詠ったこの歌は、物語の世界であり、また一幅の絵画である。折口信夫のことばを借りれば、「歌の上に物語の女の俤《おもかげ》をうつし出そうとする。小説家の態度である。」というのが、この歌を「こしらへて出し」た定家の態度なのである。

夕凪のなか藻塩を焼く煙が静かにくゆりつつ立ち上っている風景を、やるせない思いで待つ女の胸中の焰と重ねあわせ、悲恋の象徴とした華麗にして妖艶な歌である。これはもう完全な象徴詩だと言ってよく、稀代の歌の手練れの作ならではとの感が深い。ヨーロッパ中世にはこんな手の込んだ愛の詩はないし、中国古典詩にもこれに匹敵する愛の詩は見出されないように思われる。ただ洗練され、彫琢された詩句で綴られた優雅な恋愛詩なら、ギリシアの愛のエピグラムにもあるが、それとて右の定家の歌のような、巧緻のかぎりを尽くし象徴詩の域に達した複雑なものではなく、機知の産物であり、むしろ軽妙でずっと単純な詩である。

次いでもう一首恋の歌を一瞥してみる。これまた引くのも気恥ずかしいほど人口に膾炙した名歌で、もはや論じ尽くされていると言ってよいが、「色」をめぐって解釈が割れている作でもある。歌意不透明ではないものの複雑な内容をもつ奥深い歌であって、本歌がいずれも作者の心情が流露している素直な歌であるのにひきかえ、それをベースとして高度に知的な操作を凝らしてより次元の高い歌に仕立て上げ、妖艶華麗な美的映像を形作っている点で、瞠目に値する作である。

しろたへの袖のわかれに露《つゆ》おちて身にしむ色《いろ》の秋風ぞふく

この歌を「定家宗」の信徒をもって任ずる正徹《しょうてつ》が、「極まれる幽玄の体なり」と激賞していることはよく知られているが、宣長もまた『美濃の家づと』で、「めでたし、詞めでたし。」と絶賛している。恋の歌の稀代の名手定家の会心の作とされ、『新古今集』の中の白眉とされている名歌である。この歌の本歌は、『万葉集』巻三の作者不詳の歌、

白たへの袖の別れは惜しけども思ひ乱れて許しつるかも

だが、同時に『古今六帖』にある歌、

吹きくれば身にもしみける秋風を色なきものと思ひけるかな

からも詞を取っている。言うまでもなく「後朝の別れ」を女の立場から詠った歌である。これは先の歌に比べればさほど手の込んだ詩技を弄した作ではないが、一首から浮かび上がる官能的なイメージの美しさでは抜群の出来栄えで、鮮やかな象徴詩となっている。小西甚一の「人間が創造しうる美の極大値のひとつ」とは、こういう歌を念頭に置いての発言であろうかと思われる。

定家の手でみごとに結晶している男女の「後朝の別れ」をテーマとする詩は、古来民間歌謡のみならず古来東西の古典詩に広く見られるもので、わが国の「後朝の歌」と同様に、中世南仏、北仏、ドイツなどでは「アルバ」、「オーブ」、「ターゲリート」という形で恋愛詩の一部門をなしている。ベルトラン・ダラマノンの「アルバ」やエッシェンバッハの「ターゲリート」などは、かなりの程度の詩的完成度を示しているが、やはり本朝の後朝の歌のほうがはるかに洗練されており、ましてや定家の右の歌のように巧緻を凝らした詩は見られない。詩的水準から言えば、それらはひいき目に見ても、本朝の

明《あ》けぬれば暮《く》るゝものとは知《し》りながらなを《(ほ)》うらめしき朝《あさ》ぼらけかな
手枕《たまくら》にかせる袂《たもと》の露《つゆ》けきはあけぬとつぐる涙なりけり

といった後朝の歌になにほどか迫っている程度のものだと、私の眼には映る。「後朝の歌」に相当す

る特別な名称はなかったが、古代ギリシアにもやはり「暁方の別れの歌」は存在した。それらの詩の中には、まずまずの秀詩とするに足る作もある。定家の右の歌は、そういうテーマの東西古典詩の中でも白眉中の白眉だと断言してもよい。

まず技巧面から言えば、「寄風恋」という題詠の歌であるこの一首は、和歌ではごく普通の縁語や掛詞を用いており、特に詭巧に奔った特異な措辞を特色とした歌ではない。上の句の「しろ」を下の句の「白」の縁語である「色」と対応させ、和歌の作法どおりに暁の秋の露を言う「露」ということばを涙の暗喩として置き、「秋風」の「あき」に「飽き」を掛けるという掛詞としているなど、これまた和歌の作法に従っている。窪田空穂の『新古今集評釈』で指摘されているところだが、『古今六帖』の歌にあるように、秋風は身にしむものだが色はないものとされていたのを、あえて大胆に「身にしむ色の秋風」と詩的常識を覆したのは、定家の発明であり手柄だと言ってよかろう。技巧を凝らしてもそれをあらわにせず、みごとな象徴詩になっている。やはり凡手の技ではない。

一首の言わんとするところは、「愛する人と暁方に別れるとき、二人が敷いて寝た真っ白な衣装の袖の上に、別れを悲しむわたしの涙でもある露がはらはらと落ちかかって、わたしはこの人にもう飽きられているのではないかと思うと、ひとしお身にしみる秋風が吹くことだ。」ということである（これを、以前男が通ってくれた頃を回想している歌だと説く、小西甚一解釈もある）。そういう内容が有心・妖艶の極みとして詠われており、「この冴え冴えとした興趣はたぐへるものがない。」と塚本邦雄に絶賛されていて、「冷艶」とはかかる歌の世界を言うのかと改めて感に入るのだ。

この歌の厄介なところは、「露」で表現されている女の流す涙が白露のごとく白なのか、それとも紅涙なのかということであって、専門家たちの解釈も真っ二つに割れている。石田吉貞や塚本邦雄は、これを定家が好む白一色の世界を、「白い袖」、「白露」、「白い秋風」によって象徴させたものと解して嘆賞している。小西甚一は「露」すなわち涙の色には言及していないが、「五行思想を知っている人なら、秋風は白であることがわかる。」と言い、この「白」が全歌の焦点だと説いており（『日本文藝史』）、やはり「紅涙」がそこに入る余地はないと見ているようである。

これに対して、古くは宣長が、「四の句は紅涙をいふ」と注してより、久保田淳をはじめ国文学者諸家は、「露」を紅涙と解して、真っ白な袖の上に女性が流す紅色の涙がはらはらと落ち、白と紅色のあざやかな対比によって、妖しくも美しい色彩の世界が一首の中に現出していると見て、そういう視点からもこの歌を評価しているのである。詩人安東次男もまた「紅涙」説であって、「「露おちて」と、紅白二重のイメージを含ませてつなぎとしたところはさすがにうまく」などと言っている。「身にしむ色」の秋風は白色ではなく紅だとする奇怪な注釈もあって、事はさらに面倒である。石田はこの歌で女性が流す涙を「紅涙」とする解釈について、これを誤りとして断固退け、

白妙の袖の上に血の涙が、血の色をした秋風が吹いている。これほど気味が悪いことはないではないか。定家は絶対にそんな意味で詠むはずはなく、『新古今集』の編集陣もそのような歌を通すわけはない。（『妖艶　定家の美』）

と断言している。いかにももっともな見解だと思うが、窪田空穂、久保田淳はじめ諸家の注釈を見ると、いずれも「露」つまりは涙を「紅涙」だとしている。歌人でもある国文学者安田章生は、この歌を評して、

> 白い色が印象的であると同時に、紅涙ということから連想される虹色もあざやかにイメージに浮んで、妖しく美しい色彩の世界が現出している。そして、そこに、秋風がさびしく吹き過ぎていくのである。さびしいうちにも不思議な一種のはなやかさが感じられ、妖艶とも言うべき雰囲気がかもし出されている。感覚的でありながら、同時に感覚を超えたような世界が、ここにはある。

と言っており、学殖に加えて豊かな詩的感性を備えた専門家が「紅涙」にこだわっているとなると、われわれ門外漢は途方にくれるばかりである。これはどうしたことか。国文学者たちが、いまなお大国学者宣長の呪縛の下にあるからなのだろうか。偉大な文献学者ではあるが、宣長大人《うし》の和歌の解釈は、しばしば眉唾ものだと思うのだが。

　これに関する「正解」を強いて求める必要はないというのが、私の乱暴な意見である。われわれ後世の読者は、定家がしつらえた人工楽園で妖しく咲き誇る幻花にほかならないこの歌を、己が詩

的想像力に応じて愛でればよいのではないか。涙や風の色が白かろうが紅だろうが、それによってこの歌が宿している、華麗妖艶な中にも縹緲とした美しさが変わることはない。肝腎なことは、この時代までの東西の古典詩で、定家の右の歌に比肩しうるような、措辞の洗練を極め、幻想的で夢幻的な愛の詩はどこにも存在しなかったということである。同時代の中世ヨーロッパの多くの素朴な詩や歌を思い合わせると、この事実はことさらに強調するに足ることと思われる。一二世紀の南仏トルゥバドゥールの中には、詩技（もっぱら韻律面だが）の巧緻を誇る詩人もいたが、それとて定家とその周辺の詩人たちが繰り広げた、凝りに凝り、巧緻のかぎりを尽くした艶麗な歌に比すればなにほどのことはない。

ちなみに定家の姪であり、密接な関係にあった俊成卿女《しゅんぜいきょうのむすめ》に、

思ひ寝の夢のうき橋とだえしてさむる枕に消ゆる面影

なる歌があるが、これは定家の右の歌の影響下に生まれたものだろう。

定家の詩人としての本領はなんと言っても恋の歌にあるから、さらにもう一首恋の歌を取り上げよう。これに関してはやや簡略に済ませたい。

年《とし》もへぬいのる契《ちぎり》ははつせ山お《を》のへの鐘《かね》のよその夕暮《ぐれ》

「六百番歌合」で藤原家隆の歌と番えられて、判者俊成によって勝ちを与えられた一大傑作の秀歌だが、おそろしく大胆な措辞を用い、内容を極度に圧縮した表現に拠っているので、晦渋そのものの歌である。判者俊成さえもが、この歌の表現に見られる、ことばを虐使し、その論理を超えた接続の仕方に戸惑って、「左は心に籠めて詞に確かならぬにや。」と評さざるを得なかったほどの前衛的な歌なのである。日本語の論理から言えばほとんどめちくちゃな歌で、いくら poetic licence（詩的許容）というものがあるからといって、いささか度が過ぎた一首でもある。「ゴンゴリズム」の先蹤をなす作品だと評してもよい。この歌は専門家の解説なくしては歌意をとらえることすら困難であって、ここでも超絶技巧を存分に駆使して、と言うよりもことさらにそれを弄して、マラルメも悶絶しかねない opaque（不透明）な歌としていると言うほかない。こういう「達磨歌」が現代人に敬遠拒否されたとしても、なんの不思議もない。

この一首は、

年《とし》もへぬ／いのる契りははつせ山／おのへの鐘《かね》のよその夕暮《ぐれ》

とまず定家得意の一句切れで突っぱねるように強く言い切ることで、鋭く始まっているのが眼を惹く。三句目の「はつせ山」には、「契りは果つ」を掛けている。つまりは「恋の成就を祈ることは甲斐なく終わってしまった。」ということである。その上で最後の句に「よその」ということばを置き、突き放すような冷徹な響きをいやが上にも高めているのが見られる、この歌はいわゆる「疎句表現」で、上の句と下の句にはなんの論理的関係はなく、読者は詩的想像力をはたらかせてそれを結びつけねば理解できない仕組みになっている。上の句と下の句の空白の部分は、読者の想像力にゆだねられているわけである。おそろしく高踏的な技巧で、心憎いばかりの巧緻な詩技である。「二度てまをかける」どころか、三度も四度も首をひねり、専門家による注釈などを見てようやくその歌意と妙味がわかるのだから、閉口せざるを得ない。鬼才にして奇才である定家の面目躍如たるものがあるが、後世の読者にはなんとも迷惑な歌である。こういった詭巧を弄し修辞の奇を誇る歌は、私の好むところではない。

この歌には直接本歌とされる歌はないが、『百人一首』でも知られる源俊頼のよく知られた歌、

憂《う》かりける人を初瀬《はつせ》の山をろし《(お)》よはげしかれとは祈《いの》らぬものを

を強く意識し、それを背景に作られたことは確かと思われる。定家は右の歌に想を得ているにしても、それをまったく趣の異なった、重く沈んだ一種凄愴の気が漂う悲嘆の歌へと、大きく変貌させてしまっている。これ自体で完結した、冷えさびた心象風景を現出させているのである。随分ひねくった大胆かつ難解な歌だが、諸家が説いているように、その歌意は、「祈り続けた年も終わってし

まった。恋の成就の祈りも甲斐なく終わってしまい、初瀬山で鳴り響く鐘の音も、ただ私ならぬほかの人の逢瀬を告げるだけの夕暮れであることだ。」ということである。「祈る」というのは長谷寺に恋の成就を願って参詣することを言ったものだろう。恋の怨情を詠った一首だが、折口も指摘しているように、要するに小説の世界である。最後の句に置かれた「よその夕暮」という表現が重く暗い気分を巧みに醸し出すという詩的効果を上げている。技巧の極致のような歌であって、まさに「達磨歌」と呼ぶにふさわしい。修辞倒れとは言わないまでも、謎解きめいた技巧の勝った歌で、感心はするが感動はしない歌である。技巧倒れの歌であり、朔太郎はこの歌について、

宛然一場のドラマチックシーンであつて、短歌に盛られた構想戯曲とも言ふべきもの。技巧としては確かに至藝を盡して居るが、あまりに故意《わざと》らしくて工夫が芝居じみていて、眞情の人に迫つてくる詩感は極めて薄い。かうした歌は一面新古今の技巧を代表すると共に、一面またその悪疾を代表して居る。(『戀愛名歌集』)

と言っているが、肯首できる見解である。

自然詠の歌・「凍れる美学」の歌二首

さて次には定家が観念の中で自然を詠って、氷結した映像の美の世界を構築している歌へ視線を移してみよう。取り上げるのは、二首ともにこれまた名歌として世にあまねく知られた歌である。自然が詠われているといっても、題詠であり本歌取りの歌であって、『万葉集』の叙景歌とも、自然の中を漂泊した西行の歌とも、謝霊運などの山水詩とも大きく趣を異にしたものである。まず最初に一瞥したいのは、定家の美的感覚を端的に集約している感のある、

見わたせば花も紅葉もなかりけり浦のとまやの秋の夕暮《ゆふぐれ》

という歌である。老境の歌かと思いきや、意外にも西行の勧請を受けて定家二五歳のときに詠んだ「二見浦百首」のうちの一首である。秋の夕暮を詠うことは、『後拾遺集』にある良暹《りょうぜん》法師の「さびしさに宿を立ちいでてながむればいづくもおなじ秋のゆふぐれ」という名高い歌以来、秋の歌として競って詠まれるようになった。『新古今集』「秋歌上」には、「秋の夕暮」を詠んだ歌が集中しており、右の歌と同じく名詞止めにしている歌が、定家のこの歌を含む有名な「三夕の歌」として三首並んでいる。定家の歌の前に置かれているのが、西行の名歌、

こゝろなき身にも哀《（あはれ）》はしられけりしぎたつ沢《さは》の秋の夕暮《ゆふぐれ》

であり、その前に置かれた歌が、これまた名歌として名高い寂連の

さびしさはその色としもなかりけり真《ま》木たつ山の秋の夕暮《ゆふぐれ》

という歌で、一首隔ててさらにその前には、これも秀歌の名に恥じない良経の歌、

ものおもはでかゝる露《つゆ》や袖にを(お)くながめてけりな秋の夕暮《ゆふぐれ》

が置かれていて、なんとも心憎い配置の仕方となっている。この後で引く川本皓嗣も指摘しているように、「秋夕」、「秋の夕暮」というテーマを、歌集の歌の分類項目として新たに設定したのは、それによって自分たちが抱懐する新感覚による美学を和歌の世界に定着させ、斬新な詩風を打ち建てようという後鳥羽院を中心とする撰者たちの用意周到な作戦であった。「三夕の歌」の配置も恣意的なものではなく、それが読者に及ぼすインパクトと効果を、十分に計算しての上のことである。そしてこの作戦はみごとに成功し、「秋の夕暮」をめぐる中世的美意識がここに確立して、それが以後の日本人の秋に関する美的感覚を定めるはたらきをしたのだと言っても過言ではなかろう。

西行と寂連の歌は、空穂の言う「天地万有の実相である寂寥虚無」に感動した作者の心の動きを詠った歌として、共通する部分があり、幽玄な歌境だと評されているが、良経の歌はそれとはやや

趣を異にしており、感傷に徹している自分の姿にふと気づいて、それを客観的に眺めたという機微をはたらかせた歌として、余情があるとされている。だが同じく秋の夕暮を詠ってはいても、ことばの魔術師定家がこの歌で構築しているのは、これらの歌とは大きく異なった、まさに「氷結した美の世界」であって、「凍れる美学」が一首の中に結晶している感がある。これを作者の人間像そのものが大きく投影している西行や寂連の歌と同一平面に並べて、「三夕の歌」として悦に入っているのは愚というものであろう（寂連にはやはり『新古今集』に収められている、「むらさめの露もまだひぬ真木の葉に霧たちのぼる秋の夕暮」という流麗な調べをもつ秀歌があるが、これは「秋歌下」に置かれている）。

この歌には本歌そのものとされる歌はないが、想を得たのは『後撰集』に読み人知らずの歌として収められている、

降《ふ》る雪は消《き》えでもしばしとまら**南花《なん》も紅葉《みぢ》も枝になき頃《ころ》**（太字――引用者）

だと注にはあって、さらには『源氏物語』「明石の巻」の一節、

いとさしも聞こえぬものの音だに、折からこそはまさる物なるを、はるばると物のとどこほりなき海づらに、**なかなか春秋の花・紅葉の盛りなるよりは、ただそこはかとなう茂れる陰ど**

もなまめかしきに（太字──引用者）

が背景にあることも指摘されている。ぬかりなく『源氏物語』の一情景が醸し出す翳りある世界を背後に置いて、そういう舞台装置をしつらえた上で、さしたることなき平凡な歌を黄金に変えてしまう、ことばの錬金術師としての定家の技量には驚かざるを得ない。みごとな出来栄えである。この一首を、「此歌は大した歌ではないと思つてゐる。寧ろ平凡幼稚な歌だと思つてゐる。「花も紅葉もなかりけり」の大づかみの上《うは》の空《そら》である。この詠歎は極めて平俗な思はせぶりである。」とあっさり切って捨てた斎藤茂吉の徹底した新古今蔑視がむしろ羨ましいくらいである。茂吉のこのような全面的な定家否定に接すると、「詩人よく詩人を知る」とは必ずしも言えず、むしろ「文人相軽ンズ」という曹丕《そうひ》のことばがいやでも脳裏に浮かんだりもする。新古今否定、万葉崇拝もここに至ればもはや感嘆のほかなく、詩歌に関する文学趣味はいかんともしがたいものだとの感が深い。

さてこの歌だが、この際本歌取りの云々の技量そのものはさして問題ではない。重要なことは定家という詩人が、この一首で何をどう詠っているかということだ。この歌にしても、歌意はただ「見渡しても、春の風物である桜の花も、秋を美しく彩る紅葉も、何もないことだ、苫屋がぽつぽつとあるだけの秋の夕暮は。」というだけのことにすぎない。この歌の「花も紅葉もなかりけり」という句の解釈をめぐって、専門家の解釈が分かれていて議論がやかましい。観念的な表現だとか、実景を詠ったものだとか議論百出、侃々諤々である。ただ一つはっきりしているのはこの歌が題詠であって、先行歌から想を得ており、しかも『源氏物語』の一場面を遠景にもっていることである。つまりは作者の実体験から詠まれたのではなく、あくまで定家がその詩的想像力をはたらかせて生み出した歌だということである。この一首から作者そのものは完全に姿を消している。これが定家の美的観念が生んだ一首であることは確かだと言ってよい。石田吉貞はこの歌を評して、「定家生涯の歌のなかで、これほど燃えたち、これほど格調の躍っている歌は、ほかには皆無である。」(『妖艶 定家の美』)と言っている。それはいいとしても、続けて宣長の次のような解釈に賛意を表しているのには疑問がある。

上句、さぞ花もみぢなど有て、おもしろかるべき所と思ひたるに、来てみれば、花紅葉もなく、何の見るべき物もなき所にて有けるよ、といふ意になればなり。

石田はこれを受けて、

宣長がいっているように、この歌には「来てみれば」という意味があると思う。西行のいる二見浦に来てみれば、見渡す限り浦の苫屋の荒廃の世界で、花紅葉は一つもないという意味であろう。

と述べ、あたかも定家が実景に臨んでこの歌を詠んでいるかのように説いているが、納得しがたい。やはりこれは定家の美的観念が描いた絵画だと見るべきではないのか。

すでに言われていることだが、これは定家的、新古今的、さらには中世的美学の発見を告げる歌であり、この歌の妙味、その斬新なところは「否定の美学」とも言うべきもので成り立っているところにあると思う。「花も紅葉もなかりけり」とまず激しい語調で華やかなものを持ち出した上でその存在を否定し、いったん読者の脳裏に浮かんだそういう華やかなものの映像がまだ残像として消えぬうちに、すかさず花も紅葉もない海辺の寂しくまたわびしい光景を提示するという、極端な転換を一首の中で生じさせ、劇的効果を上げている。言ってみれば「フーガの技法」である。秋の寂寥を表出する主観的なことばは一切用いることなく、ただ「浦の苫屋の秋の夕暮」という灰色の世界を淡々と描き、存在しないものを「非在の美」として詠うことで、満目蕭条たる秋の夕暮の情景が読者の脳裏にいっそうあざやかに浮かび上がるという仕組みになっているのである。水墨画の世界だと言ってよい。花や紅葉という明るく華やかな色彩の映像の上に、わびしい海辺の風景という薄墨色の情景を映像として重ねるという、実に手の込んだことをやったものである。それによって、却って秋の夕暮の寂寥感はいっそう色濃くにじみ出ることになる。すべてを冷厳に計算し尽くして映像効果を生み出し、対比の妙を駆使した心憎い歌ではあるが、西行の「こゝろなき身にも」の歌などとは大きく異なる。そこから作者の人間像がまったく浮かび上がることのない、人間不在の歌でもある。これぞ中世の美意識を決定したと言われる、幽寂枯淡の美が漂う一首である。定家がこういう観念的な風景を頭の中で描いたとき、そこに浮かんでいたのは先に引いた『源氏物語』の一場面であったろう。この歌が中世人の美意識の醸成に決定的と言えるほどの役割を果たしたというのは、誰しも認めるところだ。こういう歌に美を感じるというのは、いかにも「わび」だの「さび」だの「幽玄」だのに心惹かれる日本人的、というより中世日本人的な感覚ではないかとの思いを深くするばかりである。

ちなみに石田は定家のこの歌が先に引いた西行の「こゝろなき身にも」の歌の影響を深く蒙っていることを指摘し、「地の底までしみ通るこの歌の寂寥、その寂寥を生み出してきた西行の魂の深い秘密」が、定家を根底的に動かしたのだと説いている。確かに、歌の根底に横たわる絶対的な寂寥感という点では、両者に共通するところは大きいが、その表出の仕方はかなり異なっているように私には思われる。西行の歌には、定家の歌に見られる濃厚な絵画性は乏しいように感じられるからだ。

王朝時代以前から、日本人が秋を物寂しい季節ととらえていたとは言い難い。むしろ和歌の世界で秋という季節、とりわけ秋の夕暮が侘しく寂しいものとして頻りに詠われ、なかでも「三夕の歌」などが強く影響したことが、中世以後の秋に対する日本人の感覚を養ったというのが事実ではなかろうか。ついでながら、詩歌における「秋の夕暮」というテーマに関して卓抜な論考を生んだのは、比較文学者として高名な川本皓嗣である。川本は、

「秋のゆふべ」という歌材には、中世の匂いが強くしみこんでいる。ひと口に寂しさといっても「秋の夕暮」の与える印象には、どこか中世独特の沈鬱なかげがあって、たとえば王朝風の典雅な哀感とは趣を異にしている。事実このテーマと中世とのつながりはひと通りのものではなく、われわれに馴染み深い秋の夕暮の情趣も、また歌材としてのその重要性も、すべて古代から中世への移り変わりの時代に生まれ、『新古今集』に至って定着をみたといって差支えない。(「秋の夕暮」、『日本詩歌の伝統』所収)

と述べているが、炯眼な指摘である。これは和歌の世界を探り、「三夕の歌」を犀利に分析した上での論考であって、実にいいところを衝いている。

中国の詩ではどうかと言うに、川本の著書にもふれられているが、中国で「悲秋」という観念が定着し、詩の中でのテーマとなったのは、三国六朝時代のことである。それについては小尾郊一『中國文學に現われた自然と自然観』の一節「秋をうたう詩・悲秋の詩」に詳しく説かれている。それによると、中国で文学の中に、秋という季節が悲哀の感情と結びついたのは魏晋の頃だという。それが定着して唐代に入ると、杜甫が「秋興八首」や「悲秋」の詩を作ったり、宋代では欧陽脩が「秋声賦」を作ったりしていることから知られるように、秋と言えば悲秋であり、秋は悲しく詠わねばならないものとなってしまったという。「秋は愁なり。」という解釈が生じて、秋は憂愁、悲哀とは切っても切れぬ関係になったとされており、小尾は実例を挙げてそのことを例証しているが、秋を詠ってもひたすら審美的な和歌とは異なり、凋落の季節である秋が、死、衰老、別離といった人生の出来事と結びついた形で詠われるのが普通だったようである。もっとも、憂愁や悲哀とは結びつかない、秋景を詠じた純然たる叙景詩も少ないながら存在したことも言われ、そういう詩が何首か引かれている。小尾が引いている秋の詩や、私の知るかぎりでの秋を詠った中国古典詩の印象を言えば、和歌がもっぱら審美的かつ感覚的に秋を詠っているのに比して、中国の詩は秋というものに対する詩人の意識を詠じているように思われる。

ヨーロッパではどうであろうか。南欧は別として、ボードレールの詩「秋の歌」に見られるように、ヨーロッパでは秋は長く陰鬱な冬の訪れを告げる雨の季節であって、人がそこに美を感じることは少なく、私の知るかぎりでは、近代に入るまではあまり詩に詠われることはなかった（もっとも、近代の詩にはよく知られたヴェルレーヌの詩をはじめ、秋の夕暮を詠った名詩が何篇かある。確言はできないが、ヨーロッパの詩人たちによる秋の情緒や美の発見は、近代に入ってからのものではなかろうか）。ギリシア以来、生殖の季節である春が、喜ばしい愛の季節として、数々の詩人たちによって好んで詠われてきたのに対して、古典詩で秋が詠われている場合は、むしろ厭わしい季節としてネガティヴな形で現れていることが多いようである。かの地では『万葉集』にある額田王の「春秋判別歌」に見られるような、春秋の美の優劣を競うなどということはあり得なかった。万物再生の季節であり、愛の季節でもある春が秋に勝ることは、詩の世界では常識以前のことだったからである。

ちなみに宣長が「ある人」（むろん宣長自身にほかならないが）によるこの歌の改作として、自分なら「見わたせば花ももみぢもなにはがたあしのまろ屋の秋の夕暮れ」と詠みたいところだ、などと言っているのは、偉大な文献学者が、必ずしも歌の心をつかんでいるとは限らないことを示している。

続いて同じく冷え冷えとした美の世界、これまた「凍れる美学」の結晶そのものといった趣の歌を一瞥しよう。詩人定家を語るに際して必ず引き合いに出される歌であって、前の歌同様あまたの専門家によってもはや論じ尽くされ、注釈や論考で埋め尽くされているので、それらをかき分けて歌そのものに接近するのがむずかしいほどである。そういう歌について何か新たなことを言うのは、無理というものである。これまた中世人的な美意識の表出以外のなにものでもない。

駒《こま》とめて袖うちはらふかげもなしさののわたりの雪の夕暮《ゆふぐれ》

定家が、彼の歌の良き理解者でその詩才を高く評価すると同時に、「傍若無人」とその人柄とふるまいをなじった後鳥羽院の命を受けて作った『院初度百首』の中の一首で、いかにも定家らしい幽玄、幽艶な興趣ある歌として高く評価されている歌である。

本歌とされているのは『万葉集』巻三の長忌寸奥麿《ながのいみきおきまろ》の羈旅の歌、

苦しくも降り来《く》る雨か三輪《みわ》の崎狭野《さの》の渡りに家もあらなくに

だとされているが、定家はこの歌の「さののわたり」という歌枕を取っただけで、大いに趣は異なる。万葉贔屓の茂吉はこの歌を秀歌と認め、

奥麿は實地に旅行してゐるのでこれだけの歌を作り得た。定家の空想的模倣歌など比較すべき性質のものではない。(太字──引用者)

と定家の歌を一蹴している。定家は本歌の「雨」の情景を「雪」に変え、わびしい雨に降り込められた羈旅の歌を冬の歌に変えているが、本歌がさほど重みをもつ作とは見えない。久保田淳は「本歌取りの手本として余りにも著名である。」と言うが、本歌の雨を雪に変えたのは手柄だとしても、本歌がこの歌にそれほど大きく作用しているのだろうか。これだけで完全に独立した詩的世界を形作っているが、あえて言えば、石田吉貞が指摘しているように、「苦しくも」という本歌の響きが、ここでも遠くから響いていることは確かである。ここにも定家その人の姿はない。万葉の奥麿の歌が、旅の途上雨に降り込められて苦しむ作者の嘆きを、その声を伝えているのにひきかえ、定家の歌では作者は後景に退いて冷静に雪中にある旅人の姿を、傍観者として美しい一幅の絵として描いているのである。一首の中から白皚々たる静寂の世界、荒涼たる冬景色が浮かび上がってくる絵画的な歌だとの印象が強い。観念で描いた絵画だと言ってもよい。たとえば、自然の美に無感覚であ

ったわけではないが、関心の中心があくまで人間にあって自然への関心が薄かった古代ギリシア人に、どれほどみごとなギリシア語詩に翻訳して聞かせたとしても、この歌のよさはわかるまい。極めて日本的、それも中世日本的な歌だと思わされる一首である。

この一首は、「降り積もる雪で白一色の中、夕暮れに一人行き悩む旅人が、しばし馬をとめて袖の雪を払い落とす物陰すらもない。」という内容の歌だが、超絶技巧の持主にしては珍しくも特に巧緻を凝らした表現もなく、強く流麗な調べに乗せて、絵画的な情景を詠い、読者の脳裏に鮮明な映像を結ばせていて、みごとな腕の冴えだと感嘆せざるを得ない。いかにも定家好みの冷艶素白な美的世界を、第三者の眼で客観的に描いている、芸術家としての定家の面目躍如たる歌である。

詩人安東次男はユニークな著書『藤原定家』（日本詩人選11）で、右の歌に『源氏物語』「宇治十帖」の「東屋」の巻で薫大将が浮舟を訪ねる一節を想起して詩的想像力をはたらかせ、「「さののわたりの」旅人は、二人の男の愛に溺れる浮舟を雪中の宇治に尋ねる匂宮であり、同時にまた、仏弟子の本意を遂げた浮舟を諦めきれぬ薫の姿だろう。」と言っているが、そこまで読むのは深読みではなかろうか。なおこの一首を羇旅の歌と解する宣長は、ここでも見当はずれなことを言っているが、言及に値しない。美学に支配された中世人好みのこの歌は、謡曲「鉢の木」に引用されていることでも有名である、と久保田淳の『藤原定家全歌集』の注にはある。

春の歌二首・梅の花と月の歌

さて、今度は春の歌を二首窺ってみよう。まず最初に、はやはり『院初度百首』にある歌で、「月やあらぬ春や昔の春ならぬわが身ひとつはもとの身にして」という名高い歌を含んだ『伊勢物語』第四段を背景にして詠んだ、夢幻的、幻想的で妖艶華麗な歌としてよく知られた歌から眺めることにする。『新古今集』「春歌上」の部には定家の「おほぞらは梅のにほひにかすみつつ」の歌から始めて梅を詠んだ歌が一〇首並んでいて秀歌が多いが、これも秀逸の作である。

梅《むめ》の花にほひをうつす袖のうへに軒《のき》もる月のかげぞあらそふ

これはおそろしくドラマティックな背景の中で進行している人工的、幻想的、夢幻的な世界を、わずか三十一文字という狭小な器の中に結晶させた作である。その技量には舌を巻かざるを得ない。擬人化した梅の花と、それと対比され拮抗している月とを登場させて、物語的世界を繰り広げている歌である。なんの物語かと言えば、言うまでもなく『伊勢物語』であって、一見作者自身の実体験を詠ったかのように見えながら作者はやはり背後に退いており、懐旧の涙にしとど袖をぬらしているる「昔おとこ」つまりは業平の姿を、その男になり代わって詠った一首なのである。ここには作者の感情表現は微塵も見られない（ただし石田吉貞がその著『妖艶　定家の美』で述べているところだが、定家は一九歳の折に、明月が煌々と照り映える中、庭に梅の花がその匂いを芬々とさせて咲き匂う夜に、庭を徘徊してその美しさに陶然となり、「縹緲たる美」、「妖艶」を発見したことを『明月記』に記しているという。そういう実体験が、この歌に反映していることは十分に考えられよう。純粋に頭の中で観念によって作り上げた美の世界だとは言い切れない面もあるかと思われる)。諸家が説いているように、その歌意は、「梅の花が匂いを移している中で、昔を思って懐旧の涙で濡れている私の袖に、軒端から射し込んでくる月の光が、競い合うように映っていることよ。」ということであろう。「うつす」は「移す」と「映す」との掛詞となっており、末尾の「あらそふ」という一語が、いかにも効果的である。この歌も直接本歌とされる歌はないとされるが、身を隠してしまった女を偲んで、「昔おとこ」が彼女が住んでいた宿を訪ねて「梅の花ざかりに(中略)あばらなる板敷に月のかたぶくまでふせりて」(第四段)詠んだ名高い歌、

月やあらぬ春や昔の春ならぬわが身ひとつはもとの身にして

を背景にもった歌であることは明らかである。そこから昔の恋人の香を宿すとされる「梅の花」と「月」とを取り、かつその歌の心を取って、梅の花の咲き匂う中、月光を浴びながら失われた恋に涙している男の姿を描いている。春の歌なのだが、背景にある恋の歌である右の『伊勢物語』の歌の性格がそこに映っていて、恋の情緒が濃厚にまつわりついていることは、容易に感得できる。こう

いう具合に、四季の歌に恋の情緒を交錯させるというのは、この歌に限らず和歌全般に多く認められる現象だが、この一首においてはそれが極めて効果的にはたらいている。『伊勢物語』の歌を背景にもつことで、梅の香が漂ってくる中、ある男が涙に濡れた袖に月光を宿してたたずんでいるという情景が、ただちに、昔おとこつまりは失われた恋を嘆く業平の姿を連想、想起させるということにつながるのである。この歌がその効果を狙っての作であることは疑いない。一首は客観的な情景を描いていて、作者は完全に姿を消している。この一首から、白い梅の花と銀白色の月の光とが交錯する映像が浮かび上がってくるのも、作者定家の計算に入っているであろう。塚本邦雄は、いみじくもこれを「香と光の交響」と言っている。

嗅覚と視覚が照応した、縹緲としていかにも艶なる、夢幻的、幻想的で物語的情趣たっぷりの歌で、普通の本歌取りを幾重にも上回る技巧が隠されている。平明なことばを連ねた歌と見えて、その実、芸術家としての定家がその脳髄をしぼって仕立て上げ構出した、巧緻を極めたレトリックが張りめぐらされているのである。『伊勢物語』と照らし合わせて、初めてその十全な理解と味到ができる仕組みになっているから厄介である。随分手の込んだことをしたものだ。こういう複雑な仕組みの歌は、いかなる外国語にも翻訳できないし、現代語にも移せない。詩歌の美というものは必ずしも普遍的なものではなく、ある民族の文学的伝統や美的感覚に固く結びついている。和歌自体がそういう性格を帯びている上に、定家の歌はそういう性格がとりわけ濃いと言えるのではないか。

次いでやはりこれも梅の花と月を詠った歌をもう一首見てみよう。同じく定家の代表作の一つで、名歌に数えられている歌である。

おほぞらは梅《むめ》のにほひに霞《かす》みつゝくもりもはてぬ春の夜《よ》の月

この歌の本歌は『白氏文集』にある「不明不闇朧朧月／非暖非寒慢慢風／独臥空牀好天気／平明間事到心中」という詩の第一句を和歌に詠みなした大江千里の、

てりもせずくもりもはてぬ春《はる》の夜《よ》のおぼろ月夜《よ》にしく物ぞなき

という歌であることが指摘されている。本歌が詩を本説とする歌であるから、ことはいわば「本歌取りの本歌取り」といった趣の歌である。定家がその歌論で、本歌を取る場合は「同詞を以て古歌の詞を詠ずるは頗る念なきか。」などと言って戒めていることは、前章でふれたとおりである。花を以て花を詠じ、月を以て月を詠じるようなことをするのは、なんとも構想が浅い、芸のないことだ、というのだが、右の歌は正に月を以て月を詠じているのだから、みずから堂々と本歌取りの心得、タブーを破っているわけである。さような真似をしても、本歌に優に詠みまさるほどの秀歌を詠める詩才の持主ならば許されるということなのだろう。天才にはすべてが許されるのである。ほかにも定家が、自分が説いている本歌取りのルールを踏み破っている例はいくつかある。

定家の耽美的なこの歌は、一読それと知られるように、千里の歌がただ事実としての艶なる春の朧月夜の風景を述べ、それに理屈付けをしているだけなのに対して、視覚に「匂い」という嗅覚を交錯させて、春の夜の夢幻的光景を、むせかえるような甘美な世界へと飛躍させている。それについては、安東次男の、

視覚や触覚ではなく嗅覚によって、一瞬、朧夜の醒未醒の間を感得したところが歌の新しみであり、作者は、匂いを朧そのものと感じたからこそ、月を「くもりもはてぬ」と見ているのである。

という炯眼な指摘がある。感覚の照応が見られるから、完全な形ではないにせよボードレールの詩に言うcorrespondanceが実現している。歌境は本歌にましてはるかに濃密であり、深まっているという印象が深い。本歌をより高次な歌に変貌せしめる「本歌取り」の妙を、遺憾なく発揮した作と評してよい。余情妖艶とは、こういう歌を言うのだろう。石田吉貞は、「彼の美の最大の特色は、縹緲という特異な美的現象もつことである。」、「單色・單調を嫌ひ、すべてに複雑・交錯・朦朧を求めるのが、定家の美に對する態度の著しい特徴であるが、艶に於てもそれがはつきり現れてゐるといふことができよう。」と言っているが、この歌などはそのような特色が最も濃厚に出ている作ではなかろうか。石田の言う「朦朧微茫の美」がみごとに体現している歌で、やはり凡手のよくなしうる

ところではない。先に第一章で引いた林逋《りんぽ》の「山園小梅」という詩の「暗香浮動して月黄昏」という詩句が、想起される歌でもある。

宣長は例によって、この歌の改作案として、「大空はくもりもはてぬ花の香に梅さく山の月ぞかすめる」などいう改悪そのものの歌を提示しているが、一顧だに値しない。これも宣長がなまじ下手な歌を詠む国学者だからであって、字句の解釈と評言だけにとどめておいて欲しかったと思うのは、私一人ではあるまい。

余説だが世に言う「花鳥風月」、「雪月花」は和歌の最もありふれたテーマである。そのうち月を詠った歌は、古来数え切れぬほどあって、名歌、秀歌も少なくない。『国歌大観』を覗くと、月を詠んだおびただしい数の歌が並んでいて、食傷気味にならざるを得ない。わが国の歌人で月を偏愛し、最も多く詠ったのは「花と月とに憑かれた詩人」と言ってよい西行である。月というものに異様なまでの思慕、敬慕の念を抱く詩人であった西行は、彼の遺した全二〇八七首の歌のうち、月を詠んだ歌が実に四〇〇首近くに上る（西行における月については、以前拙著『西行弾奏』で述べたので、ここでは繰り返さない）。

和歌の世界で月が秋の景物とされ和歌の主題として定着したのは平安朝末期からのことだが、月の歌が頻出するのは案外遅く、『後拾遺集』以後のことである。その多くがもっぱら審美的対象として詠われているところが、和歌の一特徴だと言えるかと思う。『新古今集』にも七〇首を超える月の歌が見られるが、そのうちの何首かは梅との取り合わせで詠われており、右に見た定家の二首をはじめ秀歌が多い。

中国の場合はどうかと言うに、月を審美的対象、美しい景物として眺め、詩の中で詠ずるようになったのは、晋宋以後とりわけ宋代からのことだという（高木正一『六朝唐詩論考』）。月の美しさそのものを詩的対象として詠う「詠月詩」さえも登場したというが、月はむしろ離別の悲しみを深める景物として詠われたり、客愁を深めるため、あるいは王維の場合のように幽趣を添えるものとして描かれることが多かった。中国で月に魅せられた詩人として有名なのは李白である。酔って湖水に浮かべた船に乗り、月を取ろうとして水に落ちて死んだという伝説がある詩人だけあって、現存する一〇〇〇首余りの詩のうち、実に四割近くに「月」がちりばめられているという（田部井文雄『中国自然詩の系譜』による）。詳しく述べる紙幅はないが、私の知る限りでは、中国古典詩に詠われている月は、全体として和歌のそれとはかなり趣が異なる。梅と月とを詠った中国の詩として私の脳裏に浮かぶのは、先にも引いた林逋の詩と、宋の詩人杜耒の「尋常一様窓前月／纔有梅花便不同」という詩句を含む詩ぐらいなものだが、それとて新古今の詩人たちが詠う月とは異なった美的世界に属するものである。

（二）俊成卿女の歌・夢幻的で艶なる世界

次に取り上げるのは定家の一族である俊成卿女の歌である。「女《むすめ》」と言うが実は俊成の孫娘であって、俊成の養女となったのでそう呼ばれているのである。つまりは定家の姪だが形の上では妹となっているわけで、年齢的にも近く、その作風は祖父にして養父の俊成ではなくむしろ定家のそれに似ており、その詩風の影響を最も深く受けている。式子内親王には及ばないが、『無名抄』に「俊成卿女と聞ゆる人、宮内卿、この二人ぞ、昔にも恥じぬ上手共なりける」とあるように、当時天才少女としてその名を謳われた宮内卿と盛名を二分した才気あふれる詩人として、名を馳せていた存在でもあった。朔太郎は『新古今集』が才気あふれる女性詩人たちの饗宴の場であることを言い、この歌集は「實に女流歌人の満開を競つた花園である。」と述べて一〇人の名を挙げているが、宮内卿と俊成女に関しては、否定的な見解を示していて点が辛い。曰く、

宮内卿、俊成女もまた才媛であり、その藝術的才気に於て或は式子内親王に優るものがあるけれ共、**彼等は女流獨特の輕薄な末技に走り、内に燃焼する真の情熱を持つて居ない。**（太字——引用者）

これは定家を真の詩人とは認めない朔太郎の新古今詩人観を物語っていて、当然のことながらそれは上記の二人の才媛にも及んでいるのだが、にわかには賛意は表しがたい。折口の新古今女性詩人に関する評言は、さらに手厳しい。

新古今集の時代は、女房が文學上の實力を失ひかけてゐる事が、まづ目につく。才女と言はれた宮内卿の如きは、新古今發足點に低徊してゐた。天分はあつても變化は出來なかつたらしい。

こうまで言われては弁護のしようもないが、近代の二詩人の評価は手厳しすぎはしないだろうか。言い添えておかねばならないが、「一〇番目の詩女神」サッフォーをはじめ何人ものすぐれた女流詩人を輩出したギリシアは別として、女性詩人と言えるほどの者を一人も生まなかったローマ以来、この時代までのヨーロッパには、新古今女流詩人のレベルの詩を書いた女流詩人は一人もいない。わずかにビンゲンのヒルデガルトの詩やディア伯爵夫人など女流トルゥバドゥールたちの愛の歌が、からくもそれに多少近づいているくらいなものだ。前者は詩想はともかく文学性、芸術性となるとさほど高いとは言い難く、後者は所詮楽器に合わせて歌われた歌謡であって、脳髄をしぼり知巧を凝らして詠んだ新古今女流詩人の歌の芸術性には比すべくもない。朔太郎にしても折口にしても、評価の点が辛すぎる。贅沢というものである。

俊成卿女は『新古今集』巻十二「恋歌」二の巻頭を飾る「忍恋」を詠った名歌、

したもえに思《おも》ひきえなん煙《けぶり》だに跡《あと》なき雲のはてぞかなしき

を詠んで評判となり、「下燃えの少将」などという異名を取った才媛で、

面影《おもかげ》のかすめる月ぞやどりける春やむかしの袖の涙《なみだ》に

という絶唱の作者でもあった。後鳥羽院にその詩才を愛でられ、院の女房として出仕している。式子内親王、宮内卿と並ぶ新古今の女流詩人の代表的存在であった。これから見るように、彼女は定家に劣らぬ恋歌の名手であり本歌取りの名手であって、その技巧の巧みさはなまなかのものではない。その名を高めた彼女の歌にしても、そのほとんどが題詠によるもので本歌取りの歌が多く、全体として書巻の気が漂っている。本歌を脳裏に浮かべて観念の世界で入念に詩想を練り上げた上で、現実を超えた夢幻的、絵画的世界を造型しているといった体のものである。歌を詠むに際しては、もろもろの歌集を繰り返し丹念によく読んでから詠んだと伝えられているところからしても、彼女の歌の多くが真情流露とはほど遠く、余情妖艶を特質とする「詩から作られた詩」としての性格を色濃く帯びている。詩作の姿勢が基本的に定家のそれと同じなのである。その意味ではまさに新古今的詩人だと言える。後鳥羽院がその詠風を評して、「皇太后宮大夫俊成女はあはれなるやうにてまことすくなし。」と言っているのは、彼女の歌のそういう特性を念頭に置いてのことであろう。ただ定家などとは違って、そこに何か女性特有の官能の匂いを漂わせているところがあって、それが彼女の歌をより艶なるものとしているのである。

まずは秀歌として世に知られた一首から眺めてみる。

風かよふねざめの袖の花の香《か》にかほ（を）る枕《まくら》の春の夜《よ》の夢

これは夢と現実のあわいにある、なんとも艶にして夢幻的、幻想的かつ官能的で、甘美の極みとも言うべき歌である。風に乗って吹き寄せられた花（桜と解されているが、梅とする説もある）の香が、袖ばかりか枕にまで漂う中、甘くはかない春の夜からふと覚めて、たったいままで見ていた夢の余韻に浸っている女人の姿が、一幅の絵画のごとく詠われている。濃厚でこまやかな措辞による濃艶な歌と評してよい。一読作者の実体験かと見えて、その実なかなかにそうではない。作者の狙いは、やんごとなき若い女性が（この場合老婆では困るのである）、花咲き匂う夜にみた甘い恋の夢（「春夢」と言えば恋の夢と決まっている）を、覚めて後なお陶然として追っている様を、物語的な手法で描くことにあった。春の歌だが、そこはかとなく恋の情緒を漂わせているのが感じられる歌でもある。

直接の本歌とされる歌はないが、新日本古典文学体系の脚注には、本説として、橘《たちばなの》直幹《なおもと》の詩「蘭」の「夢断、燕姫曉枕薫」が挙げられており、参考歌として藤原公衡《きんひら》の「折しもあれ花橘のかをるかな昔を見つる夢の枕に」と、式子内親王の「袖の上に垣根の梅はおとづれて枕に消ゆるうたたねの夢」が挙げられている。思うに、作者は上記の詩から「かほる枕」という詞を思いつき、公衡の歌と式子の歌を脳裏に浮かべて、「花香る中での春の夜の夢」という、甘美な情景を案出したのではなかろうか。本説はともかく、上記の二首の歌が、この歌が作られる上で大きく作用したことは十分に考えられる。だがそこから出来上がった歌は、もはや完全に俊成卿女独自の世界を形作っていると言ってよい。本説や参考歌はあくまで素材にすぎない。彼女はそれをみずからの頭脳の中で溶解させ、練り上げて、新たな夢幻的な詩の世界を再創造したのだ。一見したところ表現措辞そのものは平明のようだが、実に綿密に計算され、匂うごとき優艶なことばを、綿密に組み合わせて構成された繊細巧緻にして精妙な歌なのである。「ねざめ**の**袖**の**花**の**」「春**の**」と畳みかけるように結んでゆく定家好みの表現も、読者の脳裏に映像を刻み込むはたらきをしている。技巧が突出して目立たないため、すぐにそれとは気づかないが、その実おそろしく技巧的な作品なのだ。その詩技の妙には驚嘆すべきものがあると言っても過褒にはなるまい。これも『新古今集』という人工楽園に咲いた、妖しく美しい一輪の幻の花なのである。

もう一首、これもまた新古今詩人たちの中でも卓越した存在の一人であるこの女性の代表作であり、その名を高めた歌を瞥見しておこう。定家の「梅の花にほひをうつす袖のうへに」の歌と同じく、やはり『伊勢物語』を背景とし、「月やあらぬ」の歌を本歌としている名歌である。「水無瀬恋十五首歌合に、春の恋の心を」という詞書をもったこの歌は、本歌取りの妙味を遺憾なく発揮した作で、そういう技法によって生まれた歌の精髄とも言える一首だと評するに足るものだ。これに類する歌として、やはり彼女の代表作とされる名歌で、甲乙つけがたい別の一首、

たちばなのにほふあたりのうたゝねは夢も昔《むかし》の袖の香《か》ぞする

というよく知られた歌があるが、ここでは次の歌を取り上げて一瞥の対象としたい。

面影《おもかげ》のかすめる月ぞやどりける春やむかしの袖の涙《なみだ》に

前記のとおり、この歌の本歌は『伊勢物語』の「月やあらぬ」という歌である。「かすめる」という語は上下にかかっていて、「面影のかすめる」、「かすめる月」を意味しており、「春やむかしの」という句は、いわば引用であって、伊勢物語の「昔おとこ」の歌を重ね合わせて、初めてその意味するところがわかるという具合になっている。なんとも複雑にして精妙な技法を凝らしたものである。諸家の解釈を総合してみると、「あの人の面影がぼおっと霞んで、霞んだ月の光が袖に宿っていることだ、「春は昔のままではないのか」と嘆いてこぼす私の涙に。」といった内容の歌で、失われた昔の恋への懐旧の情に耐えずして涙している女性の姿を詠って、余情がこもり、艶の極みと評されている。「春やむかしの」という一句を織り込むことで、幻想的な情景の中で、恋人を想い出して涙にくれる女人の姿と、帰り来ぬ愛の日々を想い、愛し合った女性を偲んで嘆く「昔おとこ」の姿とを二重写しにして、その悲嘆の情をいっそう濃密なものにすることに成功しているのである。幻想の中の恋ではあるが、あるいはここに自分を捨てた前夫通具《みちとも》への思いを投影させていたとも考えられる。観念で構成した歌だからといって、そこに真情を投入していないとは言い切れまい。彼女は定家の姪ではあるが、恋せぬ定家その人ではないからだ。

本歌からドラマティックな心の動きを伝えるたった一句を取って新たな歌にはめ込んだことで、この歌の物語性、絵画性はにわかに輝き出ていると言っていいだろう。本歌取りの妙味がこれほどみごとに機能している例はそう多くはないと思う。これは「末技」と言って片付けられるようなものではないはずである。「詩から作られた詩」としては、最高の出来栄えであって、あらわならざる心憎い技巧の駆使だと感嘆せざるを得ない。おぼろに霞む月は天体であると同時に、なつかしい恋人の面影そのものでもあり、涙にくれる女人の心を映すものとしても機能している。窪田空穂は「技巧は、心と自然との一つに融けあっているところにある。」と言っているが、それを否む理由はない。先の「風かよふ」の歌といい、「たちばなのにほふあたりの」の歌といい、この歌といい、わずか三十一文字の狭小な言語空間にみやびなことばを操作して、幻想的、夢幻的で陰翳に富み、その上妖艶な美的世界を構築するその詩才は、やはり並みのものではない。さすがは俊成の孫、定家の姪だけのことはあるというものだ。好悪の感情は別として、「内に燃焼する真の情熱を持つて居ない」この女性が、まぎれもない芸術家であることは確かである。そういう詩人を評価しないわけにはいくまい。

(三) 藤原家隆の歌・「達者のわざ」

今度は、定家に比べればマイナー・ポエトではあるが、詩人としての技量においては伯仲していた藤原家隆の歌を、一首だけだがざっと吟味しておきたい。家隆は俊成門下であり、在世中から詩人としての力を認められ、定家とならび称されながら、常にその陰にあった「二番手の男」で、定家に比べるとその歌が論じられることも少ない。この人物は、定家のような奇矯な性格で、鼻っぱしの強い男ではなかったようである。謙虚にして温順な性格で、どちらかと言えば遅咲きの詩人であった。後鳥羽院によって、

家隆卿は、若かりし頃はきこえざりしが、健久の頃ほひより殊に名誉もいできたりき。哥になりかへりたるさまに、かひがひしく、秀哥ども詠みあつめたる多さ、誰にもすぐまさりたり。たけもあり、心も珍しく見ゆ。

と、その老成、成熟ぶりが伝えられ、また高く評価されていることでも知られている。その生涯に六万首を超える歌を詠んだという多作な詩人で、また多くの秀歌を残してもいる。端倪すべからざる詩人であることは間違いない。名歌・秀歌とされる歌が多いが、

梅《むめ》が香《か》に昔《むかし》をとへば春の月こたへぬかげぞ袖にうつれる
霞《かすみ》立《た》つ末《すゑ》の松山ほの〴〵と浪《なみ》にはなるゝ横《よこ》雲の空《そら》
思《おも》ひ出《い》でよたがかねことの末《すゑ》ならんきのふの雲のあとの山風
絶え絶えの浮き寝の水にむすぶ夜は氷も浪の枕をぞする
花はさぞ色なき露のひかりさへ心にうつる秋の夕暮
かぜそよぐならの小川のゆふぐれはみそぎぞ夏のしるしなりける
鳰の海や月の光のうつろへば波の花にも秋は見えけり

などなど、いずれも綺語に頼らず、詭巧や措辞を弄することなく、技巧を奥底に秘めた、繊細巧緻で洗練され、端正で陰翳に富んだ作風である。彼はいかにも新古今の美学に適った詩人であった。俊成の歌もそうだが、家隆の端正な歌には、定家の歌にまつわりついている一種狂気のようなものは感じられない。詩才豊かではあったが、そこが天才定家と微妙に違うところだ。自然詠にすぐれ全体として冷え冷えとした美しさを湛えた歌が目立つが、次に見る歌なぞはその典型であろう。これから吟味するが、いかにも新古今的な、清澄冷艶の美の典型のような歌である。これもまた『新古今集』の「凍れる美学」を形作っている一首であることは、言を俟たない。

滋賀《しが》の浦《うら》やとを《(ほ)》ざかりゆく浪間よりこほりていづる有あけの月

「湖上冬月」という題を読むと、これは実景を詠った作かと思いかねないが、実はあくまで詩的想像力をはたらかせ、観念の中で練り上げて案出した歌であることは、これが本歌取りであることによって直ちに理解できる。王朝美学の規範に沿った、やはり精神が描いた画なのである。本歌は『後拾遺集』にある快覚法師というあまり聞いたことのない人物の、

さ夜《よ》ふくるまゝに汀《みぎは》や氷《こほ》るらん遠《とほ》ざかりゆく志賀《しが》の浦波《うらなみ》

という歌である。この歌はただ「夜が更け行くにつれて、湖水の水が汀《みぎわ》から凍ってゆくのだろうか、波の音が次第に遠ざかってゆく滋賀の浦では。」というだけの内容の歌だが、結氷の様子を聴覚に集中してとらえたところに斬新な趣があって、当時の歌詠みたちには強い印象を与えたらしく、藤原良経にもこれを本歌とした歌がある。家隆はこの歌から「滋賀の浦」、「とをざかりゆく」という詞を取り、それを巧みに利用して、「こほりていづる」という独創的な表現を案出することで、本歌を完全に視覚の世界に転換させてしまったのである。そのなんともみごとな手腕には感嘆せざるを得ない。「新日本古典文学大系」の注には、「とほざかる音はせねども月清み**氷と見ゆる**滋賀の浦波」(太字―引用者)という、これも快覚の歌を本歌とした、『千載集』所収の藤原重家の歌が挙げられているが、この先行歌が家隆の歌に作用したことも考えられる。良経の歌にしても家隆のこの歌にし

ても、定家が本歌取りに際して戒めた、「月を以て月を詠ずる」ようなことはしてはならぬ、という作法、心得を踏み破っている。それは、定家が、「月の歌をやがて月にてよむ事は、達者のわざなるべし。」と認めているように、達人にのみ許されることであった。

その「達者のわざ」の見本が、月を詠んだ家隆のこの歌にほかならない。そう言えば凍り付いたような冬の月を詠った歌に、これも定家一派の天才少女宮内卿の、

見渡せば氷の上に月さえて霰波よるまののうらかな

という歌もあったが、その冷え冷えと冴えわたった美においては、家隆の歌にはやはり及ばない。

いずれにせよ、家隆の手から生まれたのは、透き通るような美に耀く、一首の中に新たな氷結した美を現出した、世にも巧みな変奏曲であった。「日本古典文学全集」の注には、「本歌の世界を「とおざかりゆく波間」に圧縮し、凄艶な有明月を拝した幽玄な画趣」とあるが、いかにもそのとおりである。「本歌取り」もこうなると、先行歌を踏まえない、純独創の作を優に超えた作品となりうることを、この歌は物語っている。「こしらへて出し」た歌もここまでくると嘆賞せざるを得ない、そこにいささかも作者の血がかよっていなくとも、である。

（四） 鬼才藤原良経の歌・名歌二首

次にはこれも手練れの歌詠み、その詩才の閃きは定家をも凌ぐと評されたりもする、藤原良経の有名な歌を二首取り上げることにする。『新古今集』の巻頭歌である、

み吉野《よしの》は山もかすみて白雪《しらゆき》のふりにし里《さと》に春はきにけり

という艶にして清冽な歌の作者として世に知られる詩人である。『増鏡』にその詩才を伝えて、

此大臣《おとど》はいみじき歌の聖《ひじり》にて、院の上おなじ御心に、和歌の道をぞ申おこなはせ給ける。

と言われている高位の青年貴族で、定家の庇護者であって、彼を和歌の世界の驍将として活躍せしめた立役者であった。新古今の詩人たちに点が辛い折口は、「良經も院同様、時代の文學態度に呪はれた一人である。良經は豊かな天賦を持つて生まれながら、其をまつ直には伸べないで了うた。」と、この詩人がその歌においてその天分を発揮できずに終わったと見ているが、これはいささか酷な評価ではあるまいか。

家隆と同じく俊成の弟子であり、定家の影響も深く受けた夭折したこの詩人は天才肌の人物で、

漢詩制作にも長けていた。『新古今集』では西行、慈円に次ぎ、実に七九首もの歌が入集しており、定家たちとともにこの歌集の中核をなす詩人の一人であって、「長高体」の歌を詠み、その作風はまさに新古今風と呼ばれるにふさわしい。彼はまた『新古今集・仮名序』の作者でもあった。後鳥羽院もその詩才を高く評価し、彼の歌は秀歌ばかりで、その詩才を証するにはどれを選んでいいのかわからぬほどだと言っている。良経を絶賛した江戸の国学者荷田在麿《かだのありまろ》に至っては、その歌を「後京極摂政の歌、毎首皆錦秋、句々悉く金玉。」と手放しで礼賛している。

権門の出で関白兼実を父とし、慈円を叔父にもつこの青年は、三八歳で暗殺を噂されたほど奇怪な死を遂げた悲劇の人物でもある。その突然の死に関しては、定家がその歌才を嫉んで暗殺したという、とんでもない風説までもあった。

ここで取り上げるのはわずか二首だが、その歌は秀歌が多く、どの歌を挙げてその作風を示したらよいのかわからないが、次に掲げる歌はいずれも秀歌と言うに足る作ばかりである。語感が繊細で幽韻を宿し、いたずらに措辞を複雑化することなく、澄明でしかも深い情趣を湛えた歌は、言語の生む美しさというものを強く感じさせずにはおかない。新古今の詩人たちの中では最も魅力にあふれる詩人の一人である。

人すまぬふわ(は)の関谷《せきや》の板《いた》びさし荒《あ》れにしのちはたゞ秋の風
さくら咲《さ》く比良《ひら》の山風ふくまゝに花《はな》になりゆく志賀《しが》のうら浪

さゆる夜の槙の板屋の独寝に心砕けと霰ふるなり
空《そら》はなを《(ほ)》かすみもやらず風さえて雪げにくもる春の夜《よ》の月
手に鳴らす夏の扇と思へどもただ秋風のすみかなりけり
はかなしや荒れたる宿のうたた寝に稲妻かよふ手枕の露
嵐吹く空にみだるる雪の夜に氷ぞむすぶ夢はむすばず
月やそれほの見し人の面影をしのびかへせば有明の空

まずは最初に和泉式部歌集でよく知られた歌を本歌とした歌を一瞥吟味して、良経らしい感覚の冴えを窺い、併せて本歌取りという技法が、いかなる傑作を生み得たか、確認しておこう。次いで、世に知られた「うちしめりあやめぞかほる」という名歌を覗くことにしたい。

いく夜われ浪にしほれてきぶね河《がは》袖《そで》に玉ちる物おもふらん

この歌の本歌は、和泉式部が夫藤原保昌に忘れられていた頃に貴船明神に詣でた際の歌である。すなわち彼女が貴船川の上に蛍が飛び交うさまを見て詠んだ、「もの思へば沢のほたるもわが身よりあくがれ出づる魂かとぞみる」という歌に応えて、貴船明神が詠んだのが聞こえたという歌、

奥山《おくやま》にたぎりておつる滝《たき》つ瀬《せ》のたまちる許《ばかり》ものな思《おも》ひそ

がそれである。「いく夜われ」の歌を詠んだ三年前にも、良経は同じ歌を本歌とした、

石《いは》ばしる水やはうとき貴船川玉ちるばかりものおもふころ

という歌を詠んでいるが、右の歌のほうが断然出来栄えがいい。「新日本古典文学大系」の注に「明神の託宣歌にすがって、苦衷を訴える。」歌とあるが、内容から言えばそういうことである。恋の祈りをかなえてくれるという貴船明神に、連夜参詣しながらも、その恋がかなわぬ悲しみと嗟嘆を詠出したという形をとっている。

「いく夜われ（……）物おもふらん」という一句と五句の間に二句から四句までが挿入された入れ子構造になっているほか、貴船川の「貴《き》」に「来《き》」を掛け、（涙の）「玉」は「浪」の縁語になっているという技巧が駆使されているが、芸は細かいものの、取り立てて言うほどのあらわな形での巧緻な詭巧は見られない。本歌の末の句「たまちる許《ばかり》ものな思ひそ」を、反転させ、「玉ちる物おもふらん」と詠ったところが、この歌の巧みなところだ。本歌の「たまちる許《ばかり》」を活かして、袖に涙が散りかかるさまと、物思いが募って玉（魂）が身をはなれて死に至るという、古来の民間信仰とを同時に想起させるという、重層化したイメージが形成されていることも、結果としてこの歌を奥

深いものにしている。良経は恋の成就を祈って、幾夜か船で貴船川の波しぶきに濡れながら、と同時にかなわぬ恋ゆえに涙にくれながら、幾夜も貴船明神に参詣している人物を絵画的に描き出している。その人物は男でも女でもよいが、和泉式部の恋にまつわる歌を背景にしているところからして、女と考えるほうが自然である。恋の悲しみを女になり代わって詠うことは、定家をはじめ新古今詩人の得意とするところであった。本歌取りが絶妙にその妙味を発揮し、和歌という狭小な器で、物語性豊かな世界を築き上げている好例である。この歌と同じく和泉式部の先の歌に想を得て作られたかと見られる、かなわぬ恋の悲哀を詠った寂蓮の、

貴船川百瀬は浪に分けすぎぬ濡れゆく袖のすゑのたよりに

という歌と比べると、技量は良経のほうが数段上である。達意の巧者の腕の冴えが見え、非凡の才を窺わせずにはおかない。

この歌にふれた人は誰しも、その背後に恋に悩む和泉式部の姿を連想したであろうし、作者もあらかじめそのことを念頭に置き、それを計算に入れた上で、この歌を作ったことは間違いない。そう考えるとこの一首は、良経がそのかみの詩人和泉式部に捧げたオマージュとしての意味を担っているのかもしれない。朔太郎もこの歌を高く評価し、次のように言っているが肯首できる見解である。

技巧の克つた彫琢の作ではあるが、内に詩情が充實しても魅力が深い。上句で「浪にしをれて」と悲し気に沈んで言ひ、下句で「袖に玉散る」と強く反撥して叫んで居るのも、修辭の対比的巧手を思はす以上に、歌想の切迫した真情を灼きつけて感じさせる。けだし朗吟に耐へる名歌であらう。

次にもう一首、良経の豊かな詩才を示す名高い歌に眼をやっておこう。

うちしめりあやめぞかほ(を)る郭公《ほとゝぎす》なくや五月《さ》の雨の夕暮《ゆふぐれ》

この歌の本歌は『古今集』にある読み人知らずのよく知られた恋の歌、

ほとゝぎす鳴《な》くやさ月のあやめ草あやめも知《し》らぬ恋《こひ》もする哉(かな)

だが、その序詞を取って「夏の歌」として詠まれたものである。恋の歌を四季の歌に詠みなしていて、その変換がぴたりと決まっている。本歌では「あやめも」を導き出すための序詞にすぎないものを、実景として詠んでいるのだが、それが心憎いまでに成功している。いかにも湿潤の風土で生まれた、しっとりとした味わいをもつ艶なる歌との印象が深い。まさに日本人好みの歌だと言えよう。この歌は「うちしめりあやめぞかほる。／郭公《ほととぎす》なくや五月の雨の夕暮。」と上の句と下の句とで真っ二つに切れていて、その間に論理的なつながりはないのだが、読者は本歌が脳裏に浮かぶため、上の句を下の句の「郭公《ほととぎす》」まで掛けて読んでしまうという仕組みになっている。折口も指摘しているように「あやめぞかほる」と「郭公《ほととぎす》」との関係は論理的には切れていても、情緒的には続いているのである。これも作者の計算のうちであろう。

ここには、雨がそぼ降る初夏のほの暗い夕暮れ時、「うちしめり」とあるように、雨によって一段と強くあやめ（菖蒲）の香が漂ってくる中で、ほととぎすの声に耳を澄ませている作者の姿がある。幻想的、絵画的であると同時に、聴覚と嗅覚を導入し、異様なまでに繊細な美的感覚を示した作だと評せる。一首の中でみごとに融合しているその感覚の冴えがすばらしく、詰屈たるところは毫もない。さらりと流麗な調べで詠っている手腕は、なまなかのものではないと感嘆するのみ。新古今の詩人たちには点の辛い折口信夫も、この歌を

この歌などは、そんなにたくさん類例のないほどよいものであります。ものの感じ方が非常に鋭敏で、鼻、耳、肌などに触れるものを鋭く受け取ることとの出来た珍しい文學者あつたことをみせてゐます。

と高く評価している。

(五) 後鳥羽院の歌・一代の絶唱/宇治の橋姫の歌

技巧の饗宴の場である『新古今集』を飾る詩人として最後に取り上げるのは、後鳥羽院である。万能の人(ウォーモ・ウニヴェルサーレ)であり悲劇の帝王でもあったこの人物とその歌については、先に挙げた丸谷才一の名著『後鳥羽院』があって、この書に多くを教えられた。君主帝王が詩を作ることは「秋風の辞」の作者である漢の武帝以来中国でも見られたが、ヨーロッパではローマ皇帝ハドリアヌス、リチャード獅子心王、ガリシアのアルフォンソ一〇世、トルゥバドゥールの鼻祖とされるアキテーヌ公ギョーム九世ぐらいしか思い浮かばない。古来わが国の天皇はみな歌を詠んだが(中には嵯峨天皇のような漢詩の達人もいた)、詩人天皇の中でも、詩才抜群なのはおそらく後鳥羽院であろう。古今の海彼の王侯を脳裏に浮かべても、哲人皇帝ならば『自省録』の著者マルクス・アウレリウス帝などがいたが、帝王にして第一級の詩人でもあるという人物はいなかった。

後鳥羽院は、歌壇を築いて定家をはじめとする詩人たちに活躍の場を与えてすぐれた詩人たちを輩出させ、実質自身が中心となって『新古今集』を撰するという、文化史・文学史上大きな役割を果たした。アマチュア詩人でありながら、その詩才、力量は優に専門歌人を凌ぐほどのものがあった。その歌の鑑識眼が確かであったことは、『後鳥羽院御口伝』が物語っている。なにぶんこの人物は、有職故実《ゆうそくこじつ》に詳しく、絵画、管弦の道に明るく、囲碁、蹴鞠の達人で、相撲、水泳、馬術、弓術に長じ、その上みずから鍛刀にもあたったというマルチ人間であった、加えて膂力《りょりょく》あくまで強く、北面の武士たちに名うての強盗交野《かたの》八郎の捕縛を命じ、みずからそれを指揮した際には、船に乗って重い櫂をまるで扇子のように軽々と振り回して、豪の者であった当の強盗を震え上がらせたという、並外れた人物でもあった。その帝王たる人物が当代屈指の詩人で、秀歌、名歌を多く遺しているのである。

そんな帝王たる気概を示したのが、

奥山《おく》のを(お)どろが下《した》もふみわけて道《みち》ある世《よ》ぞと人に知《し》らせん

という、乱世にあってもなお正しい政道のあることを世人に知らしめたいという歌であり、その気概は、承久の乱に敗れ隠岐島に配流の身となってもなお失われず、

我《われ》こそは新島守よ隠岐の海のあらき浪風心して吹《ふ》け

という剛毅な歌を遺している。鎌倉幕府打倒などという無謀な企てに失敗したところから見て、政治的手腕こそなかったが、大器量人であり、文化的な面では多大な貢献をした途方もない大人物だ

ったことは間違いない。後鳥羽院が『新古今集』の編纂をはじめ、和歌史の上で果たした役割の大きさについては、五味文彦の好著『後鳥羽上皇――新古今集はなにを語るか』に詳しく説かれている。

紙幅の都合もあって、そんな怪物的帝王詩人の歌として、ここで取り上げるのはわずか二首である。一首目の歌は、後鳥羽院の代表作としてよく知られた歌であり、二首目の歌は定家なども作っている、新古今詩人の間で競って詠われた宇治の「橋姫」を題材とした、物語的な歌である。

見わたせば山もとかすむ水無瀬河《みなせがは》ゆふべは秋《あき》となに思《おも》ひけん

「水郷春望」という題で詠われたこの水無瀬川遠望の歌は、「後鳥羽院一代の絶唱の絶唱であるのみならず、『新古今』の代表的な秀歌である。和歌史上最高の作品の一つと呼んでもいいかもしれない。」と丸谷才一がこれを絶賛している。丸谷の書にもあるように、後に宗祇と肖柏がこの歌を踏まえて、

雪ながら山もとかすむ夕べかな
行くみずとほく梅にほふ里

いうこれまた名高い連歌を詠んだことにより、いっそう名高い歌となった作である。新たな美の発見を告げる歌で、おそらくは院会心の一首ではなかったかと思われる。丸谷が指摘しているように、この歌は、Miwataseba yamamotokasumu Minasegawa という m 音（いわゆる流音）の心地よい繰り返しによって、なだらかな調べでよどみなく一気に詠み下されていて、それが印象的な歌であり、水墨画のような絵画的な映像が一首から浮かび上がってくる。艶麗にして優美な作風の歌である。本歌は藤原清輔の、

うす霧《ぎり》のまがきの花の朝《あさ》じめり秋はゆふべとたれかいひけん

という、これも名歌とされている歌だと指摘されており、加えて『枕草紙』の「春は曙（中略）秋は夕暮」という通念を背景にもっている。久保田淳は藤原義孝の「秋はなお夕まぐれこそただならね萩の上風萩の下露」という歌をも、そうした通念を示す歌として挙げている。「秋のゆうべ」こそが詩情豊かで賞するに足るものというのが、当時の通念であり、美意識であった。後鳥羽院はそういう通念に異議申し立てをおこない、薄暮の中で水無瀬川の彼方に山裾が春霞にかすんでいる光景を詠って、本歌とされる清輔の歌や『枕草紙』などの通念をひっくり返し、新たな美を発見したことを静かに、しかし鷹揚な態度で告げているのである。こういう形での本歌取りもあるのだと改めて認識させられる。本歌の「秋はゆふべとたれかいひけん」を、「ゆふべは秋となに思ひけん」という

う最終句に巧みにひねりを効かせて活かし、深い感慨をもって締めくくっているのは、やはり凡手の技ではない。本歌取りの妙味を見せつけられる思いだが、これを末技と言う人の、芸術的感覚は信頼できない。おおらかで堂々としたその詠いぶりが、好もしい。丸谷才一は『後鳥羽院』第二版で後鳥羽院の歌を、「その多岐と複雑にもかかはらず、調べがおっとりとしていて天衣無縫。」だとして称賛しているが、右の歌はまさにそれである。思うに、これは正に宮廷人の感覚以外のなにものでもない。

冒頭の「見わたせば」という句が、この歌に遠近感を与えていることは容易に見て取れる。丸谷はその『後鳥羽院』の中でこの「見わたせば」に、仁徳天皇以来の国見の伝統が流れているものと受け取って、この一首を「政治的な国見と風景美の鑑賞とを微妙に兼ねたものとしてとらへたくなる。」と言っているが、果たしてそこまで読み取る必要があるのかどうか、疑問は残る。帝王の歌ならずとも、「見わたせば」は『万葉集』以来和歌では伝統的に用いられてきた表現であり、新古今の歌にも、先に見た定家の歌をはじめさまざまな歌に頻出しているし、特に国見に関係づける必然性はなさそうである。これと言って巧緻な措辞表現を用いることなく、巧まずして巧みな歌と評すべきか。

唐代の詩人劉禹錫は、通念では好ましいとされている春の日よりも、秋の日のほうが情趣が深くてよいとあらわに主張し、「我は言う秋日春朝に勝ると」などと詠った。それに比べると後鳥羽院のこの歌は、より優雅で奥ゆかしい。

二番目の歌は、最勝四天王院の障子に宇治川の絵が描かれているところに書きつけたいわゆる「屏風歌」である。これは新古今詩人たちによって食傷するほど数多くの歌に詠まれた「橋姫」をテーマとした歌のうちの一首だが、おなじ題材で多くの歌が作られているので、作者の詩才や力量がわかる歌でもある。

橋姫《はしひめ》のかたしき衣さむしろにまつ夜《よ》むなしき宇治《うぢ》のあけぼの

本歌は『古今集』の読み人知らずの歌、

さむしろに衣かたしき今宵《こよひ》もや我を松覧《(まつらむ)》宇治の橋姫

である。本歌の恋の歌を冬の歌に詠み変えているから、定家が述べた本歌取りの原理にはかなっているが、本歌から二句以上取っていて、その点では定家の決めたルールを踏み破っている。しかしこれまた達人による「達者のわざ」であるから、この場合さような規矩は大した妨げとはなっていない。『新古今集』では院のこの歌に続いて、慈円の、

あじろ木にいざよふ浪のを《(お)》とふけてひとりや寝《ね》ぬる宇治《うぢ》の橋姫《はしひめ》

という歌が載っているが、このテーマによる歌としては、なんと言っても定家の、

さむしろや待《ま》つ夜《よ》の秋の風ふけて月を片敷く宇治《うぢ》の橋姫《はしひめ》

という歌が一代の傑作として名高い。凄艶と評すべき冷え冷えとした美しさに耀く、艶なる歌だが、要するに終夜空しく男を待つ女の悲しみ、孤閨を嘆く女性の姿を詠った「閨怨」の歌である。晩唐の詩人李商隠が「無題詩」で詠じた、「来るとは是空言、去って蹤を断つ／月は斜めなり、楼上五更の鐘」と相似た情景を詠んだものである。「寒々とした冬の月が白々と橋と川の水を照らしている中で、涙にくれながら、空が明けてくるまで、憂き心をいだきながら冷たい床の中で空しく男を待っている宇治の橋姫の姿よ。」というのが、その歌意である。後鳥羽院のこの歌は、定家の歌と同様に、やはり冷え冷えとした氷結の美を湛えた絵画的、物語的な歌だと言える。

この一首は「さむしろ」が掛詞になっていて、「筵」に接頭辞として「さ」を加えた語と、定家の歌にも見られる「さむ」に「寒し」を掛けている以外には技巧は凝らしてないかに見えるが、丸谷によれば「宇治」に「憂し」の意が掛けられており、「さむしろ」の中には「白」つまりは白々と照る月の光が入っており、「橋」が染める川のイメージで、女が涙にぬれるイメージを暗示しているという。「宇治」は「憂し」を隠していて（喜撰法師の歌を引くまでもなく、「宇治」が「憂し」という連

想を呼び起こすのは自然である）、「宇治のあけぼの」は「憂しのあけぼの」だと解している。驚くべき犀利な読みである。全体として、「月を片敷く」といった、大胆で詭巧を凝らした表現をあらわに駆使した右の定家の歌とは、だいぶ趣を異にしてはいるが、実に細かい技巧がはたらいていることは間違いない。やはり非凡の才を有する手練れの歌詠みのわざだと改めて評するに足る作である。

丸谷が指摘するところだが、後鳥羽院の歌や定家の歌をはじめ、当時の多くの詩人たちが、かくも多くの「橋姫」を詠んだ歌を作ったのは、彼らの心を、悲恋伝説である「橋姫説話」がとらえたからであった。宇治を護る橋姫のイメージは、「宇治十帖」の姫君たちや、娼婦の面影があるとされる浮舟にはじまり、やがては白拍子から橋の下で夜々春をひさぐ遊女、娼婦にまで広がっていったという。そういう女人を詠ったのが、先に引いた『古今集』の読み人知らずの歌だが、それが新古今時代の詩人たちの心を強く惹いて、競って橋姫を詠う歌が生まれたのであった。院もまたそのテーマに心動かされた一人だったが、なんと言っても、定家がこのテーマによって、「さむしろや」という一代の名歌を生んだことが、詩人たちに大きなインパクトを与え、「橋姫」を詠んだ数多くの歌が生まれたことは確かである。狭い貴族社会のことゆえ、定家の秀歌は周囲の詩人たちの間でたちまち評判になって、多大な刺激を与え、模倣が模倣を生むようにして数多くの「橋姫」の歌が作られたに相違ない。後鳥羽院もまた定家への競争心を掻き立てられ、この一首を詠んだものと想像される。

定家の歌もそうだが、この歌の眼目は一首の中に、本歌にはない『源氏物語』の「宇治十帖」などをはじめとする物語的世界を引き込んだことであろう。「橋姫」が「宇治十帖」の姫君であれ、白拍子、遊君であれ、空しく男を待って悲哀に沈む「待つ女」の姿を、幻想的な物語性豊かに、また絵画性豊かに描いたのは、巧拙の差はあれ、本歌取りの技法に拠った新古今詩人たちの功績であった。それは心情流露を本質とする抒情詩本来のあり方からすれば、本道を逸脱したものと言えるかもしれない。だがそのことが和歌の世界を押し広げ、その表現力に新たな可能性をもたらしたのである。わずか三十一文字という小さな言語空間の中に、ロマンティックな物語の世界を展開させるというこの技法が、当時東西古典詩の世界でも、詩技において最も高度な発達を遂げていた和歌の世界に革命をもたらし、新たな局面を切り開いたことは瞠目に値するものだ。中世の詩としては超高等技法の発見であり、実験でもあった。どうしてこれが、東西古典詩史の上での、些末な出来事であり得よう。われわれ日本人は、そのことを深く認識すべきではなかろうか。

もはや後鳥羽院の他の歌について述べる余裕がなくなったが、この帝王詩人がいかに手練れの歌詠みであったかは、丸谷が才筆を揮って、とくとわれわれに納得させてくれる。

夜とともにくゆるもくるし名に立てるあはでの浦のあまの灯
いかにせんなほこりずまの浦風にくゆる煙のむすぼほれつつ
袖の露《つゆ》もあらぬ色にぞ消《き》えかへるうつれば変《かは》るなげきせしまに

といった恋の歌の解釈に見られる、犀利な分析と和歌鑑賞能力には舌を巻くほかない。新古今の歌へのチチェローネとして、まことに当を得た文学者がいたものである。

これまで、定家、俊成卿女、家隆、良経、後鳥羽院という新古今の手練れの「歌作り」たちの作品を瞥見して、『新古今集』における本歌取りの実践の様相を瞥見してみた。これでは不十分なことは承知しているが、「本歌取り」という作詩法・技法が作品にどのような形で展開したか、その一端は明らかにできたと思う。次には『新古今集』の文学的評価について、主に近代以降の毀誉褒貶の跡を一瞥しておく。次いで、「本歌取り」という形での和歌革新を図らねばならなかった『新古今集』とは、いかなる歴史的背景のもとに編まれたのか、またその結果としていかなる特質、性格を帯びた歌集となったのか、それについていささか言を費やしたい。『新古今集』とは、近代に至るまで日陰のあだ花として冷たい眼で見られることの多かった、地獄の中の人工楽園に咲いた幻の花であることを、少しでも読者に納得していただけたらと願って、筆を進めることにしたい。

第四章　『新古今和歌集』あるいは地獄の中の人工楽園
——現実拒否の詩的宇宙

（一）　万葉支持派対新古今支持派

八〇年に及ぶその生涯において、実に四二〇〇首余りの歌を詠んだ定家という人物が詩人としてその真骨頂を発揮し、彼が推進した「本歌取り」という作詩の原理に従った詩人たちとともに、華麗妖艶な歌の世界を繰り広げたのが『新古今集』であった。万葉贔屓の歌人・詩人、国文学者たちは賛同しがたいであろうが、王朝文化の残照の中にあった古代末期（というより中世の幕開けの時代）に、和歌という短詩型文学を、東西古典詩における一頂点と言える高いレベルに位置づけることを可能にしたのは、和歌の精髄と言ってもよいこの歌集である。

そもそもこの『新古今集』なるものは、昔から、より具体的には近世和歌の時代である江戸時代以来、評価が割れており毀誉褒貶の激しい歌集である。『新古今集』という歌集は、これを和歌文学、言語芸術の精髄として、その洗練され巧緻を極めた作風を高く評価する人々と、その芸術性を認めず、人間不在の形式主義の文学、技巧に走り、修辞倒れの内容空疎な歌集として貶下《へんげ》する人々がいて、その評価が一致することがない。それは近代文学以降においても、「万葉派対新古今派」とも言うべき、和歌の評価に関して相容れない文学観を抱く人々の対立という形をとってあらわれている。

言い古されたことだが、日本古典文学が生んだ固有の抒情詩である和歌には、これを和歌史の上から言うと、『万葉集』、『古今集』、『新古今集』という三つの頂点がある（これに対して、『玉葉集』、『風雅集』を、和歌史上で最高峰に上りつめたものとみなす折口信夫の異説があるが、こういう見解はごく少数派のものであろう。私個人としても、『風雅集』を和歌史の頂点に立つものと見る折口の見解は、なんとしても受け入れがたいものがある）。八世紀という時代に、『万葉集』において日本固有の抒情詩の主要な形式として確立した和歌は、一〇世紀初頭に『古今集』において王朝和歌として完成を見て、風雅の伝統を確立し、以後近世に至るまで和歌文学の古典的典範とみなされてきた。『古今集』が日本古典文学の精神的支柱でありその屋台骨であって、一貫して日本的抒情の骨格を形成してきたことは否みがたく、和歌文学の要《かなめ》としてのその地位が揺らぐことはない。

そんな中で、『万葉集』を「歌における男性美の典型的完成」として、『新古今集』を「女性美の洗練の極致」として高く評価し、この二つの歌集を和歌文学における二つの頂点と見る萩原朔太郎が、『古今集』の文学的価値に否定的なのは注目に値する。この詩人の『戀愛名歌集』の最後に置かれた「古今集について」という一文によれば、『古今集』は「日本三大歌集の中で最も下位の歌集である。」と位置づけられている。そして朔太郎は『古今集』の歌を、恋の歌を別とすれば、「四季全巻を通じ、愚劣に非ずば凡庸の續出であり、到底倦怠して讀むに耐へない。」と切って捨てている。またこの歌集は「未完成の歌集」だともしている。そのことばには、この歌集に毫も文学的・詩的価値を認めようとしない、徹底した激しい否定的な見解が吐露されていて、いささか驚きを禁じ得ない。確かに、今日の一読者として読むと、良寛や橘曙覧《たちばなのあけみ》の歌を除く近世和歌同様に、これほど面白くなく退屈な歌集はない。理知的な歌風を特徴とし、享楽・耽美の精神に貫かれていると評されるこの歌集は、それが現代の日本人にまで及ぶ日本的季節感や美的概念、自然観を決定づけるほど絶大な影響力をもったという点では、重要な意味をもつ歌集である。とはいえ純粋な詩的興趣という点では、なんとも魅力に乏しいと言わざるを得ないのもまた事実である。「理知的」、「知巧的」と評されるのがその歌風だが、窪田空穂はその「詠み人知らず」の歌について、

詠み人知らずの和歌は、一見萬葉集の和歌に近いものであるが如き観を持っている。しかし大歌所の御歌のいささかを除いた大部分の歌は、万葉集の歌風を持っているものはほとんどないといえる。万葉集の歌風の特色である、我が身を迫らせ、我が全体を投げかけて、その対象をいう事によって我が情感を尽くすという趣をもった歌はほとんど見出し難い。古今集詠み人知らずの歌は、我を動かした対象を、ある距離を置いて眺め、理知的に批評し、その結果としての細かい心の働きを、技巧の形に於いて託している歌である。（「古今和歌集概説」『古今和歌

集評釈・上巻』、太字――引用者）

と言っている。これは「詠み人知らず」の歌に限らず、『古今集』全体の歌についても言えることである。この歌集は「正述心緒」の万葉の歌のようにわれわれの心に衝迫をもって訴えるところも乏しく、歌柄も小さく、「手弱女《たをやめ》ぶり」を特徴とするその歌風は雄大、雄渾でもなければ高揚感もなく、作者の奥深い声も宿ってはいないし、個性もまた乏しい。万葉の歌に比べれば確かに洗練されているし、調べはいかにも流麗だが、響きは浅く室内楽の趣がある。

専門家や批評家が、なんとか面白く思わせようと腐心して筆を揮ってはいるが、つまらないものはつまらない。大岡信は名著『紀貫之』で、この詩人の歌の重層的構造を明らかにし、現実のさまざまな事象を、観念的に再構成し、それを情趣化して歌に仕立て上げる名手としての詩人貫之の面目を明らかにしたが、それに従って貫之の歌を読んでみても、この詩人がより魅力的に映るというわけではない。

かような歌集が和歌文学における金字塔とみなされ、和歌の聖典のごときものとして一〇〇〇年余り崇められ、その呪縛が明治の世まで続いていたということ自体が驚きである。典雅で理知的であるとはいえ、全体として遊戯性が目立つし、少数の秀歌・名歌は確かにあるが、「知巧的」と評される収録歌の大方は凡作だと評するしかない。詩心の燃焼も爆発も見られない退屈な歌ばかりが並んでいると言ったら酷に過ぎようか。

明治時代に正岡子規が、「貫之は下手な歌よみにて、古今集はくだらぬ集に有之候。」という爆弾発言をしたのは、因襲の文学となって地に堕ちていた明治の和歌を、破壊するためであった。和歌を近代短歌として再生させるためには、まずはその因襲性、守旧性を否定する必要があったのである。和歌革新のためには、一〇〇〇年余り『古今集』呪縛の下にあって、ただ「古歌を観じて」、「詞《ことば》は古きを慕ひ」て惰性で歌を詠み続け、硬直化してついには文学的生命を失っていた近世和歌の延長である和歌の伝統を一旦は徹底的に否定破壊しなければならなかった。『古今集』こそはその後の和歌を硬直化、形骸化させ、衰弱させた元凶、諸悪の根源として、その標的とされたのである。子規が伝統的な和歌に対して取った、乱暴なまでに挑戦的、破壊的な態度は、因襲の文学と化していた和歌に革新をもたらし、近代短歌へと変貌再生させるためには、必然の措置だった。だが古典和歌の否定の上に立った近代短歌が成立して以後も、依然として和歌の一頂点、その要としての『古今集』の地位は揺らぐことなく依然として不動のままである。子規が『古今集』と、それを範として近世から明治時代まで詠み継がれてきた伝統的な和歌に投げつけた爆弾も、一〇〇〇年余りにわたって和歌の規範とされてきたこの歌集の権威を打ち砕くことはできなかった。

これに対して、『万葉集』と『新古今集』という二つの頂点ないしは高峰は、和歌としての歌風、表現様式、言語表現においても常に最も対蹠的な典型をなすものとみなされ、その芸術的・文学的評価は、伝統文芸としての和歌の評価を二分する分水嶺のごときものとなってきた。つまりは、表現自体はより素朴直截で時には古拙であるが、歌柄が大きく、調べが高く、しばしば雄大で、読者の心に強くはたらきかける力を秘めた『万葉集』の直情流露の歌を、良し高しとする人々が一方にいて、これらの人々が「万葉支持派」と呼ぶべきグループを形成している。これに対して、現実世界を遮断して、実感・実情のもつ生々しさを極度に消し去り、知力を尽くし、ことばの力だけで人工的な唯美の世界、妖艶華麗な美遊の世界を作った『新古今集』の歌を高く評価する人々がいて、「新古今支持派」とも言うべき一派をなしている。

これは抒情詩における土着的なもの、自然なもの、真率なものに共感を抱く人々と、これに対立する都雅と人工的な美により心惹かれる人々との、感性の対立だと言ってもよい。むろん、両者ともにそれぞれの良さがあり、ともに抒情詩として同程度に高く評するという、第三の立場に立つ人がいてもおかしくない。だが実際には好悪の感情まで含めてその文学的評価のありようを突き詰めてゆくと、最終的にはどちらかの側に傾くというのが本当のところではなかろうか。ミュッセやラマルティーヌといったロマン派の詩人たちも、マラルメやヴァレリーの詩も同程度に好きだという人物の詩的感性・審美眼は信用できないという向きもあろう。それと同じく人麻呂と定家をともに愛し、両人を詩人として同程度に高く評価するという人もあまりいないようだ。

『万葉集』にも『新古今集』にも同じように心惹かれ、韻文芸術としてともに甲乙つけがたいと評する人は多くはない。それはそれなりに理解できるが、好悪の感情や文学的な好みを、作品の文学的評価に直結させるべきではない。個人的な好みから言えば、私は歌柄が大きく、調べが高く、深みがあり、しばしば雄渾であるばかりか、真摯で作者の心の波動が直に伝わってくるような万葉の歌を愛する者である。また良寛がその幽独の生活から生み出した魂の滴りのような歌や、「独樂吟」の作者 橘曙覧《たちばなのあけみ》の歌などを好んでもいる。だがそのことは、直ちに『新古今集』の詩的、文学的価値の否定や貶下につながるものではなく、またそうあってはならないと思うのである。

私自身は、式子内親王や西行の歌を別とすれば、定家に代表されるいわゆる新古今的な歌がさほど好きなわけではない（修辞偏重の唯美主義的な六朝の詩人たちの中にあって詩風を異にする陶淵明が孤立した存在であるように、新古今詩人の中では西行は異質の存在であって、やはり孤立している）。和歌のヴィルトゥオーゾたちが繰り広げている巧緻のかぎりを尽くした華麗妖艶な人工美の世界に驚嘆感服はするが、その氷結した美、作者の魂の鼓動が感じられない、人間不在の文学に深く心動かされたりすることもない。その磨き抜かれた繊細巧緻な詩法、詩技の妙に感心はするが感動はしない。この国の多くの読者と同じく、私もまた『万葉集』の秀歌とされる、

いはばしる垂水《たるみ》の上のさわらびの萌《も》え出《い》づる春になりにけるかも
東《ひむがし》の野《の》にかぎろひの立つ見えてかへり見すれば月かたぶきぬ
あしひきの山川《やまがわ》の瀬の鳴るなへに弓月が岳に雲立ちわたる
笹《ささ》の葉はみ山もさやにさやげども我《われ》は妹思《おも》ふ別れ来ぬれば

といった歌には深く感動を覚え深く感応するところがある。だが新古今の、

おほぞらは梅《むめ》のにほひに霞《かす》みつゝくもりもはてぬ春の夜《よ》の月
梅《むめ》の花にほひをうつす袖のうへに軒《のき》もる月のかげぞあらそふ
うちしめりあやめぞかほ《(を)》る郭公《ほとゝぎす》なくや五月《さ》の雨の夕暮《ゆふぐれ》
年《とし》もへぬいのる契《(ちぎり)》ははつせ山お《(を)》のへの鐘《かね》のよその夕暮《ぐれ》

というような歌に接すると、その洗練された表現の織りなす華麗妖艶な審美的世界に眼を奪われ、なるほど「詠み巧者」の歌にちがいない、いかにも後鳥羽院の言う「生得の上手」の詩人たちの作だけのことはあるといいたく感心させられるが、深く魅了されることはない（折口信夫に言わせると、「癈頽・爛熟の謂はば饐《ス》えた文学味を、文學の醍醐味と考へひがめてゐるのが、新古今の愛好者である。」ということだが、幸い私はそういう愛好者のうちには入っていない）。

しかし好悪の感情を離れ、文学趣味をひとまず脇に置いて、『新古今集』を純然たる言語芸術、抒情詩の古典として眺めた場合に、その詩的完成度の高さ、東西古典詩の中でも稀に見る洗練の極致、幽美・幽艶といったものには、やはり瞠目せざるを得ない。この感は、ほぼ同時代にヨーロッパで栄えたトルゥバドゥールやミンネゼンガーの詩、中世ラテン詩、古フランス語による俗語詩、初期のイタリア抒情詩などを思い浮かべると、いっそう深まるばかりである（この時代までにかなり高度な詩的完成度に到達していたとされるペルシアの詩人たちの作品は、原詩を解さぬゆえにしばらく措く。またすでに唐代において黄金時代を経験し、詩聖杜甫や天才詩人李白をはじめ、偉才、奇才、鬼才と目される傑出した詩人たちを輩出したり、六朝時代に修辞の美を尽くした精妙華麗な詩風をもつ詩人たちを生んだ中国古典詩も、ひとまず措くことにする）。私の個人的印象を言えば、新古今の詩人たちの最上の作は（なんとも狭小な詩的世界ではあるが）、中国古典詩の傑作に優に比肩しうるものと思われる。風巻景次郎が説くように、『新古今集』が王朝和歌というよりも実質的には中世文学に属する作品だとすれば、例外はあるが全体として詩的完成度・成熟度が低く、古拙の感をまぬがれないヨーロッパ中世詩などに比べて、異様なまでに言語の錬成度が高く、象徴性を帯びていて、ほとんど形而上的な世界にまで達しようとしているかに見えるのが定家や良経などの歌である。

しかも当時の歌論を読んでみると、俊成や定家をはじめとする専門歌人たちが、その詩才の結果として洗練の極みにある歌を詠んだというだけでなく、詠歌といういとなみがおそろしく研ぎ澄まされ、精緻に練り上げられた芸術的理念に基づいてなされていたことがわかる。南宋の『滄浪《そうろう》詩話《しわ》』の著者厳羽の表現を借りて言えば、こういう詩人たちは、「自らが法を出して以て詩を為《つく》った。」のであった。彼らにとって詩作（詠歌）とは天賦の詩才に任せた無自覚な行為ではなく、極めて意識的で、明確な意図をもった作詩法に拠っての創作活動であった。この時代の歌論には、一面確かにマラルメやヴァレリーの詩論を思わせるところがある。私としてもなにも定家の詩法をマラルメのそれに擬するような真似はしたくないが、和歌の言語を通常の言語から飛躍させ、詩的言語としての日本語の可能性を極限まで追求し、磨きに磨いてその象徴機能を最大限に引き出したその芸術的手腕には、やはり感嘆せざるを得ない。これがフランス象徴派などにはるかに先立って、中世初期の日本で達成されていたことは、東西古典詩を語る上で特筆されるべきではなかろうか。新古今嫌いの近代歌人たちが、定家たちが心肝を摧《くだ》き鏤骨《るこつ》して表現を研ぎ澄ませた詩的結晶度の高い歌を詠んだことを、「一種の悪癖」と蔑み、「末技の末技」と軽くあしらっているのは、なんとしても納得がゆかない。しかも新古今を蔑する人の多くは、定家たちの歌に宿る繊細で流麗な詩句の音楽美というものを評価しないようだが、「うた」である和歌の魅力の一つは、その調べ、「何となく艶にもあはれにも聞ゆる」音楽性にあることは誰しも否定できないであろう。そういう方面からの、新古今の歌に対するより高い評価があってしかるべきではないのか。

厄介なことに両者は、ただ単に文学趣味や嗜好の問題として詩人たちや読者の間でひそかに対立したり反発しあっているだけなら問題はないが、それが文学的評価と関わっているから、事は簡単ではない。両派の対立はすでに江戸時代において国学者の間で生じており、明治維新以後さらに顕在化、尖鋭化して問題を複雑なものとしてしまった。万葉支持派はこれを和歌文学の至高のものとし、『新古今集』を技巧一辺倒の内容空疎な「作り物」として貶下してきた。一方、新古今支持派は、その芸術性の高さ、洗練の度合い、詩技の巧緻をもってこれを和歌文学の精髄、その極北として称揚鑽仰するといった具合で、不毛な対立を続けてきたのだと言える。それはいまなお尾を引いているように思われる。この対立が明治歌壇における正岡子規と与謝野鉄幹の対立、両総帥の系統を引く『アララギ』派と『明星』派の対立としてあらわれたことは、文学史の教えるところである。

『古今集』以下の歌集の文学的価値を否定する子規は、『歌よみに与ふる書』の中の「人々に答ふ」で、「大体の点よりわれらは『万葉集』崇拝の方に賛成するなり。」と万葉支持派であることを認めた上で、橘曙覧の歌を論じた一文でも、

万葉が遥《はるか》に他集に抽《ぬき》んでたるは論を待たず。その抽んでたる所以《ゆえん》は、他集の歌が毫《ごう》も作者の感情を現し得ざるに反し、万葉の歌は善くこれを現したるにあり。

と述べて、万葉の歌が作者の胸奥から発した感情や感動を真摯に流露させたものであるがゆえに、これを高しとする見解を披歴している。

風巻景次郎が戦前（一九三六年）に発表した「新古今集研究の方法的特性」という論文には、『アララギ』派の歌人土屋文明の『新古今集』を貶下する「新古今集寸感」という一文と、当時『新古今集』への傾倒を深めつつあった北原白秋の「多磨綱領」なる文章が、部分的にではあるが引かれている。ここに見られる両者の新古今観は、万葉支持派と新古今支持派の相違と対立とを端的に示していると言ってよい。孫引きだがこれを引いておこう。土屋は『新古今集』蔑視の態度をあらわにして、こんなことを言っている。

自分は萬葉集以外の歌集は殆ど讀んでいない。また讀みたいともおもっても居なかった。し

かし最近職業上仕方なしに古今集と新古今集を引き続けて極大ざっぱに目を通してみた。（中略）古今集も漠然考えて、つまらないだらうと評価して居たよりも實際讀んでみると遥につまらなく感じられたからである。此の感じは殊に新古今に於いて甚だしかつた。あの**虚仮威しの鬼面**に接すると、反感とか軽蔑といふより寧ろ滑稽に感じられた。（太字―引用者）

仮に土屋が言っていることが事実だとすれば、いくら万葉支持派の歌人だとはいえ、『古今集』も『新古今集』も身を入れて読もうとしないとは、あきれた怠惰ぶりだが、それはともかく、右の一文は『アララギ』派の歌人における『新古今集』蔑視、貶下がどれほどのものであったかを如実に物語っている点で興味深い。土屋が晩年に『万葉集』に深く傾倒して万葉調の歌を詠んだ良寛の歌をどの程度読んでいたか詳らかではないが、良寛が「萬葉ヲヨムベシ。（中略）古今ハマダヨイ。古今《こきん》以《い》下《か》不堪讀《よむにたえず》。」と言っていたことを知ったなら、膝を叩いて「それ見たことか」と快哉を叫んだに違いない。

これと対蹠的なのが北原白秋の次のような『新古今集』称揚である。

新古今に至つて此の三十一音節は藝術として無比の鍛錬臺となつた。（中略）まことに一首のために骨を鏤り心を彫り盡す、最良の良心と新様の美意識とが、遂に短歌をして、日本短歌史上の最上の象徴藝術たらしめ、その内に籠る艶美と、嫋嫋たる十方の餘情とはまさしく幽人逸士の超世の機縁をも作った。

詩人萩原朔太郎もまた、近代の文学者の中では『新古今集』のもつ芸術性を高く評価した数少ない一人である。詩人はその『戀愛名歌集』の中で、次のように述べて、新古今の歌が達成した、言語芸術、韻文文学としての完成度、その巧緻の極を讃えている。

実に新古今集は、技巧的構成主義が到達し得た極致であり、平安朝歌壇の修養を總決算した、最後の帳尻の成果である。すべて最初の古今集に胚子され、しかも古今集に於て完成されなかつた未熟の者、古今集に於て暗示されつつ、しかし古今集に於て創造されなかつた新種の者が、此所で始めて十分の發育を遂げ、萬葉集以後の新しい技巧的歌風を完成した。單に作歌の上のみでなく、美學意識の上にてもさうであつた。(中略)實に新古今集の特色は、その纖麗な技巧主義の内部に、純真な詩的精神を強く掲げて居る所にある。そして實にまた、これが新古今集の藝術的生命なのだ。

また別の所でも新古今の美にふれて、こうも言っている。

新古今集の美しさこそ、東西古今の詩の中で、この世のたぐひなきものであらう。ここにはあらゆる文化人が思念する詩歌のフォルムの絶頂的最高峰に行き尽くしたものがある。それは「詩」といふ文學の中から、その文學的素材を除去して、言葉を純粋の音樂に代へてしまつたのである。(「純粋詩としての新古今集」)

右に引いた三人の文学者の文章に見るごとく、『新古今集』の文学的評価に関しては、万葉支持派と新古今支持派とでは天地ほどの落差があり、その相違はかぎりなく大きい。『万葉集』に共感を寄せこれを愛好する詩人や読者と、『新古今集』に心惹かれ、その洗練を極めた繊細巧緻にして絢爛たる美を愛する詩人や読者との対立の図式は、いまもなお続いているかに思われる。万葉か新古今かという問題は、日本人の抒情的感性を二分しているとさえ言えるのではなかろうか。これは一般論になるが、『万葉集』が民族の歌、古代日本人の心性の発露として広く愛されているのに対して、一読その意を解しがたい難解さゆえに、これを理解しその洗練を極めた玄耀華麗な美を鑑賞するには、相当な古典和歌の教養を要する『新古今集』は、専門家や玄人筋によって好まれ、評価されていると言えよう。これは、「当時の和歌はすでに特殊なる文学的教養の上に立脚するものとなっていた。「当時の歌は特殊の人々と、特殊の文学的教養を背景とする存在であった。」(風巻景次郎『新古今時代』)という事情を考慮すれば当然のことであり、われわれ後世の読者が新古今の世界に参入し、その詩美を感得するのは容易なことではない。本歌取りというような技法が詩作の原理となっていたということは、作者であり同時に読者でもあった詩人たちの側に、古典の教養や先行する歌に関する豊富な知識があることが前提であったことを示している。そういう知識を欠いているわれわれ今日の読者が、新古今の歌の妙味や美しさを容易には理解できないのは、そのためである。当時の詩人たちが形成していた「文学共同体」の圏外に立つわれわれには、踏み込みがたい世界なのだと言ってもよい。『新古今集』とは作者則ち読者である限られた詩人たちによって形成されていた、閉じられた世界で生まれ、そこで鑑賞され評価されていた歌集なのである。

もっとも、国文学者であり詩人であっても、折口信夫のように、『新古今集』に否定的な評価を下した人物もいる。「私は文学主義からは、新古今をとらない。」とする折口は、「新古今前後」の中で次のように述べて、『新古今集』を酷評している。

新古今時代の作者で困るのは、技巧がないと歌でない、といふ気持ちで居ることだ。白粉を塗らぬなら役者は廃めると言ふた様なもので、技巧をせぬなら歌を作らぬがましだ、といふ気分が濃厚に出てゐる。つまり文學としては救へぬ處に堕ちこんでゐる。

つまり私がいま言ったことは、あくまで一般論にすぎないということだ。詩人では萩原朔太郎が、新古今を、「技巧的構成主義が到達し得た極致」だとして、極めて高く評価している(『古今集』をこっぴどく酷評した子規が、「『古今集』以後にては新古今ややすぐれたりと相見え候。古今よりも善き歌を見かけ申候。」と、新古今の歌を少しばかり評価しているのは面白い。ただし子規は定家の歌にはやたらに点が辛く、撰者としてはともかく「自分の歌にはろくな者無之。」と切って捨てている。言語芸術として極めて純度の高い、洗練され巧緻を凝らした、「知恵の力もて作られた」定家の歌を、「ろくなものがない」と、こきおろしているその評価は、どう考えても穏当を欠いている）。定家を生涯の宿敵、詩人としての好敵手とし、現代の定家をもって任じていた現代の詩人塚本邦雄もまた、定家とその「惑星群」の詩人たち、彼らが妖艶な美の花を咲かせた『新古今集』の熱烈な支持者であり称賛者であった。

先にもちょっとふれたが、万葉支持派と新古今支持派の対立は、なにも明治時代に始まったことではなく、すでに江戸時代に万葉復興の立役者である加茂真淵と、「なを歌は詞をさきとすべきわざになん有ける。」と唱え、和歌における表現重視の態度を貫いた本居宣長との論争という形をとってあらわれていた。定家を「古今獨歩の人」と呼び、「詠歌の規範」、「歌道の師とあふぐ」宣長は、詩人としての定家を尊崇すること深かった。宣長は『あしわけをぶね』の中で次のように述べ、『新古今集』を「花実相兼の歌集にして和歌文学の極致」、和歌の「至極セル處」として口を極めてこれを称揚している。

新古今ヲ花ノミニテ實スクナク、歌ノ風アシシトハ、歌ヲエミワケヌモノノ心得チカヘテイフコトナリ、大ナル誤リ也。新古今ノヨキ歌ドモは花實アヒ具シテモットモメデタキモノ也。(中略) 新古今ハ此道ノ至極セル處ニシテ此上ナシ (中略) メデタクウルハシキ事此集ニスキタルハナシ。

宣長と同じく『新古今集』を称賛する荷田在満《かだありまろ》もまた、論争の種となった『国歌八論』において、

新古今をば學者多く華に過ぎ實なしとてとらず。然れども詞花言葉はもとより花を尊ぶべし。

と主張して、定家の歌学・歌論を批判しつつも、言語表現を重視する『新古今集』を高く評価し、中でも藤原良経の歌を和歌文学の最上の歌と讃え、絶讃している。

このように『万葉集』よりもむしろ『新古今集』を上位に置く人々はすでに江戸時代からいたが、その一方で先に見た土屋文明のように、『新古今集』を蔑み嫌って、その文学的価値を認めようとしない論者も少なからずいたことは、強調しておかねばならない。これは現実直叙の万葉の歌を人間の真率な心の表出であり、和歌文学の至上のものとする一方、新古今の歌を現実から詩的生命を汲み上げることのない、人為的・人工的な知的構成物、人間不在の空疎な文学と見て、その文学的・詩的価値を否定する態度である。土屋が新古今の歌を評した「仮虚威しの鬼面」ということばは、それを端的に言いあらわしたものだが、かような新古今評価は、実感尊重の『アララギ』派の詩人たちと、その系統を引く人々の間では、いまなお根深く尾を引いている。

(二) 地獄の中に咲いた花・『新古今集』成立の背景

人間の存在が強く感じられる、真摯な心の文学としての『万集集』に対する、人間不在、非人間的な唯美の世界の文学としての『新古今集』といった図式は、確かに存在すると言ってよい。ではなぜそのような「凍れる美学」に基づいた非人間的な虚の世界を築いた歌集が、すでに失われた世界となりつつあった王朝文化の残照の中で誕生したのか、また東西の古典詩の中に置いてみたとき、その文学的到達点はいかほどのものであったのか、それを考えなくてはなるまい。好悪の感情、文学的嗜好は別として、純然たる言語芸術、韻文の文学という観点から眺めた場合、『新古今集』とは抒情詩として東西の詩史の上でどのように位置づけられる作品なのか、それも問題としなければならない。

今日でもなお、詩歌制作の動機として、作者の実感を重んじ、現実の体験や作者の生の諸相から生まれた歌、つまりは作者の生活感覚や美的感覚・印象を直情流露した歌こそが本物の文学だとする信仰は根強いものがある。そこに作者の生が投影していない、読書の産物として脳裏に蓄えられた観念から生まれた歌、頭で作り上げた思弁的、「形而上的」、観念的な歌などは、概して評価が低い。華麗妖艶だが魂の鼓動が伝わってこない氷結したような定家や良経、俊成卿女の歌ではなく、「正述心緒」の万葉の歌のみならず、現実の中から抒情を汲み取った西行の歌、激情を吐きつけたかのような和泉式部の歌、澄み切った生の滴りと映る良寛の歌などが、依然として多くの人々を魅了しているという事実が、それを物語っている。かく言う私自身も、そのような歌に強く心惹かれている一人である。そのこと自体は読者の側の文学趣味、嗜好に属することであるから、咎める必要もなく問題視するにも当たらない。だがその結果として、「文の為に情を造る」（劉勰《りゅうきょう》『文心雕龍《ぶんしんちょうりゅう》』）新古今の詩人たちの歌は、先行する古典を媒介とし、知力によって構築された観念的な「作り物」として、その虚構性ゆえに不当に貶められ、その芸術性、文学的・詩的完成度が十分に評価されていない憾みがあるように思われる。『新古今集』という歌集、とりわけその中枢をなしている定家とその一派の詩人たち（塚本邦雄の言う「惑星群」の詩人たち）が、中世初期というあの時代に、詩人としてどれほどのことをやってのけたのか、というようなことが関心の的になり、声高に語られることはあまりない。国文学者や和歌に精通している人々の間では評価は高くとも、それが中世が生んだ抒情詩として、東西の古典詩の中でも異様なほどの詩的完成度に達していることが、広く知られているとは言い難い。定家とその周辺の詩人たちは、象徴詩、「純粋詩」の実現という点で、マラルメなどの先蹤をなしたと言ってもよく、また「文学から文学を」、「詩から詩を」作るという作詩法において、T・S・エリオットなどにはるかに先立ってそれを実践して巧緻な歌を生み出していた彼らの詩的達成について、これを積極的に評価し、その功績を強調することも十分にはなされていない。これは残念なことであり、やはり問題ではなかろうか。

　和歌の一読者として私がこだわり問題にしたいのは、そのような『新古今集』に対する否定的な見方であり、この歌集を東西古典詩の中でも最高峰の一つ、極めて高度な芸術的達成とはみなさない文学観である。『新古今集』という歌集が、多くは『万葉集』との比較や対立の図式の中で論じられたり評価されたりしてきたことは、不幸なことである。その詩風や抒情の質の相違を強調したりあげつらったりして、高下優劣を論じること自体が非生産的であり、文学作品、韻文芸術としてのこの歌集の正しい評価や、東西古典詩の上での位置づけを妨げることにもなると思うのだ。『新古今集』という歌集は、ひとまず和歌史のコンテクストから外して眺め、中世の生んだ東西の古典詩の一つとして、より広い視点から眺め渡して、それ自体として評価を下すべきだろう。つまりは極めて日本的な抒情の表出であり、高度に研ぎ澄まされた日本人の美意識のエッセンスを凝縮した観のあるこの短詩型文学は、純粋に言語芸術、抒情詩として見た場合には、いかなる作品なのか、その詩的・芸術的完成度はいかほどのものであり、東西古典詩史の中ではどの程度の位置を占めているものなのか、という観点からもっと論じられてしかるべきではないのか。それに加えて、源平の争乱という暗黒の動乱によって王朝文化が事実上終焉を迎え、その余映、残照の中にあった中世初期という時代に、定家とその一派の詩人たちは、なにゆえに、またいかにして、現実を遮断したあのような審美的な美遊の世界を築くこととなったのか、それを考えることも必要であろう。果たしてそれは偶々わが国の文学にのみ生じた文学現象なのか、それとも他の国や地域の古典詩にも見られる、より普遍性をもった現象なのかということもより広い視点から考えなければなるまい。

和歌について言えば、これを和歌史というような狭隘な自己完結した世界に閉じ込めて論じるのではなく、より広い東西の詩歌、古典詩の世界へ引き出して新たな眼で眺め直すということがあってもよいのではないか。それが比較詩学というような学問になっていなくともかまわない。ともかく、まずはそういう視点をもつことが大事だと言いたいのである。『新古今集』という、象徴芸術のはしりとも言うべきあの特異な作品を位置づける上でも、ひいては和歌という韻文芸術を、その特質やすぐれた点（言語的洗練、繊細な美的感覚など）、また短詩型文学ゆえの制限や限界点（優美一途で閉鎖的、社会性・思想性の欠如など）を改めて考える上でも、それは必要とされる作業である。

まず『新古今集』という歌集が成立した背景を考え、それがこの歌集にもたらした性格を考えねばなるまい。周知のとおり和歌の一頂点であるこの歌集が、俊成の撰した『千載集』の後を承けて、八番目の勅撰集として成立したのは一二〇五年のことである。それに先立つ『千載集』からわずか一八年後のことにすぎない。平氏討伐を掲げて源頼朝が東国の源氏の武者たちを糾合して挙兵し、それを聞いた一九歳の定家が『明月記』に「世上乱逆・追討、耳に満つと雖も、これを注さず、紅旗征戎吾事に非ず。」と嘯いてから（実はこれは後年に挿入された文章だというが）二五年後、壇ノ浦での平家滅亡から二〇年後のことである。頼朝が鎌倉幕府を開いてより世はすでに武士の天下となっており、時代はもはや中世にさしかかっていた。三〇〇年もの間続いた平安王朝文化は公卿化した平氏一門の滅亡とともに終焉を迎え、王朝和歌をはぐくんだ基盤は失われていた。政治権力を武士に奪われた貴族は無力化し没落し、現実世界での存立基盤の喪失におののきながら、ひたすら過去のまばゆい文化の伝統を維持し、それにすがって教養ある「文化人」として生きるほかなかった。それのみが彼らのレゾン・デートルだったからである。定家の例に見るように、現実生活では無力で貧乏な中流・下流貴族ではあっても、宮廷の権威を後ろ盾にした精神世界、芸術の世界では、支配者である武士をも寄せ付けない高踏的な社会を形成していたのであった。和歌のように宮廷と結びつき、強固な伝統に支えられていた世界では、政治権力を握った武士階級も膝を屈せざるを得なかった。そういう時代に生きた定家を含む貴族たちにとって、輝かしい王朝文化の記憶こそが現実だったと言ってよい。

源平の争乱もさることながら、定家たちが生きた時代の現実は、まさに澆季末世《ぎょうきまっせ》、暗黒時代そのものであった。たびたび血なまぐさい政争が起こり、大規模な飢饉、疫病、天変地異が相次ぎ、群盗が白昼都大路を闊歩して貴族の館を襲い、軍兵は日常的に乱暴狼藉をはたらき、国中も京の都も太平安寧というにはほど遠い状態にあった。九条兼実がその日記である『玉葉』で、「火災盗賊、大衆兵乱、上下騒動し、緇素奔走す、誠に是れ乱世の至り、人力の及ぶ所に非ざるなり。」と慨嘆せざるを得ないほどの惨状が日々眼前に繰り広げられていたのである。定家が『初学百首』によって新進詩人として華々しくデビューした年に彼が眼にしたのは、養和元年の京都大飢饉が起こり、わずか二か月間で洛中の死者数が四万二〇〇〇人を超え「京師餓死スル者、途《ミチ》ニ満ツ」という酸鼻を極める情景であった。「大道に臥《こや》せる死人あまた居て、主上の車行き悩めり」つまりは天皇を乗せた牛車が都大路にあふれる屍体で行き悩み、供人たちが代わって車を担ぎ上げて進まねばならぬという、信じがたいようなことが実際にあったのも、この時代のことである。風雅とはおよそ無縁のそういう現実に直面しつつも、詩人たちは御所の中にまで洛中の大通りに臥した屍体の臭いが漂ってくる中で、優雅な和歌を詠まねばならなかったのである。そんな地獄絵図さながらの悲惨な現実にあえて、かたくなに眼をつぶり、「世上乱逆・追討、耳に満つと雖も、これを注さず」とでも嘯いて、強い決意をもって「吾事」つまりは詩作（詠歌）という行為に臨まないかぎり、歌によって生きることはできなかったであろう。洛中に地獄絵さながらの光景が広がっているさなかで、花や月の美しさに没入し、

諸人の花いろ衣たちかさね都ぞしるき春きたるとは
おほぞらは梅のにほひに霞《かすみ》つゝくもりもはてぬ春の夜《よ》の月
山のはの月まつ空のにほふより花にそむくるはるのともし火

といった耽美的な歌を詠むことは、観念を実体験に置き換え、現実は虚妄、歌の世界こそが実在の世界と思い込む覚悟と、「詩に別天地有り。」という固い信念とがなければ、到底なし得ない所業である。落日の中で失われた王朝文化への憧れに生きる無力な貴族たちは、そういう悲惨な現実を断固として拒否して華麗な夢幻的世界をしつらえ、美遊の世界に遊ぶことで、現実に抗して己の支えとしたのであろう。歌の中に美によって架空の金殿玉楼を築いてそこに立て籠もって現実世界を遮断し、これに対抗することで、己の存立を保ったのだと言えるだろう。過ぎ去った過去こそが彼らの現実であった。和歌という世界において暗黒の現実生活を捨離し、彼らにとって現実に代わるも

のであった古典の世界に沈潜し、そこへ己を転移することに、己のレゾン・デートルを見出していたわけである。風巻景次郎が『新古今集』の非現実性について述べた、「事実上、写実的な態度によって現実生活をそのまま素朴に取った作というものは『新古今集』にはほとんどまったくないといってよいのである。」という事実は、作者たちのそういう態度に発するものであった。

宣長が繰り返し強調しているように、そもそも和歌とは「みやび」を生命とする、優美一途な文学である。『古来風躰抄』で俊成が言っているところでは、「歌はただよみあげもし、詠《えい》じもしたるに、何《なに》となく艶《えん》にもあはれにも聞《きこ》ゆる事のあるなるべし。」ということであって、本来そこには醜悪悲惨なもの、美ならざるものが入る余地がない文学なのである。とすれば、およそ「みやび」とは無縁な暗黒の現実世界の中で、さような歌を作ること自体が矛盾であり不可能だったはずである。暗黒の時代環境に置かれた当時の詩人たちは、もはや現実を素材としてみやびを生命とする和歌を作ることは許されなかった。そういう生々しい現実を直叙したり、そこから生ずる実感を詠ったりしたら、それはもはや和歌ではない。『万葉集』では、路傍に臥した死者を詠うことが可能だったが、王朝和歌ではそれは不可能であり、そういうものを詠うことは「みやび」の和歌の自殺であり自己抹殺にほかならない。「みやび」ならざることばを歌の世界から閉め出し、和歌にひたすら優雅な抒情の表出を求めていた俊成がすでに、『万葉集』の中にある刑死した有間皇子の

家《いへ》にあれば笥《け》に盛《も》る飯《いひ》を草まくら旅にしあれば椎《しひ》の葉に盛る

という歌を難じて「「飯」などといふことは、この頃の人も、うちうちには知りたれど、歌などには詠《よ》むべくもあらねど」と、和歌にはふさわしくない「みやび」ならざる表現だと言っているくらいである。仮に俊成や定家が江戸末期に生き返り、良寛の、

蚤虱ねになく秋の虫ならばわがふところは武蔵野の原
ぬばたまの夜はすがらに糞《くそ》まり明し
あからひく昼は厠《かはや》へ走り敢なくに

というような歌（二首目は旋頭歌だが）を眼にしたら絶句するか、憤激のあまり卒倒したかもしれない。癇癪もちの定家のことだから、怒りのあまり紙燭で良寛和尚をぶん殴ったりしないとも限らない。

いずれにせよ、そういう殺伐たる悲惨な現実を背景に生まれたのが、『新古今集』という、ある意味では超現実的、超時代的な文学作品であった。『新古今集』は酸鼻を極める暗黒時代の空気をいささかも反映していない。暗黒の現実を前にして「みやび」を生命とする和歌を作ろうするならば、残された途はただ一つ、「詩に別天地有り。」と観じて、現実を拒否した虚としての世界を、言語の力によって構築することでしかなかった。現実にはもはや失われた世界である王朝の古典的美

の世界を、詩的言語によって再創造すること、それが定家たち新古今詩人の目指すところであった。そういう態度での詩作に決然として乗り出し、現実を拒否遮断した「本歌取り」という技法によって、新たな詩的世界を創り出したのが定家と彼を取り巻く詩人たちだったのである。みずからをめぐる現実が暗黒な状況を呈している中で、「不運の身乱代に遇う。」という意識をもっていた定家は、稀代のことばの錬金術師として、ことばの力で現実世界の浸透を許さない超現実世界を作り上げ、その虚構の美の世界に立て籠もって遊ぶことに詩人としての生命を賭けたのである（もっとも、歌の道に生きるほかなかった定家が、現実生活からではなく、古典を素材とした文学、つまりは「本歌取り」を詩作の原理として掲げることになった理由は、それだけではなかった。『古今集』に始まる三代集において、すでに完成、爛熟しきった和歌を前に控えて、単なる踏襲を越えて新たな歌を創り出すためには、それにふさわしいドラスティックで革新的な手法がなんとしても必要であった。それが「本歌取り」であったことは、第二章でふれたとおりである。詩作に臨んでのそういう態度、姿勢、それが、高度に完成しきった唐詩の後を承けて詩作することを余儀なくされた、宋代の詩人黄庭堅の唱えた「点鉄成金」の詩学にも通ずるものであることも、すでに述べた）。

なんの実権をも伴わないとはいえ、廷臣としての官位昇進に異様なほど執着しつつも、官界での栄達の望みが薄かった不満分子で、飢饉に瀕しては「末代の貧者餓死せんか。」などと『明月記』で嘆いている定家のような人間にとって、専門歌人として和歌の道で輝くことこそが、みずからが生きる証であったと言ってよい。不遇の人としての意識が強く、心の闇を抱えていた人物だけに、現実を離れての和歌至上主義、芸術至上主義は、この詩人が採らざるを得なかった必然の途であった。定家のような芸術至上主義者にとって、それは現実逃避というような消極的な行為ではなく、あえて過去の和歌の蓄積が体現している文学的伝統をふりかざし、それを盾にして身を護り、時代の流れに抵抗しつつ自己の存在を主張する必死のいとなみだったと思われる。重くのしかかってくる重苦しい現実に抗する積極的な手段だったと言ってもよい。それはほとんど苦行と言うに足るものでさえあった。

歌の道に生きる定家のような職業歌人にとって、詩作つまり詠歌という行為はおよそ閑業でも風流韻事でもなく、現実を消去しそれに代わる過去の遺産を盾として和歌が存立しうる前提条件であった。「非人情」に徹しないかぎり、当時の状況下で歌を詠むことはできなかったであろう。歌の素材となるのはどす黒い現実ではなく、過去の王朝文化が築き上げたみやびな和歌であった。仮構の美に徹し、「本歌取り」が詩作の原理となったのは、そういう背景があったればこそである。『新古今集』の中枢をなす定家とその一派の詩人たちの歌が、華麗妖艶な外被の下に、ある種の暗さ、悲哀や厭世的気分を秘めているのは、それが失われた輝かしい過去への憧憬を根底にもっているからであろう。定家の歌にしても、美しさの中に何か凄絶なものが潜んでいることは、否みがたい。そこには確かに王朝文化の没落に臨んだ者たちを襲った一種の喪失感、空虚感といったものが揺曳していることは否みがたい。この歌集成立の背景を考えれば、それもまた必然の結果である。朔太郎が『新古今集』について、いみじくも「それは頽廃的な藝術であり、どこか化粧された屍骸の臭気を感じさせる。」と言っているのは、詩人としてそれを敏感に感じ取っているからである。

輝かしい過去の記憶こそが、悲惨な現実にとって代わるものであった貴族たちは、虚の世界に生きることを選び取った。つまりは失われた王朝文化の保持者たることに矜持をもち、もはや過去の栄光の追憶の中に生きることにのみ慰めを得るほかなかった無力な貴族として、定家たちは、悲惨な現実を意識的に遮断し排除し、和歌の世界に虚の美的空間を構築することに、詩人としての生命を賭けたのである。実際に詠歌という行為にはかない命そのものを賭け、歌を案じることで心身をすり減らし、ついに病を得て血を吐いて死んだと伝えられる宮内卿のような天才少女さえもいた。「歌則命」、「歌則人生」それが当時職業歌人として生きることであったが、その代表的存在が定家だと言ってよい。言語の力を信じ、『古今集』以来蓄積された和歌文学の上に立ってそれに依拠しつつ、意識的に六道地獄さながらの醜悪な現実世界を拒否して、華麗妖艶な夢幻的美の世界を和歌の言語を駆使してしつらえること、これこそがみずからを「歌よみ」ではなく「歌作り」と称した定家とその一派の詩人たちが企てまた実現させたことであった。その努力の結晶である『新古今集』という歌集は、王朝文化がもはや死滅に瀕していることを痛感しつつ、その残滓の中にあった没落貴族が、その死にゆく文化に施した死に化粧にほかならなかった。

そういう過酷な現実世界にあって虚の世界に立脚し、仮象の美を創り出すこと――それが『新古今集』の詩作の原理であり、この特異な歌集を特色づけている基本的な性格にほかならない。嘘固まって成るのが耽美的な美遊の世界なのである。

子規に言わせれば、新古今歌人たちとは、題詠に徹して、

面白からぬに「面白し」と詠み、香《か》もなきに「香に匂ふ」と詠み、恋しくもなきに「恋にあこがれ」と詠み、見もせぬに遠き名所を詠み、しこうして自然の美がおのが鼻の尖《さき》にぶらさがりたるをも知らぬ貫之以下の歌よみ

であった。その典型で、さらに「本歌取り」へと最先端を行ったのが定家とその一派の詩人たちであった。彼らが作り上げたのは、現実を遮断した上での徹底した観念美の世界であり、あくまで仮構の美遊の世界であるから、それが読者の眼に、作者の体臭が感じられない人間不在の文学と映るのも、当然のことである。われわれは、そうして生まれた作品が『新古今集』という歌集であることを、とくと心得た上でこれを評価すべきであろう。われわれ後世の読者は、そこでヴィルトゥオーゾたちによって現実とは異次元の世界で繰り広げられている、絵画的、物語的な美の世界を鑑賞し、定家たちが「本歌取り」で発揮している超絶技巧変奏曲を味わえばよいのだ。そういう読み方もまた、詩や歌を読むよろこびである。人間が「ホモ・ルーデンス」である以上、詩の世界に遊ぶということもまたあってよい。そもそも文化や芸術というものは、人間の生活の剰余的な部分に成り立つものであり、本質的に「あそび（ludus）」としての性格を帯びている。

『新古今集』成立の背景はおおよそ以上のようなものである。そんな歴史的状況下で生まれたこの

歌集が、非人間的な「凍れる美学」に支えられた氷結した美の世界であることは確かだ。橘曙覧のことばを借りて言えば、それは「いつはりのたくみ」にほかならないということになるのだが、その「たくみ」が高水準にある詩技によって織りなされ、洗練巧緻の極みにある表現によって現出された虚の美の世界なのである。好悪の感情は別として、そういう文学だから、修辞倒れの内容空疎な文学であり、精妙華麗だが血の通っていない空虚な修辞学に堕ちていると断ずるのは、的を得た評価とは言えまい。折口信夫のように、「文學としては救へぬ處に堕ちこんでゐる。」と断ずるのは、早計というものであろう。詩は言語芸術の最も純粋なものである。そこでは何が詠われているかということと同時に、いかに詠われているかということを、つまりはその表現の巧拙、詩的完成度・結晶度といったものを重く見なければならない。そういう視点から眺めたとき、『新古今集』という歌集が、そう安易に否定し去ることのできない詩的価値をもつものであることが、おのずと知られよう。

要は読者の側が文学作品に何を求めるかということに帰着するのだが、意識的にリアリズムとは対極にある文学として作られた作品に、万葉の歌に見られるような真率な人間像を求めたり、作者の息吹や魂の鼓動を感じ取ろうということ自体が、お門違いなのである。現実主義の万葉の歌風に共鳴し心惹かれるからといって、超現実的な歌風の新古今の歌の文学的価値を全面否定するというのは、あまりにも短絡的な態度というものだ。それは古典詩を読むにふさわしい態度ではない。詩人たちが虚の世界にことばを駆使して作り出す幻影の美しさを嘆賞するかしないかは読者の自由だが、それに際しては、詩の本領とは何であるかを考えることが必要であろう。地獄の中に咲いた華麗な花――『新古今集』とはそんな歌集なのである。

（三）『新古今集』の文学的到達点・言語芸術の精髄

前節では『新古今集』成立の背景と、それがこの歌集にもたらした性格ならびに特質について述べたが、今度はその文学的達成度、到達点といったところに視点を移し、それについて卑見を開陳しておきたい。

これまでにも繰り返し強調してきたように、『新古今集』という、和歌史の上でも特異な位置を占めている歌集が、詩文学、言語芸術、抒情詩としていかほどの詩的・芸術的完成度に到達しているかということを確かめるためには、ひとまずそれを和歌史のコンテクストから切り離し、東西の古典詩の中に置いてみなければなるまい。

素人の独断と嗤われるのを承知で、一読者としての私なりの新古今観、その文学的・詩的評価を言えば、こういうことになる。

おそろしく高度な文学意識をもって、また明確な詩作の原理を掲げて作られた和歌を収めたこの歌集は、その芸術的な完成度、言語芸術としての結晶度、詩的言語の洗練・錬磨の度合いといった観点からして、日本人による抒情詩の最高度の到達点を示すものである。のみならず、私の知るかぎりでは、古代ギリシアから一八世紀までに至る東西の古典詩の全体の中においても、その一高峰と位置づけうるほどの、極めて高い位置を占めていることは間違いない。新古今の歌は、魏晋南北朝以来高水準の詩を生み出し続け、すでに唐詩において世界の古典詩の中でも最高度の文学的到達を成し遂げている中国古典詩に比肩しうるレベルにある。それはまた、中国古典詩にもはるかに先立って前七世紀から前五世紀という大昔に、プリミティヴなところを微塵もとどめない完成しきった詩として姿を現し、サッフォーやピンダロス、シモニデスを生んだギリシア抒情詩、堅固にして巧緻を極めた詩句を織りなしたウェルギリウス、ホラティウス、プロペルティウスなどを擁するローマの詩、ハーフェズ、サアディーなどの大詩人を出したペルシア古典詩、当時の俗語詩としては異例なほどに密度と詩的結晶度が高いペトラルカの詩などにも、優に比肩しうるものと思う。少なくとも、古代・中世が生んだ詩文学としては、『新古今集』が異例なまでに詩的純度が高く、抒情詩としての詩的結晶度が高いことは断言できる。これは前にも言ったことだが、国文学者ではあるが、中国古典詩のみならずヨーロッパの言語・文学にも精通していた小西甚一が、定家たちの歌を評して、「**定家たちの歌に見られる甘美さは、おそらく人間が創造しうる美の極大値のひとつ**」（太字──引用者）だとしていることは、決して大袈裟でも過褒でもなく、東西の古典詩におけるその正確な位置づけを示しているものと私には思われる。これを否定する人には、改めてこう問わねばならない。「では、この時代までに、いま挙げた中国古典詩、ギリシア・ローマ詩、ペルシア古典詩などのほかに、その詩的完成度において新古今に比肩しうるいかなる抒情詩があったのか。かような高度な技法を駆使し、錬磨され洗練を極めた詩的言語を生み出した文学は、いつ、いかなるところに存在したのか。」と。また定家一派の新古今の歌は抒情詩として上記の海彼の古典詩人たちの作品とは肩を並べ得ない、それには及ばないと主張する人がいたら、「では、彼らの歌はいかなる点で、そういう詩人たちの詩に劣るところがあるのか、それを具体的に示してもらいたい。」と言うほかない。

堀田善衛はその『定家明月記私抄』で、定家の、

雲さえて峰の初雪ふりぬれば有明のほかに月ぞ残れる

という歌にふれて、その巧緻の極みとも言うべき技巧に感嘆し、

それはおどろくべき才能であり、かつそれ自体でひとつの文化をさえ呈出しているのである。(中略) それは高度極まりないひとつの文化である。中国だけを除いてはこの十二世紀から十三世紀にかけてかくまでの高踏に達しえた文化というものが、人間世界にあって他のどこにも見ることができないというに至っては、さてこれを何と呼ぶべきか誰にしても迷わないでいられないだろうと思う。この時代の西欧世界のことなど言う必要もないのであって、美どころか無骨この上ない原始的な宗教画などの肌の荒い情熱が燃えさかっていた時のことである。

と言っている。まさにそのとおりだと思うのだが、堀田の挙げた程度の洗練された巧緻の歌ならば、定家の歌ならずとも、彼に劣らぬ稀代の詠み巧者であった藤原良経の歌、

いく夜われ浪にしほれてきぶね河袖《がはそで》に玉ちる物おもふらん
うちしめりあやめぞかほ《(を)》る郭公《ほとゝぎす》なくや五月《さ》の雨の夕暮《ゆふぐれ》

をはじめ、いくらでも挙げることができる。なにぶん、堀田の言うとおり、西欧はこの際問題にならない。当時は中国を中心とする東アジア文化圏、イスラム文明圏などに比べて、文化的に最も後れをとっていたのが西欧世界であったから、その言語水準も文学も程度が低かったのは、また当然のことであった。その時代のヨーロッパの詩が、新古今の歌などとは同日の談でないのは驚くにはあたらない。

先にもふれたが、文学の言語というものは成熟に時間を要するものである。概して言えばヨーロッパ中世の抒情詩などというものは、長らくラテン語に支配されていたため俗語の確立が遅れ、その結果俗語詩の発生と発展が遅れたこともあって、全体的に未熟、稚拙である。まずその言語自体がまだ未成熟で古拙の域を出ないものだし、詩想も素朴単純で貧しいものが多い（とはいえ一二、三世紀に栄えたトルゥバドゥールの詩やその影響下に成立したミンネゼンガーの詩などの中には、かなり高度

な詩技を駆使した詩的完成度の高い作品があることも事実だ。また堀田の視野には古典ペルシア詩、アラブの詩などは入っていない。彼の断定には、いささかの留保が必要であろう)。また一二世紀に最盛期を迎えた、日本人の漢詩に相当する中世ラテン詩にしても、私が読んだかぎりで言えば、その文学的成熟度や詩的結晶度の度合いにおいて、新古今の域に達しているものはまず見当たらないと言ってよい。日本人による漢詩と同じで、所詮は外国語による作詩であるから、それらは少なからず学校文法と修辞学の臭いをとどめており、『新古今集』の歌に見られる洗練された表現や象徴性といったものとはおよそ無縁である。

私はペルシア語、アラビア語、サンスクリットを解さないから、ペルシア古典詩、アラブ古典詩、インド古詩に言及する資格はないが、訳詩によって接し、またヨーロッパの学者やわが国の専門家による評価から窺うかぎりでは、少なくともペルシア古典詩は、極めて詩的・文学的完成度の高い詩を生んだようである。ペルシア語を学んでペルシアの大詩人の作品を読んだゲーテが、その芸術的レベルの高さに舌を巻き嘆声を放ったことは、よく知られているところだ。その洗練の度合いも、表現の巧緻も端倪すべからざるものであると説かれているから、これを東西古典詩の一高峰とするのは妥当だと思われる。

私の乏しい知識で言えば、上記の海彼の詩人たちのほかには、新古今の歌と不思議なほどよく似た側面をもつヘレニズム時代のアレクサンドリア派の詩人たちの、傑出した何人かの詩人のエピグラム詩などが、洗練されたその繊細華麗な詩風や芸術的完成度において、新古今の詩人たちの歌によく拮抗しうるものと思う。頽唐美という点では、晩唐の詩人たちの詩は新古今の詩人たちの歌に相通うものをもつし、修辞主義の華麗な詩という観点からすれば、中国六朝の詩人たち、たとえば洗練され精緻に構成された詩句によって細やかで清冽な詩情を現出した謝朓《しゃちょう》や「辞操は絶《きわ》めて麗し」と評された潘岳《はんがく》の詩などは、その詩風においても、詩的完成度においても新古今に比することができるであろう。いずれにしても『新古今集』という歌集の中核をなす定家とその一派の詩人たちの歌が、東西の古典詩の中でもその一頂点に立つものであることは、繰り返し強調しておきたい。

さて『新古今集』という和歌史の上でも特異な位置を占めている歌集を、東西古典詩における一頂点、最高峰の一つとして位置づけたからには、実例をもってそれを裏付けねばなるまい。それゆえ、この歌集の中でも最も新古今的と評される歌風で知られ、「幽玄」だの「妖艶」だのといった詠歌の美的理念を唱え、「有心躰」だの「秀逸躰」だの果ては「鬼拉躰《きらったい》」だのといったスコラ学的歌論を展開した定家と、彼に連なる詩人たちの歌を若干引いて、その超絶詩技の妙、それが生み出す高踏的、象徴的な詩的世界の一隅を窺ってみよう。

まずは定家の広く知られた歌で、夢を主題とした、

春の夜《よ》の夢のうき橋《はし》とだえして峰《みね》にわかるゝ横雲《よこぐも》の空《そら》

という歌を眺めてみる。あまりも人口に膾炙した名歌で、すでに宣長をはじめ先学諸家によって散々

に論じられ評釈されているから、いまさらここで引くのも気恥ずかしいくらいである。これに関する私独自の解釈があるわけではなく、以下述べることも、諸家の説くところをただなぞるにすぎない。「定家宗」の信徒を自認する正徹《しょうてつ》が「極まれる幽玄の体なり。」と絶賛し、現代の定家をもって任じる塚本邦雄が、「ぴたりときまつたゆるぎのない夢幻の定着といふ點では、古典、現代を通じてこれに及ぐものはなからう。」と激賞している名歌である。これに反して萩原朔太郎はこの歌を、「當時の歌壇が觀念していた美意識の最高を蓋したもので精妙を極めて居るが、例によつて魂のない美意識の人工細工で、眞の意味の美やポエジイは却つてない。」と評しており、その詩的価値を認めていない。窪田空穂の「艶と哀れの一つになった、当時の代表的詩情の具象化である。」、「一首として見ると、人間と自然とが有機的な広がりを持ち、余情の多い歌と言える。あるいは双方を渾融させつくしているとも言えよう。」という評言は、まずまず穏当なものだろう。定家会心の作であることは間違いない。最も共感できるのは安東次男の次のような評言である。

上句の詞をことごとく恋の縁語を以てし、そこに宇治十帖の最後の巻名をいれることによって、余情を物語的世界に封じ込めた定家が、下句を矚目写景ふうにととのえたのは、どうやら源氏五十四帖のこの終わり様をしかと見据えたからであるらしい。言うなれば余情のまた余情というところに、妖艶の工夫を働かせた作りである。

この歌の本歌とされるのは『古今集』にある壬生忠岑の歌、

風吹けば**峰に別るる白雲の絶えて**つれなき君が心か（太字——引用者）

だとされており、「横雲の空」という斬新な表現は定家の同時代人で親しい関係にもあった藤原家隆の秀歌、

かすみたつ末《すゑ》の松山ほのぐと浪《なみ》にはなるゝ**横雲《よこ》の空《そら》**

という歌から取ったものである。

定家の歌は表面上の意味だけとれば、「春の夜の短く、夢が途中で覚めても夢見心地のなかに、明け方の空は、夜、山にかかっていた横雲が、今、峰から別れてゆく。」（窪田空穂釈）、あるいは「春の夜の夢がとぎれて、峰に横雲が別れ、離れてゆく曙の空。」（久保田淳釈）というだけのことだ。しかしこのわずか三十一文字の小さな言語空間の中には、なんという豊かな物語が封じられていることか。またなんという色彩豊かな絵画的世界が広がっていることか。小沢蘆庵が「功成就の歌は誠に絶妙」と言っているのはこういう歌を指すのだろう。並みの技量では、わずか三十一文字の中にこれだけ濃密で広がりのある世界を封ずることはできない。どう考えても凡手の技ではなく、定

家にしてもこれほどの成功を収めている例はそう多くはない。これはいわゆる「疎句表現」による歌で、上の句と下の句との間に論理的な接続はなく、忠岑の本歌を脳裏に浮かべそれに照らし合わせて初めて、その歌意がわかる仕組みになっている。おそろしく巧妙な詩技で、先行する和歌とりわけ『古今集』が完全に頭の中に入っていた当時の読者（であると同時に作者）は、たちどころにその妙味がわかったはずだが、そういう心得がないわれわれ後世の読者は、専門家による注によってようやくそれと気づくのである。エルメティスムに立て籠もって安易に読者を近づけないマラルメもそうだが、純粋詩を求める芸術家とは厄介なものである。

新古今の歌の特色の一つとして、和歌の世界の物語化、和歌という極小な器の中で一つの物語的世界を構築するという手法がとられていることが、折口信夫をはじめとする専門家たちによって指摘されている。たとえば先に第二章でもふれたが、その一例として、俊成は『伊勢物語』の深草の女にまつわる物語を、

夕《ゆふ》されば野べの秋風身にしみてうづらなくなり深草《ふか》のさと

という名高い一首に詠みなして、そのみごとな一例を残している。折口のことばを借りれば「短歌を一つの小説或は戯曲為立てにしたのだ。」ということであり、定家とその一派の詩人たちは、和歌に戯曲的構想を盛り込んだりその物語化を図ったのである。そればかりか、その手法をさらに推

し進め、単に和歌を物語化するにとどまらず、歌の内容を深化させ、詠われている人物の心理、心情までを映し出そうという野心的な試みもなされている。詩的想像力のかぎりを尽くして生み出した仮象の美もここに極まれり、との感が深い。

「源氏見ざる歌よみは遺恨の事也。」というのは、「六百番歌合」の判詞に見られる俊成のあまりにもよく知られたことばだが、当時の詩人にとって『源氏物語』をはじめとする物語類に精通しているのは必須のことで、源氏や『伊勢物語』などを背景にもち、その中の一挿話や情景を歌に詠みなすことは、有力な作詩法の一つであった。定家の先の歌は、まさに『源氏物語』の和歌への侵入、和歌の物語化のみごとな実例である。宣長が「とだえをいはむために、夢を夢のうき橋とよみ玉へり。」と言っているように、諸注によれば「夢の浮橋」とはその実、単に夢のことを言っているにすぎない。だがこの一語を和歌に導入することで、『源氏物語』「宇治十帖」の「夢の浮橋」で薫大将と浮舟とが繰り広げる悲恋の物語が、読者の脳裏におのずと想起される仕組みになっている。定家は意図して、この歌を重層化し、この語にまつわる恋の情緒や雰囲気を一首の中に漂わせることを狙っているのは間違いない。「峰にわかるる横雲の空」とはむろん実景ではなく、作者が脳裏に描いた幻想風景であり、後朝の別れを匂わせる表現だと言っていいだろう。恋の中絶を暗示するこの下の句は、甘美な春の夜の夢、「あふと見しその夜の夢のさめであれな」と西行が詠った見果てぬ夢を断たれた悲しみが揺曳する表現でもある。

家隆の歌からの借用だとはいえ、歌結びの句が「空の横雲」ではなく、「横雲の空」という詭巧を凝らしたものになっていることも、この歌が読者の脳裏に刻む印象を一段と鮮やかなものにしている。ここで詠われた春の曙の情景が、ただちに『源氏物語』の一場面へと繋がっているのである。凡手の技でできることではない。

また諸注が教えるように、この歌の下の句は、本歌とされ、恋が半ばで途絶えてしまう嘆きを詠った壬生忠岑の先の歌の「峰に別るる白雲」という比喩的表現を響かせてもいる。それによって失われた恋を嘆く気分が伝わってくるように仕組まれているのである。

さらには、久保田淳の注しているところによれば、この歌にはかの名高い「朝雲暮雨《ちょううんぼう》」の故事、つまりは懐王が午睡の夢に巫山《ふざん》の神女と契ったとの、艶めいた面影も漂っているという。つまりはこの一首は、わずか三十一文字という小さな言語空間の中に、先行する古典によって織りなされてきたさまざまな文学的映像を、おそろしいまでに重ねて詰め込み、それによってイメージを重層化し、豊富化しているわけである。そういう巧緻を極めた詩技によって構築されたこの官能的で甘美な春の歌は、豊かなことこの上ない詩的映像を読者の脳裏に描かせることに成功しているのだと言ってよい。この一首は色彩あふれいかにも絵画的ではあるが、実景描写とは無縁の絵画性であって、作者定家の詩的想像力が描いてみせた、幻想的、夢幻的な精神の絵画にほかならない。これを評した安田章生の「美しさと悲しみとが不思議な融合を見せ、幻想的な情調を縹緲とただよわせている歌である。」という評言は、十分に納得できる。まさに「歌作り」定家の面目躍如として、稀代の和歌の手練れの名に恥じないおそるべき力技であり、腕の冴えである。

フランス象徴派の詩などにはるかに先立って、近代以前にひたすら詩的言語のもつイメージの形成力に依拠して、かほどにも豊かで甘美な夢幻的世界を構築し得たということは、やはり驚嘆すべきことではないのか。作者の燃える心が宿っていないから真の詩とは言えない、などというのはあまりにも素朴な詩のとらえ方ではないだろうか。

詩の本質を謂った、All the fun is *how* you say it.（詩の妙味は表現の仕方にあり。）とはさる詩人の至言だが、詩とりわけ抒情詩は言語芸術の精髄であるからには、「何を（what）」詠うかではなく、「いかに（how）」詠うかが問題だとすれば、その点では定家のこの歌は抒情詩の一つの極致を示していると言えよう。確かに定家は新古今の詩人たちの間では突出した存在だが、これは超絶技巧を誇る鬼才定家一人の力によるものではなく、新古今時代の詩人たちが、純粋な言語芸術として、かような程度の作品を生み出しうる水準にまで到達していたことを示している。定家にまさるとも劣らぬ詩技の手練れである良経や後鳥羽院、俊成卿女その他の詩人たちの歌が、それを物語っている。好悪の感情は別として、やはり誰しも新古今の歌の抒情詩としての言語的結晶度、その芸術性の高さは認めざるを得まい。

堀田善衛は前記の著『定家明月記私抄』で、定家のこの歌と俊成卿女の、

面影《おもかげ》のかすめる月ぞやどりける春やむかしの袖の涙《なみだ》に

という歌を引いて次のように言っている。

感覚浮遊の極点と言うべく、また状況としての浮遊でありながら、その定着において彫金のような金属的なつめたさをあわせもつ作歌の、その無極端な、いまにも気化蒸発し去るかと思わせるほどの洗練というものが、如何にもと感得されればそれで足りるだろうと私は思っている。言語を駆使しての芸が、かくも極度かつ極端なところまで到達し得ることができた例は、他に求めることができない。これに比べればフランスの象徴派など、もっと日常に近いのである。

まさにそのとおりだと深く頷かざるを得ない。詩技に長け、洗練を極めた繊細巧緻な詩句を織りなしたことで詩名を謳われた詩人ならば、ヘレニズム時代のギリシアにも何人かいたし、詩句の密度・結晶度の高さで言えば、ローマの詩人ホラティウスなども新古今の詩人たちにおさおさ劣るものではない。だがそれが、ほとんど形而的な域にまで達し、象徴的世界を現出せしめているという点では、定家とその一派の詩人たちの歌は、やはり東西古典詩の中でも格別の位置を占めていると言えるのではなかろうか。それは驚くほど前衛的な作品群であり、少なくとも、その文学的、詩的達成度はかぎりなく高いものと、私の眼には映るのである。

もっとも人が、とりわけ現代の読者が、かような観念性の強い歌、ひたすら美的観念を研ぎすませ錬磨して生まれた幻想的、夢幻的で絵画的な歌を好むか否かは別問題である。新古今の歌は、先行する歌や物語の世界を知悉していることを前提として作られており、歌の作者が同時に読者でもあり批評家をも兼ねていた、狭隘で特殊な閉じられた世界で作られたものである。そういう世界に住んでいないわれわれには、やはり縁遠い詩的世界であることは否めない。詳細な解説など専門家の知識を借りずに、われわれ現代の読者がその世界に参入し、玄妙な歌が作り出す人工的美遊の世界に遊んで、その美を味わうことは容易ではない。東西古典詩の中でも異例なほど早い時代に、象徴詩の域にまで達していながら、『新古今集』という歌集の文学的・詩的達成度が、必ずしもこの国では広く認知されてないのは、そのあたりに原因がありそうだ。

さて紙幅の都合もあって、これ以上個々の歌についての解釈談義をするつもりはないが、ひたすら言語の力によって構築され、観念的、非現実的ないしは超現実的であるが、幽艶かつ華麗な美の世界を現出していると私には思われる歌を何首か引いておこう。ほとんどが第二章で引いて、その巧緻な詩技を眺めた歌である。

しろたへの袖のわかれに露《つゆ》おちて身にしむ色《いろ》の秋風ぞふく　定家
梅《むめ》の花にほひをうつす袖のうへに軒《のき》もる月のかげぞあらそふ　同
見わたせば花も紅葉もなかりけり浦のとまやの秋の夕暮《ゆふぐれ》　同
かきやりしその黒髪《くろかみ》のすぢごとにうちふすほどは面影《おもかげ》ぞたつ　同

とこの霜《しも》まくらの氷きえわびぬむすびもを《(お)》かぬ人の契《(ちぎり)》に　　同

いく夜われ浪にしほれてきぶね河袖《がはそで》に玉ちる物おもふらん　　良経

うちしめりあやめぞかほ《(を)》る郭公《ほとゝぎす》なくや五《さ》月の雨の夕暮《ゆふぐれ》　　同

手にならす夏の扇と思へどもただ秋風のすみかなりけり　　同

人待つとあれゆく閨のさむしろに拂はぬ塵を拂ふ秋風　　同

思《おも》ひいづるお《(を)》りたく柴《しば》の夕煙《ゆふけぶり》むせぶもうれし忘《(わすれ)》がたみに　　後鳥羽院

見わたせば山もとかすむ水無瀬河《みなせがは》ゆふべは秋《あき》となに思《おも》ひけん　　同

風かよふねざめの袖の花の香《か》にかほ《(を)》る枕《まくら》の春の夜《よ》の夢　　俊成卿女

たちばなのにほふあたりのうたゝねは夢も昔《むかし》の袖の香《か》ぞする　　同

花さそふ比良《ひら》の山風ふきにけりこぎゆく舟《ふね》の跡《あと》見ゆるまで　　宮内卿

すみなれし人は梢に絶えはててことの音にみ通ふ秋風　　有家

かすみたつ末《すゑ》の松山ほの〴〵と浪《なみ》にはなるゝ横《よこ》雲の空《そら》　　家隆

いずれもまさに「冷艶」と評すべき冷え冷えとした氷結した美の世界であって、「凍れる美学」を具現している歌である。そこには作者の直情吐露はむろんのこと、燃える心も熱い魂の鼓動も激情もなく、読者の心に染み入って強くはたらきかけ、これをゆすぶることもないような歌である。それは人間的な感動をあえて押し殺してまで芸術性を獲得することを意図した歌、ことばのもつ自然さを極度にまでそぎ落とし磨き上げて、巧緻に組み立てられた虚構の美的世界にほかならない。それは万葉的尺度、直情流露、魂のほとばしり、人間的抒情の表出を重く見る立場からすれば、所詮は「作り物」であって、文学としては高く評価できないのかもしれない。頽廃的で不健康な文学だと言うこともできよう。しかしここにはことばの力によって築かれた、ゆるぎない確かな美の世界がある。いたずらに審美的でひたすら優美な世界、いかにも繊弱で蒼白な仮象の美の世界、内に崩壊の危機を抱えた頽唐美の世界ではあるが、間違いなく言語芸術としての、新古今の詩人たちが達成した抒情詩の一つの極北であることは認めないわけにはいかないのだ。繰り返し強調しておくが、中世初期というあの時代に、確固たる美的理念に基づいて、定家に代表される新古今の詩人たちが、かくも詩的言語を精錬し、ほとんど象徴詩の域に達した詩的完成度の高い作品を生み出したこと、この事実は、好悪の感情を離れて積極的に評価すべきだと思う。唐代に早くも東西古典詩の中で屹立した高峰を築いた中国の詩を別とすれば、ラテン語詩であれ俗語詩であれ、ヨーロッパの中世の詩でかほどにも高度な芸術的完成度を示しているものはないと断言してもよい。それを念頭に置いて新古今の歌を改めて眺めてみると、『新古今集』という歌集は、東西古典抒情詩の中でも、最高度に高い評価を与えられてしかるべきだと思うのである。わが国の中世で生まれたこの歌集は、「詩から生まれた詩」というものが、時に極めて芸術性の高い文学になりうることを示している好例であると言えるであろう。

第五章　付論・和歌とはどんな言語芸術か
――元横文字屋の異見

（一）いかにも「日本的な」詩文学

これまで何十年かにわたって、一介の愛読者としてではあるが和歌に親しんできた者として、いつ頃からかそもそも和歌とはどんな言語芸術なのかということが、頻りに脳裏に浮かぶようになった。これは一つには私が元々外国文学を学び、生涯の大半を、ギリシア・ローマをはじめさまざまな国や地域の言語で書かれたヨーロッパの詩を読んで過ごしてきたことによるものである。横文字の詩を読む傍ら、一読者として漫然と漢詩を読んだり、和歌を読んだりしているうちに、和歌とはなんと日本的な韻文芸術であることか、といった思いにとらわれることが多くなった。和歌は和歌、漢詩は漢詩、ヨーロッパの詩はヨーロッパの詩で、それぞれ独立した詩的世界である、相互の間に直接の関係はない、抒情詩であること以外に、そこに存在する共通点や類似点、あるいは相違点などを考えるのは無意味かつ無益なことである——そう割り切って考えればよいのだろうが、私個人については言えば、そう簡単に割り切って済ませたくはない。

言うまでもなく和歌もまた抒情詩の一種であり、東西古典詩の一角を占めているのだが、東西の古典詩に長らくふれているうちに、和歌の特異な点が際立って強く意識されるようになったのである。ヨーロッパの古典詩や中国の古典詩を読んだ後で和歌にふれると、同じ抒情詩でありながらその性格の相違がいっそう強く感じられ、否応なしに、いかにも「日本的」な和歌の特質というものを考えさせられる。

「日本的」とは、つまり和歌がヨーロッパや中国の詩には見られない特殊な、とは言わないまでも極めて顕著に日本的な特徴を有する詩文学ではないかということである。それはあまりに日本的また自閉的であって、詩歌としての普遍性に乏しいのではないかという懸念も拭いきれないものがある。そこには和歌以外では表現し得ない独自の詩的世界があると同時に、和歌であるがゆえに表現し得なかったり表現が困難で、その限界を感じさせずにはおかない側面があることもまた否みがたい。

和歌は日本文学に固有の文学上の一ジャンルであるから、日本的であるのは当然のことだが、いかなる点で際立って日本的なのか、この際自分なりに整理して考えてみたいと思うのである。と同時に、いかにも和歌ならではと思わせる、抒情詩としての和歌の特殊性が、わが国の研究者や和歌を愛する一般の読者に、果たしてどの程度強く意識されているのかといった疑問も、おのずと胸中に湧いてくる。私が眼を通したかぎりでは、和歌に関する書物全般にも、『新古今集』や定家を論じた専門家の著書にも、こういった問題はあまりふれられていないようである。それは専門家たちが和歌を東西古典詩の一つとして、距離を置いて外部から眺めることをせず、和歌自体を内部からのみ見つめ、その精細な研究に集中しているためであろう。和歌研究の専門家にしてみれば、いまさら和歌とはどんな言語芸術か、抒情詩としての和歌の日本的特質とは何か、などということを改めて考えたり論じたりする必要はない、ということなのかもしれない。そんなつまらぬことを考えるのは、専門家のすることではなく、外国人研究者か和歌の素人のすることだとされているとも考えられる。だが和歌に限らず、なにごとにせよ、外部から見て初めて気づくこともあるものだ。和歌にしても、他者の眼をもって外部から見ないと、東西の古典詩の中で際立ってユニークなその特質が見えてこない面もあるのではなかろうか。

これまで、和歌とはいかなる言語芸術かということが正面切って論じられたり、詩文学としての和歌の日本的特質というようなことがあまり強く意識されたり指摘されてこなかったのは、一つには、それがあまりにも身近なものとしてわれわれの身辺にあるためかと思われる。

寡聞にして私は現代のこの国の一般の読者が、日常的にどの程度和歌に親しんでいるか知らないが、ともあれ和歌はさまざまな形で本に収録され、『万葉集』から近世和歌に至るまで、それを読もうとする者にとって、ごく身近なものとしてそこにある。程度の差はあれ、多くの日本人読者が、八世紀に成立した『万葉集』や一〇世紀初頭に成立した『古今集』にごく自然な形で親しみ、それに心惹かれたりしているのである。われわれ日本人にとってはごく自然なことで、誰もそれを不思議とも思わないが、実はこのことはヨーロッパの古代・中世の詩が、もっぱら専門家の研究対象としてのみ存在しているのと、著しい対照をなしているのである。定家の撰した古典和歌のアンソロジーである『百人一首』が存しているおかげで、大抵の日本人なら古歌の何首かぐらいは記憶しているだろう。『万葉集』ほどではないにせよ、和泉式部や西行の歌などに魅せられて、これを愛読している人々も少なからずいるはずである。読者の数こそ少ないが、式子内親王の歌や源実朝の『金槐集』などに心惹かれ、それに親しんでいる人たちも稀ではない。そればかりか、西行の歌などに、何か日本人の自然に対する感情の原点とも言うべきものを感じ取り、それに共感を覚え、自身の自然観などに重ね合わせてその世界に浸ったりもしているのである。われわれはそこに時代差というものをあまり感じることがなく、むしろ日本人の感性、心性というものは古今を通じてあまり変わらないものだという印象を受けることが多い。

つまりはわが国では、和歌はいまなお生きた文学であって、専門家の研究の資料としてではなく、世の一般の読者が親しめる形で存在しているわけである。それゆえ望めば誰でも容易に和歌の本を手にすることも、読んで楽しむこともでき、心に適った作者の歌に身を添わせたりもできるのである。専門的な研究書はむろんのこと、一般の読者向けの和歌に関する評論やエッセイ、解説本などがあまた世に出ているということもまた、ヨーロッパなどではあまり見られない現象だと言えよう。実はこのこと自体が、ヨーロッパ文学の観点からすれば例外的な、驚くに堪えることなのである（古典詩に関する一般読者向けの本が数多く存在し、また読まれているという点では、日本と中国には共通するところがある)。こういう現象が存在するのは、実は和歌という日本固有の抒情詩の特質によるのだが、その事実が一般の読者やまた専門家の意識に上ることは、あまりないのではないかと思われる。わが国では、和歌というものがごく自然な形で身辺にあるので、誰もそれを奇異なことども不思議なこととも思わない。現代の日本の一般読者が、古代や中世の和歌に親しんでいることに、驚くなどということもない。現代の世界における東西の古典詩全体のありようを考えると、それがむしろ稀有な現象であることを改めて認識し、その事実が和歌の日本的特性とどうかかわり、どんな意味をもつのか、この際改めて考えてみてもよいのではなかろうか。

以下一門外漢として私が和歌に関して思うところ感じるところを、いくつか覚書風に書き留めておきたい。もとより以下に述べるところは、あくまで私個人の主観的な見解であって、学問的な裏付けがあるものではなく、またすでに言い古されていることであって、私がそれに無知なだけかもしれない。「言わずもがな」との思いもあるが、学術書、研究書ではない気楽さもあって、この際思い切って和歌に関する積年の感想、印象を開陳してみることとしたのである。

(二) これまでの和歌の定義

まずは和歌とは何か、いかなる言語芸術かということを改めて問わねばならない。

和歌とは何かということは、古くはすでに和歌の原理を表出した『古今集』の序に述べられている。そこでは和歌の本質、根本義が論じられているが、冒頭の「やまとうたは、人の心を種として、よろづのことの葉とぞなりける。」ということばに見られるように、「詞」が「心」から発するものであって、「詩は志を言う」ものと定義する中国の詩の概念とは異なり、歌とは人間の感情を表現するものだという定義がなされているのは周知のとおりである（もっとも、右に引いた『古今集』序のことばは、劉勰《りゅうきょう》の『文心雕龍《ぶんしんちょうりゅう》』にある「情は物を以て遷り、辞は情を以て発す。」というくだりからその想を得ていると思われる）。中国流の詩学で言えば、和歌とは「縁情」の詩であり、『詩品』の著者である鍾嶸《しょうこう》の言う「情性を吟詠するもの」なのである。これは和歌が叙事的なものではなく、本質的に抒情詩であることを宣言したものである。

　またより新しくは、『石上私淑言《いそのかみのささめごと》』において、「歌とはいかなる物をいふぞや。」という問いに答える形で、国学者宣長の和歌観が披歴されている。そこでは、「歌も本の體《タイ》をいへばただ物のあはれなることをよみいづるの外なし。」という宣長の持論が、和歌の本質、本性として縷説されているのは、これまた広く知られたところだ（宣長が抒情こそが詩の本質だと考えていたことは、「詩はもと人の性情を吟詠するわざなれば、ただものはかなく女わらべの言《コト》めきてあるべき也。」ということばからも知られる）。だが、古人・先人による和歌のこのような定義を知ったからといって、それで抒情詩としての和歌がどのような特質、特徴を備えた詩文学であり、またいかなる点で日本的な韻文芸術であるかということがわかったとするわけにはいかない。

そこでそもそも現代においては、和歌とはどんな言語芸術として定義されているのか、それを確認すべく、『日本古典文学大辞典』、『和歌文学辞典』をはじめ、何冊かの本を覗いてみた。それらの中では和歌について専門家が詳しく、あるいは簡潔に説いており、それによって多くを教えられたが、それで十分な満足が得られたわけではない。そこで説かれている専門家の説明には一応納得しながらも、それでいてなお満足できないのは、私がヨーロッパ詩を学んだ者として、なにほどか他者の眼をもって和歌に接してきたためであろう。国文学者による説明には、和歌を外部から見て、抒情詩としての日本的特質を明示するという視点がないのが残念である。

欠けていると思われるのは、わが国固有の言語芸術、韻文文学である和歌は、東西の古典抒情詩の一つとして考えた場合、いかなる特色、特質をもった文学であるか、ということを説く視点である。これは和歌そのものをいくら微に入り細を穿って子細に見つめて探っても、明らかになる問題ではない。和歌という東西の古典詩の中でも極めて独自性が強く、日本的特質を備えた詩文学を、和歌史というような枠を越えて、広い視野から眺めてこそ、その特質、特性が浮かび上がってくるからである。

和歌もまた東西の古典詩の一角を担う抒情詩であり、しかもおそらくその中でも最も高度に完成された詩文学の一つである以上、これを東西古典詩史のコンテクストにおいてその特質を考えることは、およそ意味無きことではないはずである。専門家たちにその点を明らかにしていただきたいのである。**言語芸術としての和歌が、何をもっぱら題材とし、いかにそれを表現し得たか、また何**

を表現し得なかったか、それはいかなる理由によるのか、ということも得心がゆくように説いていただきたいものである。抒情詩としての和歌が表現上どのような特色・特質を有し、いかなる点ですぐれまた劣っているのか、古典詩としてのその詩的完成度はいかほどのものであり、またいかなる点に限界や制約があるのかないのか、ということも明らかにする必要があるのではなかろうか。さらには詩的言語としての和歌の言語は、たとえば中国の古典詩のそれなどと比べて、いかなる特性を有しているのかということも、明示していただかねばならない。

和歌とは何かというたぐいの諸書を覗いてわかったことは、専門家にとって「和歌とは何か」などということはあまりにも自明の理であって、いまさらわざわざ議論したり定義するまでもないということらしいということであった。われわれ日本人にとって、和歌は身近なものであって否応なしに過去の日本文化の一部に組み込まれており、もはや血肉と化して精神生活の一部になりきっているため、改めて「和歌とは何か」などと正面切って論じること自体が、無用な、あるいは奇異なことなのかもしれない。「和歌とはいまあるとおりのものである。見てのとおりのものであって、いまさら改めてその本性を論じたり、特質をうんぬんする必要がどこにあろうか。」と言われそうである。さような詮索は無用のわざであって、和歌に関しては必要ない、と言われる惧《おそ》れもある。仮に言語芸術、韻文文学としての和歌の日本的特質をなにほどか明らかにしたとしても、さようなことは和歌研究に何ら寄与することはない、と切って捨てられるかもしれない。

以下私が述べることにしても、あまりにもわかり切ったことなので、いまさら和歌の特質としてあえて挙げるまでもないというのが、専門家たちの意見であるとも考えられる。そうであればこそ、東西古典詩の一つ、それもおそらくは最も高度に完成された抒情詩の一つでありながら、これまでその特質・特性といったものが、正面切って論じられることが少なかったのであろう。

だが多年横文字の詩を読んで過ごすと同時に、和歌にも親しんできた一人の日本人としては、専門家による和歌の定義や、その本質、特質を論じた文章には多くを教えられ敬意を表しながらも、それでもなおまだ言わねばならぬこと、改めて強調しなければならないことが、あるように感じられるのである。そこで、和歌の一愛読者として、また長らくヨーロッパの古典詩を学んで他者の眼で和歌を眺めてきた者として、和歌に関して気がついたこと、それについて思うこと感じることを以下にいくつか挙げてみたい。たとえ既知のことであっても、改めて強調すべきこともあろうかと思われるからである。

(三) 異常に文学的生命の長い詩文学

まず最初に和歌の一特質として挙げたいのは、その**異常なまでに長い文学的生命**である。だが後でふれるように、これは独り和歌にのみ認められる現象ではなく、中国とギリシアにも類例があるから、世界的には極めて稀な文学現象だとしても、唯一無二の例でもなければ、特に日本的だというわけではない。

今日われわれ日本人はごく普通にまた日常的に、『万葉集』を覗いたり『古今集』や『新古今集』を手に取ったりするし、西行や和泉式部の歌集を愛読している人も決して少なくはない。また『百人一首』などによって、誰でも古歌の何首かぐらいは記憶しているが、誰もそのこと自体を不思議だとも驚くべきことだとも思わない。だがひとたび眼を海外の文学、より具体的にはヨーロッパの文学に転じると、実はそれは驚くべきことであり、考えられないことなのである。専門家でもない一般の読者が、八世紀から中世までの詩選集に日常的に親しんだり、愛読したりということは、ヨーロッパではまずあり得ない。それを可能にしているのが、和歌の不変性、不易の永続性であり、その異様なまでの文学的生命の長さなのである。

実際、一〇世紀初頭の産物である『古今集』と江戸時代の近世和歌とが、詩的言語・文学の言語として基本的なところではほぼ同一だということは、和歌の大きな特質だと言える。宣長のことばを借りれば、「歌ハ今ノ世ニテモ一向俗言ヲ除キモテ雅言ノミヲ用ヒデ詠ムヘキニ、**古ノ体ヲ失フコトナクマッタク古体ノママ也。**」（太字―引用者）というのが和歌なのである。「スヘテ歌ハフルキ詞ヲ取用ルヲ本意トシ、モトヨリ用ル詞サタマリテ**世々ミナ同シ詞ノウチヲ用ヒ來レリ。**」（太字―引用者）という因襲の文学たることが、詩的言語の「古今同一」という、文学現象を生んだのであった。『古今集』以後の歴代の歌詠みたちが、「みやび」を身上とする抒情詩としての和歌の言語を純化し、「歌ことば」という超時代的な一種の人工言語で詩作した結果である。ギリシアのエピグラムと中国古典詩を例外とすれば、詩の言語が一〇世紀近くも基本的な形が変わらないというような現象は、世界的にも稀であろうし、ヨーロッパの詩にはおよそ見られない稀有な特質なのである。

普通のヨーロッパ人の読者にとって、ルネッサンス以前の文学などというものは、専門家以外にはまず手が届かない文学であり、古代・中世の文学は専門家の特別な研究対象であって、一般の読者が読んで味わったり楽しんだりできるものではない（ただし、ギリシア・ローマの文学などが近代語訳で、一般の読者に読まれているということはある）。これは偏にヨーロッパの言語が、日常言語も文学の言語も時代とともに大きく変化し、中世の文学などは、近・現代のそれとはほとんど異質と言ってよいほど、言語的には接近がむずかしく、感覚的にも容易にはなじめないものになっているからである。東アジア世界での漢文と同様に、西ローマ帝国崩壊後、ヨーロッパで普遍的な文化語、詩の言語として用いられ続けたラテン語でさえも、中世に入るとかなり変質・変容し、また地域によってかなり多様化し、ローマの詩人たちが築き上げた文学の言語がそのまま保持されることはなかった（そこが中国とは違うところで、「文は必ず秦漢、詩は必ず盛唐」というような、ある時代それも古代の文学言語を典範とする考えは、ヨーロッパにはなかったと言ってよい。ルネッサンスを迎えると、人文主義者の間で、キケロのラテン語を絶対視し、典範と仰ぐ人々もいたが、それはごく限られた範囲のもので、汎ヨーロッパ的な現象ではなかった）。

古典古代の文学という形でひとまずギリシア・ローマの文学が終焉を迎えた後の、ヨーロッパの詩の発生、消長、変遷などをおぼろげながらたどってみると、そのあまりにも大きな変貌や変化に、改めて驚かざるを得ない。これは中国古典詩や和歌を念頭に浮かべるとき、一際強く感じられることである。

ローマ帝国滅亡後のヨーロッパで一二、三世紀頃まで書き続けられた中世ラテン詩や、その後に生まれた俗語詩などは、ヨーロッパの近代詩などとは趣も質も大きく異なるばかりか、言語（俗語）自体が時代とともに大きく変化していて、ほとんど別世界の文学のような観さえ呈している。たとえば八世紀に古英語で書かれた叙事詩『ベーオウルフ』などは英語を母語とする文学研究者でも、特別な勉強をした専門家以外にはまったく理解できないし、中世英語、中世フランス語、古高地ドイツ語で書かれた詩なども、一般の読者が手に取って親しめるようなものではなく、たとえ自国の文学であっても、それを読むことは極めて困難であり、ほとんど外国語の作品のようなものである。そこが和歌や、長い伝統を有し不変性、永続性を保ってきた中国の詩などとは決定的に大きく異なる点である。それに加えて、詩の形が時代によって多様で変遷や消長があり、時代が変わると消えてしまった詩形や新たに誕生したさまざまな詩形があって、ここでも時代により様相が異なるのである（わが国の抒情詩でも、『万葉集』にあった長歌や片歌、旋頭歌はその後すたれ、わずかな例外を残して姿を消してしまったということはあるが、それはほぼ相似た韻文内部での消長にすぎない）。ヨーロッパの詩は、それぞれの時代の刻印を打たれており、「古今同一」、「古今同質」というようなことはあり得ない。

川合康三はその著『中国の詩学』で、中国においては詩の伝統が一貫して持続してきたことを挙げ、その守旧性により時代を超えた同質性を保持してきたため、詩における時代差が極めて小さいことを指摘している。そのためたとえ漢代の詩であっても、教養人ならば今日なおそれを読み味わうことが可能なのである。おそらく現代のヨーロッパ人にとって、現代の普通の中国人が、前八世紀に成立したとされる『詩経』や、三世紀頃に始まる魏晋の詩や四世紀から五世紀の人である陶淵明の詩を、現代語訳に拠らずそのままの形で日常的に読んで楽しむことができるというのは驚きであるに相違ない（これに対して、現代のギリシア人にとって、『詩経』とほぼ同時代に成立したと見られているホメロス叙事詩はむろんのこと、前四世紀、五世紀の詩も、ビザンティン帝国時代の詩も、現代ギリシア語訳に拠らないと理解できないか、理解困難である）。

一般のヨーロッパ人にとって、ルネッサンス以前の文学（この場合は特に詩を考えてのことだが）は、たとえ自国の文学であってもかなり異質なもの、なじみにくいものと映るのではないかと思われる。それは文学研究の専門家のみが接近できるものであり、一般の読者とはほとんど無縁の文学だと言っても過言ではない。それほどにも言語上の時代差も大きければ、また詩文学のテーマや趣も異なり、さらには中世人の世界観、人間観も感覚もまた近代人とは大きく異なっているからである。

翻って日本のことを考えてみるに、われわれ日本人は程度の差はあれ、専門家でなくとも日常的に『万葉集』の歌に親しんだり、『古今集』や『新古今集』、あるいは西行や和泉式部の歌を手に取ったりしており、それを特別なこととも不思議とも思わない。またそういった古代や中世の日本人の生んだ詩に違和感を覚えたり、そこに自分たちとは異質なものを感じることもない。万葉集の歌や小野小町や和泉式部の恋の歌は、現代の読者の心に強くはたらきかけるものを秘めており、ストレートにわれわれの心を打つ。また、先に言ったように多くの日本人が、西行の歌などに何か日本人の原点とも言うべきものを感じ取ったり、四季のうつろいを詠んだ和歌などに、現代のわれわれの感覚と極めて近いものを感じたりしているのである。和歌に関するかぎり古代・中世は現代の日本においてもなお生きているのである。

なぜそのようなことが可能かと言えば、それは和歌というものが異常なまでに文学的・詩的生命が長い抒情詩であって、中国古典詩と同様に規範性、守旧性が強く、実に一三〇〇年近く基本的にその同質性を保った文学だからにほかならない。平安朝という古代社会に確立した和歌は、その後言語的にもまたその性格も大きく変わることなく、本質的には同じものとして執拗に生き続けた。最も安定した詩形として、もはや日本人の脳裏に染みついてしまった「五、七、五、七、七」という音数律による詩形もそうだが、一〇世紀初頭に『古今集』が成立し、そこで「和歌の言語」と言うべきものが確立すると、それが以後日常の言語とは乖離した人工的な「詩的言語」としての独立を保ったまま、近世まで維持されたのである。それは明治に入ってからもなお、正岡子規が旧来の和歌を否定し、大胆な革新によって近代短歌を創出するまで命脈を保った。そこには詩風(歌風)や格調などの変遷こそあれ、それは同じ範型の中での内面律の変化にすぎず、近世に至るまで一貫して文学言語としての本質的な変化はなかった。「後の世のいやしき心詞にては、よき歌はよみいでがたき故に」(宣長)、歌詠みたちは王朝和歌の歌語を墨守した。和歌の世界では、宮廷貴族の美学に適った「清げな」ことばのみが使用を許されたのである。王朝時代に確立した、そのような時代を超えた言語共同体の中で、詩人たちが常に自分を先行する詩人たちと重ね合わせ、伝統に沿って歌を詠み続けた結果、和歌は時代差が小さく同質性を保った文学となったのだと言って過たないであろう。

俊成の『古来風躰抄』には、「ただ古今集を仰《あふ》ぎ信ずべき事なり。」とあるが、『古今集』がカノン化し、王朝和歌の典範となって以来、「詞《ことば》は古きを慕」う尚古主義が支配し、和歌の言語は近世まで本質的には同一のままであって、その差異は驚くほど小さい。専門家によれば、八代集の歌語は、その間の日常言語の変化をほとんど反映することなく、三〇〇年間ほとんど変化していないという。中国を除く東西古典詩に照らし合わせて考えると、これは実に驚くべきことである。ヨーロッパの詩の尺度をもってすれば、一九世紀の詩が、一〇世紀の詩と言語的にもその性格の上でも基本的にはほぼ同じであるなどということは、想像のほかである。各時代の詩人たちが『古今集』を典範として歌を詠み続けてきたことが、そういう結果を生じたのである。子規の「何代集の彼ン代集のと申しても、皆古今の糟粕の糟粕ばかりに御座候。」という乱暴なことばは、そのかぎりでは当たっている。詩としての出来栄え、その文学的価値は別として、三代集、八代集をはじめ、中世から近世に至るまでの和歌は、すべて『古今集』を範と仰いで詠み継がれたため、全体としては驚くに足るほど均質だと言える。

おそらくこれに匹敵するのは、漢代に登場した後魏晋の時代に完成し、以後清朝に至るまで作られ続けた五言詩と、ギリシアのエピグラムぐらいなものであろう。五言詩は漢代の「古詩十九首」

などに見られるように、後漢の時代に発生したものだが、曹操が実験を握った建安時代の詩人たちが新たな創作様式としてこれに力をそそぎ、主要な詩形式として開花した。それは本来正統な詩形とされた『詩経』以来の四言詩の衰退もあって、六朝時代には詩の大勢を占める詩形式となり、唐代に七言詩が起こってこれと並立するまで、ほぼ独占的な詩形式であった。それが実に清朝まで連綿と作られ続けたのである。その文学的生命の長さはギリシアのエピグラムにほぼ等しい。

最初碑銘として生まれ、前三世紀のヘレニズム時代に文学として認められるようになったエピグラムは、以後一五世紀にビザンティン帝国が終焉を迎えるまで、ほぼ一八〇〇年近くにわたって、同質性を保ち続けた。ヘレニズム時代の詩人の作と帝国末期の詩人のそれとの間に大きな言語的な差異が認められないのは、やはり驚きである。東ローマ帝国からビザンティン帝国時代を通じて、詩の世界では古代が生き続け、「詞は古きを慕」う尚古主義に貫かれ、伝統にすがる詩人たちが、過去の詩人たちが生んだ膨大な詩の集積を規範として作品を書き継いだことが、そういう結果をもたらしたのである。次節で述べるように和歌は「因襲の文学」であるが、ギリシアのエピグラムもその点では軌を一にしていると言ってよい。詩形と詩の言語の永続性と不変性という点では、中国の詩や和歌と共通するところが大きいと言える。

和歌がギリシアのエピグラム、中国古典詩と並んで、東西古典詩史の上でも異例なほど長い文学的生命を保った文学であることは、その最大の特質であって特筆に値すると思うのだが、果たしてそのことが和歌の専門家や和歌を愛する一般の読者にどれほど知られているであろうか。『古今集』

によって定立された和歌の言語が、ほぼ宣長の言う「古体ノママ」一〇〇〇年以上も維持されてきたということ自体が、東西古典詩の中でも異例なことなのだが、この事実がどれほど強く意識されれ自覚されているか疑問なしとしないので、既知の事実ながら、あえてそれを挙げてみたのである。

（四）因襲の文学としての尚古主義による規範性の強さ、狭小な詩的世界

江戸時代に堂上和歌の指導に関する諸家の言説を集めたという『雲上歌訓』という書には、冷泉為久の「凡《およそ》、千余年以来の歌の道にて候《さうら》えば、其中《そのうち》に、同《おなじ》歌いくらも可有《あるべし》。ことに当時の歌、皆、古人の歌をあしくぬすみたる物也《ものなり》。」ということばが見える。作者の個性が最も鮮明に表出されるべき抒情詩の世界で、同じ歌がいくらでもあったりしては困るのだが、確かにそういう事例が存在することを否定できないのが、和歌の世界ではないかと思われる。まったく同じではないにしても、古歌・先行歌を模して作られたとおぼしき酷似した歌ならいくらでも見つかると言っても過言ではない。冷泉為久のことばに一語を添えて、「同《おなじ》やうな歌いくらも可有《あるべし》」としたならば、真理を衝いていることになるだろう。時代を追って『八代集』ほか何万首かの和歌を通覧したり、『国歌大観』などを眺めていると、まず最初の印象はなんと似通った歌、同工異曲の歌が多いことかというものである。そうなるといやでも子規の「『**古今集**』**以後何万千の歌尽**《ことごと》**く同趣向同調子なり。**」（「歌話」、太字—引用者）ということばが脳裏に浮かび、乱暴な言い方で誇張はあるが、そこに和歌の特性を衝い

た真実を認めないわけにはいかない。確かに時代や作者によって作風や格の相違は見られるものの、相違よりはむしろ類似のほうが目立つことは誰の眼にも明らかである。歌を詠もうとする者にとって、伝統芸術である和歌はまず既定の形式として存在し、作者はその形式に則り、そこに和歌の言語を用いて自己の発想、詩想をはめ込んで一首の歌とするのが、詩作（詠歌）という行為にほかならなかった。和歌を詠む者は古歌を範とし、しばしば先行する作者の歌にみずからの歌を重ね合わせる形で、歌を詠む。そうすることで和歌の世界で安定を得て伝統に連なり、それを継承する役目をも果たすのである。それでも王朝時代にはまだ、形式が内容を圧倒し、規矩として強く作用して詩人の詩想を制肘したりすることが少なく、和歌は現実生活に密着している中から生み出され、作者は比較的自由にふるまっているのが見られる。だが俊成が『古今集』を和歌の典範と定め、意識的にその伝統に則って詩作活動を展開したことによって、ここに「因襲の文学」としての和歌の性格が決定的なものとなったと言ってよい。つまりは和歌は全体として、「詩から作られた詩」という色合いを濃くしてゆくのである。時代を追って八代集を、さらに二十一代集、近世和歌集までをざっと通覧すると、一三〇〇年近く続いた和歌なるものは、『古今集』で確立した「部立て」を守って、同じようなテーマを同じような伝統的表現で、倦むことなく繰り返し詠ってきたことがわかる。時代を重ねるにしたがって、詩的発想が硬化し、歌のパターン化、類型化が進んでいるのが明らかに見て取れる。伝統が因襲へと変質していったことがそういう結果をもたらしたのであった。そういう創作態度で作られた和歌を、作風の違いから、その詠まれた時代を即座に見分けて指摘できるのは、和歌の専門家だけであろう。

久方のはてなき空にあさ霞たなひきわたり春立らしも
あらぬ世にくれまどひぬるいとなみも一夜《ひとよ》あくればなれる春《はる》かな
春立《たつ》と聞《き》きつるからに春日《かすが》山消《きえ》あへぬ雪の花と見ゆらん
けふといへば見ぬさかひなる霞をもやどながらしるはるはきにけり
ひさかたのあまのはやまにこの夕霞たなびく春立ち來らし

という歌を並べられて、これはどの時代の歌と識別するのは、われわれ一般の和歌の一読者にとっては極めて困難である。それほどまでに「和歌の言語」の同質性は高いと言ってよい。実は最初の歌は上田秋成の作、二番目の歌は中世の歌人・連歌師心敬の歌、三番目の歌は凡河内躬恒の作、四番目の歌は江戸市井の歌人の作、最後の歌は山辺赤人の作である。万葉詩人赤人の歌、『古今集』の時代の人で九世紀に生きた詩人躬恒の歌と、一八世紀後半から一九世紀の人である秋成の歌が、言語的にはほとんど相違が見られないというのは、和歌なればこそである。そんなことはヨーロッパの詩では絶対にあり得ない。前節で述べたように、それは和歌と、「古今同質」、「古今同一」を大きな特質とする中国古典詩、一八〇〇年間ほとんど同質性を保ったギリシアのエピグラムにのみ見られる文学現象なのだが、それが和歌というわが国固有の言語芸術の一大特質であることは、新ためて強調するに足ることではなかろうか。

実際、和歌は因襲の文学である。題詠を主体とする『古今集』を絶対の典範と仰ぎ、ひたすら古歌に倣って近世まで代々歌を詠み続けてきたことが、時代差を感じさせない膨大な数の同工異曲の歌を産出する結果になったのである。『古今集』以後、これを典範とし、詩作（詠歌）はかくあるべしと一度決まった以上、それが動かしがたい権威となり規矩となって、歴代の詩人たちを拘束した。そのため、恋の歌にせよ四季の歌にせよ、ほかに詠いようはなかったものかと時に思わされるほど似通った歌が多い。

たとえば恋の歌にしても、王朝時代の伊勢や和泉式部の歌は、みずからの実体験から生まれた切実な恋情や悲嘆といった真情流露の作であり、作者の個性がくっきりとにじみ出ているが、時代が下ると恋の歌も大方が題詠である。つまりは恋の歌と雖も作者の個人的体験から生まれたものではなく、内部から湧き上がってくる激しい赤裸な恋情や衝迫を直叙するのではない。「初恋」、「忍恋」、「片恋」、「契恋」、「不逢恋」、「後朝恋」、「絶恋」等々、さらには「何々に寄する恋」といった具合に、あらかじめ指定された恋のテーマに沿って、古歌のパターンに倣って詠うのだから、そういうふうに詠まれた歌に、作者の心情、個性や相貌が鮮やかに浮かび出てこないのは当然のことである。そこでは元来作者の実体験から生まれた感情を吐露表白するのを本性とする抒情詩が、すでに変質しており、作者と話者は必ずしも同一ではなく、しばしば分離している。仮に「忍恋」がテーマであれば、「忍ぶ恋を詠う立場に陥った人物は、かく詠むべし」というように、特定の状況にある人間の立場に身を置き、その当人の恋の情緒を心のうちになぞらえ、仮構して詠むのである。つまりは実体験とは別の次元で、第三者としての立場から物語的に恋の心を詠い、恋の心情を描き出すわけである。本来恋とは無縁なはずの僧侶に、すぐれた恋の歌が少なからずあるのは、そういう理由による。西行や慈円はなかなかに恋の歌の名手でもあった。現実には恋など寸毫もしていなくとも、恋する者の心を巧みに詠むのが上手な歌詠みというものである。宣長が、本来女人女色とは縁なき僧侶に恋の歌が多いのは、いかがなものか、という問いを立てた上で、法師と雖も人間であるから、女色を愛で恋の歌を詠むのはごく自然なことであると擁護し、

人とある中にも殊にほうしは妻をもたらず。この欲《ヨク》を常につつしむ物にて、いよいよ心には思ひのむすぼるるべき事なれば、俗《ゾク》よりもまさりて戀の歌はおほくあはれにいでくべき事也。

などと言っているのは、見当違いである。宣長は僧侶の恋の歌が題詠であることを忘れていたと見える。

『古今集』以後和歌の主流となった題詠によって詠まれた歌は、作者の心情吐露、真情流露の器ではなく、作者が自分の詩技を披歴するために「作品」として作り上げたものだが、その極致、最高の到達点が『新古今集』にほかならない。和歌が尚古主義に立つ古歌尊重、典範重視の古典主義に支配され続けた因襲の文学だったことが、「『古今集』以後何千万の歌尽《ことごと》く同趣向同調子なり。」と

いうことばを、子規に吐かせるまでになったのである。とりわけ中世の歌の多くが典拠尊重を旨としていたことが、和歌の表現の類型化を推し進め、個性的、独創的な歌を詠むことを困難にしたのだと言ってよい。

「花鳥風月」、「雪月花」とはよく言ったもので、春の歌と言えば梅と鶯と桜に春霞、夏の歌と言えば歌集を埋め尽くしているホトトギス、秋の歌と言えば紅葉と月と鹿の鳴き声、冬の歌と言えば時雨と雪といった具合に、何をもって四季を詠うかはすでに決まっており、それを外れた歌は伝統に背くことになる。パターン化が著しいのがいやでも眼にとまる。加藤周一は、和歌が取り扱う素材が著しく限定されものであったことについて、次のように言っている。

平安時代の勅撰撰集には、『古今集』から『新古今集』に到るまで、驚くべき素材の一致があった。春夏秋風と、恋と、旅の歌。春は花、秋は紅葉であって、歌に詠まれる植物の種類は固定していたから、この時代に作られた何千という歌を通覧して、当時の植物分布状態を想像することはできない。月の歌は数限りなく、星の歌は極めて少ない。（例外は天の河と七夕である）。当時の歌人たちは誰一人として星やすみれを歌おうとはしなかった。唐の詩人たちのように、戦争の悲しみや腐敗した政治に対する憤りを歌おうともしなかったのである。（『日本文学史序説』）

和歌に関して加藤が指摘する右の事実は、なにも平安時代の勅撰集に限ったことではなく、その後も近世和歌まで、ほとんど変わることなく続くのである。このことが和歌の世界を狭小な、固定化し類型化したものとしたことは、言うまでもない。その結果が、「同《おなじ》歌いくらも可有《あるべし》。」という、抒情詩にあるまじき現象の出現であった。

四季折々にさまざまな変化の様相を見せる、豊かな自然に恵まれた風土に生きていたのだから、詩人たちはなぜもっと多様な形で、自然の美しさやそれに対する反応を詠わなかったのだろうと思わざるを得ない。そうなった理由は、一つには四季の歌と言っても『古今集』以来「題詠」が盛んで、大自然の中を漂泊した西行などを例外とすれば、詩人たちが自然界に身を置き、自然を呼吸し、大地の息吹を感じ取って詩作したのではないからである。**生活圏が極度に狭く、**洛中を一歩も出ることなく四季の歌を詠んだ宮廷貴族をはじめ、各時代の詩人たちは、自然そのものにふれることなくして、宮廷貴族の美学によって選び抜かれた「歌枕」などに依拠して、四季の美やそのうつろいを歌に詠んだにすぎない。知性の力をもって自然界の美を限定し、自然を意識的、人工的に加工して眺め、詠ったのである。

和歌の世界で、みずからの眼で見た実景を詠うのではなく、絵画に描かれた自然の風景を詠む「屏風歌」の創作ばかりがずっと続いていたわけではないが、すでに『古今集』で題詠が定着して以来、古歌で詠われたパターンを代々受け継ぎ、それに沿って詠むことが和歌の伝統となっていた。詠われるのは、宮廷貴族の美学によって切り取られ、観念的に再構成された自然なのである。仮に歌が題詠によるものではなく、たとえ作者が豊かな自然に囲まれ、それに反応する繊細鋭敏な感覚を備えていたとしても、その情感を歌で表現する範型、パターンがあらかじめ用意されており、それに倣って詠ってこそ和歌と認められていたのだから、詠み方が型にはまり形骸化して、何世紀にもわたって同工異曲の「同趣向同調子」の和歌が大量に生産されたのも無理はない。「因襲の文学」のなせるわざである。

なにぶん、正徹《しょうてつ》が歌の世界における虚構の重要さを説いて、

人が「吉野山はいづれの國ぞ。」と尋ね侍らば「只花はよしの山、もみぢには立田を讀むことと思ひ付きて、讀み侍る計李にて、伊勢の國やらん、日向の國やらん、しらず。」とこたへ侍るべき也。いづれの國といふ才覺は覺えて用なき也。(『正徹物語』)

と嘯き、またそういう詩作の態度が連綿と維持されてきたのが、和歌の世界なのである。そこから必然的に生じるのは様式化であり、パターン化、類型化であった。

加えて恋の歌ともなれば、詠われるのは決まってかなわぬ恋、失われた恋、捨てられた女の悲しみ、男の訪れを待つ焦慮や苦しみ、後朝の別離の悲しみ、といった恋にまつわる悲哀の感情や情緒であって、恋がもたらす歓喜や愛する対象の賛美といったものは詠われない(詠われるのは、恋そのものではなく、恋にまつわる情緒であるから、恋の歌には、ヨーロッパの愛の詩の一特徴である愛する対象

のdescriptio〈描写〉がほとんど見られない。和歌は短詩型文学で、それをするには詩形が小さすぎるということもあろうが、問題はそこにはなく、むしろ恋の何を詠うかというところにあると言うべきだろう）。恋の歌は至るところ決まって涙があふれ、また涙を象徴する露と袖とのオンパレードである。恋の歌とはなんと「露けき」詩であることかと改めて思わされる。実際、何百首、何千首という同工異曲の歌を読まされて、それに辟易しない読者はいなかろう（そんな中でみやびの規矩から外れた明恵上人の歌や良寛の歌、「生活歌」とでも呼びたい「独樂吟」を含む橘《たちばなの》曙覧《あけみ》の歌などが、その型破りの異色な作風で一際眼を惹くが、類型を脱したこれらの歌は和歌史の上では孤立している）。

　本来抒情詩というものは公的性格を排して、最も先鋭かつ鮮明な形で個人の情感や詩想を詠うはずのものだが、和歌に関しては、それが通用しない部分が少なからずあることは否みがたい。平安王朝時代の和歌には、作者の独自性が作品の上にくっきりとあらわれていて、際立った個性が鮮やかに輝いているといった例が少なからず見られるが、和歌全体として見ると、残念ながらそういった作品は多くはない。つまり類型化しているということであって、この傾向は時代が下るにつれて、ますます顕著となっている。『国歌大観』など同工異曲の歌の膨大な集積を前にすると、「わが国の詩人つまりは歌詠みたちは、よくもまあ一〇〇〇年余りも飽きもせず、限られた主題を似通った表現で和歌に詠み継いできたものだ。」とあきれつつ、嘆息せざるを得ない。先に引いた子規のことばや、同じく子規の「何代集の彼ン代集のと申しても、皆古今の糟粕の糟粕ばかりに御座候。」、「和歌なる者は、千年来常に簡単の美をのみ現さんとのみ努めたるを以て、終《つい》に重複また重複、陳腐また陳腐となりをはりたり。」といった、誇張はあるにせよ和歌全体について言えば否定しがたいことばが、脳裏に去来するのは、そういうときである。

なぜこのような事態が起こったのかというに、繰り返しになるが、それは和歌が古典憧憬の「因襲の文学」であって、古典尊重、尚古主義、規範遵守の精神に貫かれ、一貫して伝習主義に支配された文学だったからということに帰着する。古典尊重は俊成が『古来風躰抄』で「歌の本躰には、ただ古今集を仰《あふ》ぎ信ずべき事なり。」と託宣を下して以来、『古今集』が歴代和歌の聖なる典範となり、それが中世を経て近代までずっと続いてきたのである。下降線をたどり沈滞に向かいつつあった和歌に、本歌取りという手法を導入し、その前衛的な詩風によって和歌の革新を成し遂げた定家にしてもなお、古典主義の信奉者であった。

「詞《ことば》は旧《ふる》きを以て用ゆべし。」、「和歌に師匠なし。只旧歌《ただきうか》を以て師となす。」「詞は三代集《さんだいしふ》の先達《せんだつ》の用ゆる所を出《い》づべからず。」

という作詩上の心得を説いたことばからも、和歌が古人・先人の作に学ぶ伝習主義によって支えられてきた詩文学であることがよくわかる。

歌は、せんずる所、ふるきことばによりて、その心をつくるべし。(『八雲御抄』)

であり、和歌を学ぶということはすなわち古歌を学ぶことであり、歌を詠むということは、古歌を典範とし、そのことばを用いてそれに則って詠むことであった。古歌によってまず歌の基本的な型を学び、またみやびの精神を体得することが、詩作の条件となっていたのである。宣長の

なをよき歌は、詞のみならずかならず古の雅やかなるを学ばではいできかたかるべい事也。

とは、それを言ったものである。江戸時代の歌学者烏丸光栄《からすまるみつひで》もまた、『歌道教訓』で、

さて、歌を詠みならふ修行は、古歌を心を入れて味わふを第一とす。只、古歌を観じて我歌を詠むべきなり。

と言い、「旧歌を以て師となす。」と定家の教えを繰り返している。そういう態度に立った伝統的な作詩法は、王朝以来の洗練された言語芸術の維持と継承という面ではプラスに作用したが、それ以上に桎梏となって作者の詩想を制肘し、自由な表現を妨げるというマイナス面が大きかったことは疑いない。中世・近世の少なからぬ歌が型にはまり、詩精神の自由な飛翔が感じられない陳腐な作とわれわれの眼に映じるのは、そういう詩作の態度、姿勢に起因するものと考えられる。和歌の特

質の一つは、「後ろ向きの詩文学」ないしは「過去の詩文学に強く拘束された詩文学」とでもいうところにあると思うのだが、どうであろうか。

和歌においては、誰にもあれ歌を詠もうとするほどの者は、古歌を学ぶことが必須の条件とされてきた。歌を詠むという行為そのものが、すでに王朝以来の文化的伝統に参与し、それを継承する者としての役割を担うことを意味した。歌を詠む者は、まず第一に古歌をはじめとする先行作品の読者であらねばならなかったのだ（似たような状況が、ヘレニズム時代の詩人たちや、宋初の詩人たちにもあったことは、先述のとおりである）。近世さらには子規による短歌革新以前には、和歌の世界では常に作者と読者は重なり合う存在であって、ほとんどの場合、過去の歌の読者は自身が歌を詠む人物でもあった。このことは和歌の一特質と言ってもよいのではないか。歌詠みはまず聖典である『古今集』をはじめとする古歌・先行歌を読み、それに学んで和歌の詞とみやびの精神を体得する。こうして和歌の「型」を習得し、心を古典中の古典である『古今集』の情感に浸して馴致し、その上で初めてみずからの歌を詠む。続く世代がまた古歌とその先行歌を読んでさらにみずからの歌を詠む、というサイクルが果てしなく繰り返しなされ続けてきたのが、和歌の世界である。それが必然の結果として、和歌に「因襲の文学」としての性格をもたらしたことは、否定しがたいところだ。

加えて、定家の子孫が彼の没後ほぼ二〇〇年にもわたって、和歌の権威、歌道の宗匠として和歌の世界に君臨するという、およそ一国の文学のありようとしては考えられない異様な事態が現実に存在したことも忘れてはなるまい。そのことが和歌の自由な発展を妨げ、その硬直化、形骸化に拍車をかけたことは言うまでもない。新古今の時代には芸術であったものが美的マニエリスムと化し、歌道の宗匠によって秘法を伝授される芸道にまで堕したのである。形骸化して形だけのものとなったとはいえ、滑稽にも今日までなおも続いている「古今伝授」なるものは、和歌が「因襲の文学」そのものであったことを、如実に物語っている。

そういう過去の文学に依拠し、古典の権威によりかかり、伝統にすがる閉鎖的な詩作のいとなみが、多くは惰性でずるずると何百年も続き、和歌は次第に活力を失い硬直化し衰退し陳套に堕ちて、ついには子規に罵倒されるような、千篇一律、同工異曲の、文学的価値の乏しいものに成り果てたと言っても異論は出ないはずである。江戸時代に俳諧に韻文芸術の首座を奪われる以前から、和歌は実質的にはすでに「第二芸術」となっていたと言っても過言ではない。内部が腐ってうつろになった古木さながらに、伝習によって和歌は近世まで、さらにはそれを越えて明治時代までなんとか生きながらえたのであった。

先にも述べたように、歴代の歌詠みたちが『古今集』を絶対の典範、聖典のごとく仰ぎ、それを規範として「詞は古きを慕」って詩作活動を続けたことは、和歌を世界でも稀に見る文学的生命の長い文学としたが、それが常に内容の深さ、豊かさをもたらしたわけではなく、むしろその逆であったことを言っておかねばなるまい。それは現代における和歌の一愛読者である元横文字屋が、強く感じることの一つである。

（五）　社会性、思想性を欠く優美一途の繊弱な文学

これはヨーロッパの詩よりも、むしろ中国の詩を読んでいて和歌を思い浮かべるときに強く感じることであるが、「詩は志を言う」ことを本質とする中国古典詩に比べると、和歌には社会性や思想性はほとんど無きに等しく、極度に洗練されてはいるが線が細く、ひたすら審美的で優美一途な、なんとも繊弱な文学であるとの感が深い。

そればかりか感傷的な、あまりに感傷的で非知性的な文学だという印象もぬぐえない（この傾向は、思想詩的な歌を詠んだ山上憶良や、「言志」としての歌もある大伴旅人などを例外とすれば、社会的事象や政治にほとんどまったく関心を示していない万葉の詩人たちにおいてすでに始まっているものである）。それは過去の日本人は思惟せず、社会的意識もあまりもたず、ほとんど情緒と美的な感覚だけで生きてきたのではないかと思わせるほどに顕著なものであって、和歌の一大特質をなしているように思われる。中国の詩が線が太く社会性をもち思想性を孕んでいるのに比し、和歌は極端なまでに優美一途に傾いており、抒情一色であると言ってよい。和歌がその本性からしてそのような文学であることは、宣長がこれを、『あしわけをぶね』で、

和歌ハモト本情を述ブルモノナレバ、ハカナクシドケナク、オロカナルベキコトワリ也。マズ歌ト云フモノハ、心ニ思ヒムスボホルル事ヲ、ホトヨク言ヒ出デテ、ソノ思ヒヲハラスモノ

也。

と述べているところからも、窺われる。

実際、東西の古典抒情詩の中でも、和歌ほど一途に優美を追求することに終始した詩はないであろう。これは陸機による詩の定義「詩縁情而綺靡（詩は情に縁《よ》りて綺靡《きび》）」、つまりは「詩というものは思想・内容よりも情感を美しく表現したものである。」とする立場に通ずるものである。「凡そ歌は優艶ならむことこそ」を庶幾すべきだという唯美主義的主張は、近世に至るまで和歌の世界を支配し続けたと言ってよい。また俊成が、「歌はただよみあげもし、詠じもしたるに、何《なに》となく艶《えん》にもあはれにも聞ゆる事のあるなるべし。」と言っているのは、和歌におけることばの音楽性を重視したものだと解されるが、それが「艶にもあはれにも聞ゆる」こと、つまりは優艶であるべきことが強調されている点も見逃すことはできない。

このような優美一途の耽美的な姿勢は、王朝末期から、「たゞ物はかなく女々《メメ》しげなる此方《ココ》の歌ぞ詩歌の本意なるとはいふ也。」と宣長が述べた近世に至るまでの和歌を、徹底して貫いている。王朝時代から近世に至るまでのほとんどの和歌の作者たちは、ひたすら貪婪なまでの優艶なる美の探究者であった。

優美優艶を詩的生命とし、みやびを身上とする和歌のもう一つの特質は、その詩的世界が社会的、人間的広がりをもたず、おそろしく狭隘なことである。総じてその詩境はごく小さい。それはただ繊弱であるのみならず、その詠う対象がおそろしく狭隘狭小なものであるという点でも際立った特色を示している。**王朝美学の基準に沿って規定され用意されたごく限られた対象を、詩才のかぎりを傾けて、洗練された繊細優美な表現で飽くことなく繰り返し詠い続けた抒情詩**——これこそが和歌にほかならない。王朝和歌の典範となった『古今集』が宮廷人の詞華集だったことが、和歌をそのような抒情詩として性格づけたのである。

抒情詩としての和歌がそういう文学になったのは、一つには、その詩形がわずか三十一文字という極小の器であることにもよるが、そればかりに起因するものではなかろう。『古今集』が和歌の典範、聖典のごときものとなって以来、**「和歌が和歌であるためには、これこれの決まったテーマをかく詠むべし」という詩作の原理が確立し、それが金科玉条のごとく遵守されたことが、その最大の要因である。そのような原理が規矩となりまた時に桎梏となって、長く歴代の詩人たちを拘束したことが、和歌の詩的世界を著しく狭小、狭隘なものとしたことは疑いを容れない**（和歌に詠われるテーマや表現が限定され、また固定化、類型化していった背景には、王朝時代から中世初期にかけて詩技を競う「歌合《うたあわせ》」が盛んに催されたことも挙げねばならない。そこで披歴されるのはすべて「題詠」の歌であり、何を詠うべきかが、あらかじめこと細かに規定されていたからである。そういう場からは真に創造的、独創的な詩が生まれにくいのは当然のことである）。ここで見逃してはならないことは、和歌が時代を経るにしたがって、その詠う対象をいっそう限定し、詩的世界を狭め、より小さなものを盛る器となっていったことである。多様性を帯び振幅の大きい『万葉集』から優美一途の『古今集』の世界を経て、それをさらに純化し、芸術性を極限まで追求した『新古今集』へと発展してゆく過程で、その詩的完成度の高さとひきかえに、和歌の世界がますます狭隘なものへと変貌していったことは、どうあっても否みがたい。

実際、和歌に詠われる内容の幅の狭さ、多様性の乏しさは誰の眼にも明らかである。詠われるものと言えば、まずは『万葉集』の相聞歌以来の伝統に連なる恋、というよりも恋にまつわる情緒であり、ついで四季の歌だが、それも自然界を広くとらえて詠うのではなく、花鳥風月、雪月花に尽きると言ってよい。部立てからすると、「羈旅」、「哀傷」、「賀歌」、「神祇」、「釈教」などが並んでおり一見多様であるかに見えるが、そういった歌は所詮は周辺的なものにすぎない。また本来人事百般にわたることを対象としうるはずの「雑《ぞう》」の部の歌にしても、恋の歌にも四季の歌にも入らぬという意味での「雑」であって、そこで自然界の事象や社会現象、人間一般に関する広く深い省察や洞察が詠われているわけではない。「述懐」の歌と言っても、無常感だの老いの嘆きだの沈淪の悲哀などといった、個人の感懐を詠ったものにすぎず、そこに思想的内容が宿っていたり、生と死をめぐる省察などが表出されていることは稀である。

西行のような、何人かの強烈な個性をもつ詩人の作品を別とすれば、『古今集』以来、社会性も、思想性も、政治性ももたぬごく限られたテーマを、実に一〇〇〇年余りにわたって、独自の美意識に支えられ、洗練され磨き上げられた優美な「和歌の言語」に盛って、飽くことなく詠い継いできたのが、和歌というわが国に固有の抒情詩なのである（そんな中で思惟、思念の深さを思わせる西行の歌には、例外的に思想性といったものが認められることは、目崎徳衛『西行の思想史的研究』などが、示すところである。また『愚管抄』の著者でもある慈円の述懐の歌などにも、心や生をめぐっての思念・思索の跡が窺われるが、それは人間一般というものに関する省察にまでは至っていないと私の眼には映る)。

和歌がこのように細く狭い抒情一色の詩であったことは、考えようによっては、詩が最も純粋な形で詩であり得たということでもあって、必ずしも否定すべきことではないのかもしれない。それは定家とその周辺の新古今詩人たちの歌に見られるように、和歌が言語表現、詩的言語の洗練と精錬という点では、おそらくは東西古典詩の中でも際立って高いレベルに達しているという事実が示すところだ。和歌の作者たちが、日本語の詩的機能を追求し続け、それを詩的完成度の高い作品として結実させたことはまぎれもない事実である。私の知るかぎりでは古代・中世の詩で和歌ほどその言語表現が洗練され磨き上げられた詩文学はない。その点で中世のヨーロッパの詩などは、到底同日の談ではないことは確かだ。みやびを身上とする和歌が早くから発達し、詩的完成度の高い、洗練を極めた高踏的な言語芸術となり得たことは喜ぶべきことに違いない。それはわが国の文学に幸いした芸術的達成として、高く評価されてよい。定家とその周辺の詩人たちの歌が、東西の古典詩の中でも瞠目に値する一高峰であることは、すでに述べたとおりである。

と同時に、平安王朝貴族の美学の基準に沿ったその徹底した審美主義、唯美主義が妨げとなって、抒情詩としての幅を狭くし、和歌で表現しうるものが極めて限られるという、マイナス面もあったことは否定できない。王朝和歌全体を通じてその審美主義は徹底している。先にもふれたように、それは和歌に艶なるものを求め、幽玄を理想とした俊成が、有間皇子の名高い歌「家《いへ》にあれば笥《け》に盛《も》る飯《いひ》を」に「飯」ということばが用いられていることを難じて、「歌などには詠《よ》むべくもあらねど」と言っているほどにまで、みやびならざるもの、卑俗なもの、滑稽なもの、生活の臭いのするものなどを意志的かつ徹底的に排除し疎外して、ことばによる純粋美の世界を築くことを目指した文学であった。和歌に使用できる語彙が制約され、精選されて純化した歌語のみで表現しうる世界は、必然的に狭小で痩せたものとならざるを得ない。俗語はむろんのこと、生命力にあふれる溌剌たることば、周囲の現実によって喚起される心の波動を生々しく伝えることばなどは、美的な基準によって徹底的に濾過されないかぎり、歌語として位置を与えられなかった。みやびにして美なる世界は、多くのものを排除し、切り捨てて成り立っていたのである。つまりは極端なまでに美に偏ったのが和歌だと言っても誇張ではない。それは宣長が、「さて心も詞もよきを選ぶとなれば、よむべき事すくなくなるも、又かならずさるべきことはりぞかし。」と認めているところだ。「よむべき事すくなくなる」とは、すなわち詠われる内容が貧困化するということである。

中世に連歌が登場するまで唯一の抒情詩の形態であった和歌自体が、艶を生命とし、みやびならざるもの、美ならざるものを詠おうとはしなかったから、それは必然的に人間界、自然界のごく限られた部分だけを取り上げて詠う詩文学となった。そのことが結果として和歌の抒情詩としての可能性を制約したことを考えれば、これは残念なことではなかろうか。かような行き方が直ちに詩的精神の衰弱を意味するものではないにしても、和歌を小さくまとまった「綺麗な」世界に押し込めることになったことは否定しがたい（わが国の韻文文学がこのように抒情一色の唯美的・審美的な方向にのみ流れたのには、一つには日本語自体が論理の言語であるよりは感性の言語であり、情緒や感覚を表現することには長けていても、物事を叙述するのには不向きであったということにもよろう。また和歌は本来うたわれるものであったから、音声の美、声調が重視されたということが、それをもっぱら情緒や感情を盛る器として発達させたという側面もあったと思われる）。

中国の詩が社会性、思想性、道義性をもち、またしばしば政治性を帯びていて、社会のさまざまな場面で機能していたのと異なり、和歌はあくまで個人の心的状態を表現する具として終始し、王朝時代に審美的昇華を遂げて以降は、しばしば恋を詠い花鳥風月を詠うことに徹した風流韻事でもあった。また中国の詩が思想性豊かで社会に向かって開かれていたのに対して、「みやび」を身上とする和歌は社会性を極力排除し、王朝和歌の時代の優雅でやさしい歌語で築かれた、小さな美の城に立て籠もった（その究極の到達点が、人工楽園に咲く華麗な幻の花である新古今の歌であることは、先に述べたとおりである）。王朝和歌の世界において、詩人たちの関心はますます狭く細くなり、同時にいよいよ研ぎ澄まされていったのである。

そんな小さな世界に安座して和歌の作者たちは飽くことなく恋の悲しみを詠い、また自然に対して抱く繊細で優雅な情緒を、洗練されたこまやかな表現に託して、ひたすら審美的に描くことに努めてきた。そこには陶淵明や杜甫、蘇軾といった中国の詩人たちの詩に見られるような社会性も思想性もなく、ましてや政治性や教訓性などはなく、人間一般への広い関心も視野も見られない。むろん、諧謔や風刺性などはほとんど無きに等しい。和歌がこのように多様性を欠き、美と哀感で一色にぬりつぶされた詩的世界であることは、主題の固定化、パターン化とともに、和歌のもつ弱点と言えよう。

和歌が『万葉集』の短歌から皇室の権威に裏打ちされた宮廷芸術である王朝和歌へと発展する過程で、前者の「ますらをぶり」から「たをやめぶり」を特質とする韻文文学へと変質したことは、これまでにも言われ尽くしてきた。宣長が『石上私淑言』巻二で『詩経』を引き合いに出して、抒情こそが詩の本質だと言い、

「詩はもと人の性情を吟詠するわざなれば、ただものはかなく女わらべの言《コト》めきてあるべき也。」、「ただ物はかなく女々《メメ》しげなる此方《ココ》の歌ぞ詩歌の本意なるとはいふ也。」

と言っていることはよく知られているが、和歌こそはまさに宣長の詩歌に関するそういう観念を体現した文学そのものにほかならない。

和歌が雄渾、雄勁とはほど遠い、ひたすら繊細優美で先が細く女性的な文学であることは、いまさら言うもおかしいほどの周知の事実だが、これまた中国古典詩と著しい対照をなしている。これは『古今集』が、それまでの漢詩集に代わる初の勅撰集として皇室の権威に裏付けられ、公的な性格を帯びたハレの文学として表舞台に登場するまで、もっぱら「女房歌」として女性たちによって

はぐくまれた文学だということにもよろう。その性格は、『古今集』以後男性が和歌の主要な担い手となって以後も変わることがなかった。

いま男性が和歌の主要な担い手となったと言ったが、東西の古典詩の中でも和歌ほど女性詩人が多くの割合を占めている例はない。あれほどにも長い歴史を有する中国古典詩の世界では、古来詩が士大夫《したいふ》の文学だとされてきたこともあって、女性詩人はその数も極端に少なく、また詩史の上で名を残したような詩人はほんの二、三人にすぎず、ほとんど無きに等しい。ヨーロッパもほぼ似たようなものであって、何人かのすぐれた女性詩人を輩出したギリシアを除けば、ローマは一人も女性詩人を生まなかったし、ルネッサンス以前のヨーロッパにおける女性詩人の数は寥々たるものにすぎない。わが国で平安朝から中世初期に活躍した女流詩人の数だけでも、ルネッサンス以前の全ヨーロッパの女流詩人を合わせたよりもはるかに多いのである。

和歌の世界ではすでに万葉詩人の中に額田王をはじめとするすぐれた女流詩人を何人も数え、王朝和歌の時代に入ってからは、その数ばかりか詩才の豊かさにおいても、男性詩人を凌ぐほどの才媛詩人が続出している。平安中期ともなれば女性詩人が群れなして出で、男性を圧倒するほどの活躍を見せている。『後拾遺集』などは、和泉式部を筆頭とする女性詩人たちの華やかな饗宴の場といった趣を呈していることは、誰しも知るところであろう。和歌が「たをやめぶり」をその特質とする文学だということは、その担い手として、女性が重要な役割を演じたことと深く関わっていることは否めない。女性が詩の世界でかくも大きな比率を占め、その特質を形作る上で決定的なまでに大きな役割を演じたことは、東西古典詩の中で唯一の文学現象であり、これまた和歌の一大特質だということを、ここで特に強調しておきたい。

「たをやめぶり」を本質とする和歌が、東西の古典抒情詩の中でもとりわけ繊細で女性的な文学であることは、和歌が王朝貴族の手を離れ、その担い手が中世以後武士階級にまで及ぶようになっても変わることがなかった。たとえば、およそ武人らしからぬ武人だったとはいえ、仮にも征夷大将軍、源氏の棟梁の座にあった実朝の歌にしても、万葉調の歌が二〇首ほどあるとはいえ、全体としてなんとも調子が弱々しい。和歌が「たをやめぶり」を本質とする詩である以上は、人が和歌を詠むからには、そうあらねばならなかったのである。なぜなら和歌とは本性においてそういう文学、そういう抒情詩だからである。極端なまでに抒情一色にぬりつぶされ、それも「たをやめぶり」を本質とする女性的な感覚の支配する文学であることが、東西古典詩の中での和歌の一大特色をなしていることは、いくら強調しても強調しすぎることはない。あまりに和歌の世界になじんでしまうと、そのことを不思議ともなんとも思わなくなってしまうようなので、あえてその特質をここで強調しておくのである。

わが国の詩人たちは自然への関心が異様なまでに深く、それに反応する鋭敏で繊細な感覚だけは和歌でたっぷりと表出されたが、詠われるのは自然界の諸相ではなく、もっぱら四季の美、季節感とそのうつろいだけである。そこがたとえば謝霊運などの山水詩とは、大きく異なる点だとは、この詩人を知る人が誰しも感じるところであろう。また歌詠みが全体として外界の事物を詠うことがあっても、あくまで王朝貴族の好みに適った小さな部分だけを切り取って歌に詠み込むにすぎない。人間を詠っても人事百般に及ぶことはなく、感情・情緒と感覚の世界だけがその対象となっている。王朝人とは、思惟思索することなく感情と情緒のみで生きていた存在かと、思わず疑いたくなるほどそれは徹底していると言ってよい。そんな中で紫式部の、

水鳥を水の上とやよそに見む我れも浮きたる世を過ぐしつつ

という自己の内面を凝視する一種思想的な歌に接したりすると、意外な感に打たれたりするのは、それが王朝和歌としてはむしろ異色の作品だからであろう。

さらには人間の感情を詠っても、宣長が言うように、「ただものはかなく女々《メメ》しげなる此方《ココ》の歌ぞ詩歌の本意なるとはいふ也。」であって、「物のあはれ」を詠うことが和歌の本質、本性なのである。窪田空穂によれば、和歌の本来の姿は恋の歌であったというが、宣長も言う「歌は戀をむねとすることをしるべし。」で、圧倒的に多く詠われるのは恋である。これが、中国古典詩とわが国の和歌との最大の相違点であることは間違いない。「恋愛不在の文学」と言われる中国文学では、李商隠の無題詩などを除くと純粋の恋愛詩に乏しいが、それにひきかえ、極言すれば和歌は恋を詠うためにあるようなものである。四季の歌や雑の歌であっても、そこに恋の色彩が濃厚に漂い、恋の情緒がまつわりついている歌が驚くほど多いのも、和歌の一特質と言えよう。

恋は和歌の最大のテーマだが、すでに言ったように、詠われるのは恋の諸相ではなく、もっぱら恋にまつわる感情、情緒であって、かなわぬ恋、忍ぶ恋、満たされぬ恋、失われた恋、顧みられぬ恋の悲しみを詠うことが恋の歌の一つの特徴となっている。そこで詠われる恋は精神性には乏しく、しばしば官能的であって定家の歌のように、性の匂いが染みついている。

とこの霜《しも》まくらの氷きえわびぬむすびもを(お)かぬ人の契(ちぎり)に

といった定家の歌は、そういう性を根底にもつ恋の歌の一例だが、このたぐいの歌は枚挙にいとまがないほど、歴代の歌集にあふれるほど見出される。和歌の世界に満ち満ちているのは湿潤な風土にふさわしい隠花植物のような恋の情緒であって、徹底して肉体を欠いているのがその特徴である（肉体の欠如は和歌ばかりではなく、王朝時代の絵画にもあらわれている。そこに描かれている人物はすべて同じ「引き目鉤鼻」であって、個人としての表情がなく、体もまたゆったりとした衣装に包まれた形で描かれていて、そこに肉体は存在しない。肉体に代わって描かれているのは衣装である）。和歌には肉体の描写はなく、恋する対象の具体的な姿形さえも詠われることはないのである。和歌の世界では当たり前のことであっても、これは東西の古典詩とりわけヨーロッパの愛の詩と大きく異なる点であることを言っておきたい。

『万葉集』にある、

灯火《ともしび》のかげにかがよふうつせみの妹が笑《ゑ》まひし面影に見ゆ
思はぬに妹《いも》が笑《ゑ》まひを夢《いめ》に見て心の内に燃えつつそ居《を》る

といった歌には見られた「妹が微《ゑ》まひ」といったものさえも、王朝和歌では姿を消している。旧約聖書の「ソロモンの雅歌」は、古代ユダヤ人の愛の歌であったものが、聖典に混入したものだというが、その一節に見られる、

ああなんじうるはしきかな　わが佳耦《とも》よ　ああなんじうるはしきかな　なんじの目《め》は面帕《かほおほひ》のうしろにありて　鴿《はと》のごとし（中略）なんじの髪は　ギデレア山《やま》の腰《こし》に賦したる山羊《やぎ》の群に似《に》たり　なんじの歯《は》は毛《け》を剪《き》りたる牝羊《めひつじ》の浴場《あらひば》より出《いで》たるがごとし（中略）汝の唇《くちびる》は紅《くれな》色《ゐ》の線維《いとすじ》のごとく　その口《くち》は美《うるは》し　なんじの頰《ほお》は面帕《かほおほひ》のうしろにありて　石榴《ざくろ》の半片《かたわれ》に似《に》たり　なんじの頸《うなじ》は武器蔵《ぶきぐら》にとて建《た》てたるダビデの戍樓《やぐら》のごとし（中略）なんじの兩乳房《もろちぶさ》は牝鹿《めじか》の雙子《ふたご》なる二箇《ふたつ》の小鹿《こじか》が百合《ゆり》花の中に草《くさ》はみをるに似《に》たり

といった、愛する対象の詳細かつ具体的な描写を脳裏に浮かべると、ただひたすらに恋にまつわる悲哀の感情だけを詠う日本の恋歌が、いかに愛の限られた一局面しか詠わないものであるかが、改

めて痛感されるのである。

和歌では恋の対象が直接詠われ、描写されることがないのにひきかえ、「涙」が至る所に顔を出し、また「露」だの「袖」だの「時雨」といったものが恋の悲しみの表象として頻出する。和泉式部の歌などを例外とすれば、あらわな形で恋が詠われることはなく、間違っても恋の歓喜や愛する人の賛美などが詠われることはない。時代が下るとそれはクリシェと化し、恋を詠う以上はそう詠わねばならないという約束事にさえなっているのである。東西の古典詩にも恋や愛を詠った詩は無数にあるが、ヨーロッパの恋愛詩などではさまざまな愛の形が詠われているのに比して、その歌い方がかほどにまで限定されパターン化している例は、ほかにないと思う。これは愛（恋）をテーマとした抒情詩としての和歌を、著しく幅の狭いものにしており、貧しいものにしているとも言えるだろう。

クリステワが『涙の詩学』で明らかにしたように、和歌とは袖と露に象徴される涙に濡れた文学だと言っても過言ではない。彼女によれば、『古今集』の歌の一割弱が〈袖の涙〉に関係づけられ、『新古今集』全歌の二割近くが〈袖の涙〉を踏まえた歌だという。彼女はそれを、「詩的言語が〝ひたすらに〟涙で濡れてしまったことがわかる。」と言っているが、彼女以前にこの事実に着目した和歌研究者はいなかったのではないか。ともあれ『古今集』以来歴代の詩人たちは飽きもせず、「袖の涙」だの「涙川」だの「濡るる袖」だの「涙の玉」だのといった類型化し決まりきった表現を用いて恋を詠い続けたのであった。和歌の世界は涙また涙の海であって、詩人たちは恋を詠って四六時中泣いているかに見えてくる。いくら和歌が「たをやめぶり」を本質とする文学だと言っても、これは度が過ぎようというものだ。程度の差はあれ和歌の世界になじんでいるわれわれ日本人は、このことをさほど奇異とも異様とも感じないが、これを「他者の眼」で見ればやはり異様な文学現象であるに相違ない。

愛を詠った東西古典詩の中に置いてみると、この「涙でぐっしょり濡れた詩」というのは、和歌の顕著な特徴として浮かび上がってくることの一つだと断言してよい（湿潤な風土で育った文学のせいか、和歌のみならず江戸時代までのわが王朝文学には笑いの要素が乏しく、全体としておそろしく湿度が高く、女々しく湿っぽい文学だが、その特質が際立って顕著なのが和歌である。『今昔物語』、『古今著聞集』などは、その数少ない例外である）。男性貴族の理想像が「女にて見たてまつらまほしき」人物だった平安朝の文学では、とりわけその特質が目立つ。まだ歌物語的性格をとどめている『源氏物語』には、源氏が「うち泣きたまふ」という場面が随所に頻出するのは、誰しも容易に気づくところだ。文学の世界に「肝太き男」が登場し、作品の中から哄笑が聞こえてくるのは『今昔物語』を待たねばならない。

和歌にしても、『万葉集』にはまだ幅広い事象を詠う包摂力があり、社会詩人と言ってもよい山上憶良の、「貧窮問答歌」のような思想詩的な要素を含む歌を容れる余地があったが、短歌が唯美主義に徹した王朝和歌へと発展する過程でそういう歌は排除され、振幅と広いテーマを包摂する力を失ったのだと言える。大伴旅人の「讃酒歌」のような歌は王朝和歌では消えてしまったし、文学の重要な一要素である滑稽、ユーモアなども、万葉の歌が王朝和歌へと変貌する過程で振り捨てられ、淘汰されて和歌の世界から姿を消してしまった。詩人は酒人を兼ねるのが常であった中国の詩と異なり、「詩酒合一」の境地は、酒食のことを詠わぬ和歌の世界ではついに見られぬままに終わったし、「詩酒徒」に相当する歌詠みも、明治以後若山牧水が登場するまではいなかった。わびしいかぎりである。

諧謔、滑稽の欠如は和歌の一特質であるが、その消失は早く、『万葉集』に見られる歌で「戯咲」の歌（戯笑歌）とされる、

寺々《てらてら》の女餓鬼《めがきまを》申さく大神《おおみわ》の男餓鬼《をがきたば》賜りてその子はらまむ
仏《ほとけ》造るま朱《そほ》足らずは水溜《た》まる池田の朝臣《あそ》が鼻の上を掘れ

といった諧謔に富んだ滑稽な歌は、『古今集』の段階ですでに消えつつあり、「雑」の部で諧謔味の薄い「俳諧歌」として残っているだけである。『新古今集』ではその俳諧歌すらも完全に消え失せている。詩歌の世界で諧謔が復活するのは、俳諧の登場を待たねばならないのである。「みやびなるもの」に制せられて長らく地下に潜っていた、詩歌の世界で滑稽なものを求めるエネルギーが爆発したのが、一世を風靡した天明狂歌であり、狂詩の大流行だったと言ってよいのではないか。いずれにしても、みやびを身上とし優美一途の和歌の世界では、滑稽なもの、喜劇的なものが場を占める

ことがなかったと言うも過言ではない。社会性、思想性の欠如と並んで、これまた和歌の一特質として挙げるに足る事実である。

和歌の思想性の乏しさについて言えば、『古今集』で「部立て」が整って以来、四季の歌でも恋の歌でもない「雑」の部というものが設けられているが、それらの雑の歌にしても、作者のさまざまな感懐は託されているが、そのほとんどが感覚的情緒的であって、述懐の歌と言っても、そこに思想と言えるほどのものが盛られていることはまずない。たとえば生と死の問題は文学の一大問題でありまた古来詩歌の主要なテーマの一つだが、和歌には無常感を詠ったり、老いを嘆く歌などはあっても、生と死をめぐる作者の深い思索や思念が表出されていることはごく稀である（西行の歌には、例外的にその種の歌があるが）。人間に関する事象一般には眼をつぶり、信じがたいまでに研ぎ澄まされた繊細な感覚をもって、ひたすら美的なるものを細く鋭く追求する詩人たちの姿勢が、和歌をそういう文学にしたのである。宮廷貴族社会にみやびを添えるものとして王朝和歌が成立発達するにつれて、美的ならざるものは意識的に排除され、抒情詩としての和歌は、いかにも線の細い、ひたすら優雅で繊弱な言語芸術となったのだと言っても異論は出ないだろう。優美一途のみやびの追求が、和歌からその多様性を奪い、和歌の世界を著しく狭小なものにしたことは否めない。和歌が発達するにつれて、詠われる対象が制限、限定されるようなり、主題の固定化、貧困化につながったと言えよう。

和歌というものが、日本人の細やかな感性を洗練された美しいことばで表出する、すぐれた抒情詩であることは疑いを容れない。だが惜しむらくは感性主体で築かれたその美的世界はあまりにも小さく、弱々しい。みやびに徹し、ひたすら優美を求めて詩作を続けた結果がそれだが、何かが欠けているのである。少数の詩人の作品を例外とすれば、一般に和歌には社会性、思想性、人間一般への広い視野、ユーモアといったものはない。批判精神や風刺、死生に関する深い洞察を和歌に求めてもむだである。王朝美学の規範を脱した良寛の魂の滴りのような歌が、近世和歌の中では異彩を放っていたり、現実感のある橘曙覧の歌、万葉調の大隈言道の歌などが文学として今日なお読むに堪えるのは、それが和歌の規矩を脱した、精神の自由な広がりを感じさせるからだと、私には思われる。

現代のこの国では、『万葉集』を除けば、総じて古典和歌自体への関心は極度に低下しているのではないか。近世の和歌に至ってはなおさらのことである。今日では、良寛の歌を別とすれば、おそらく近世和歌を文学として読んで楽しむ一般の読者はいないのではないかとさえ思えてくる。それは事実上国文学者、専門家のためのものとなっている。

『近世和歌集』、『近世歌文集』を覗いたかぎりでは、香川景樹の堂上和歌は言うに及ばず、加茂真淵の歌も魅力に乏しい。上田秋成の歌は下手ではないが全集の一巻を占めるほどの量の歌はあるものの、およそ新鮮味が感じられず、現代の読者が心惹かれるような歌はごく少ない。偉大な文献学者・国学者宣長は、『鈴屋集』に収めた歌のほか、実にたくさんの歌を詠んで下さったが、その膨大な歌の出来栄えは一瞥するのも苦痛なほどで、この大文献学者が詩人ではないことを物語っている。その質的低下にもかかわらず、江戸歌壇が活況を呈していた時代に、天明狂歌が大流行したのも、陳套に堕ちた状態にあった当時の和歌に対する反動と考えられぬこともない。

いずれにせよ、社会性、思想性をもたず、唯美主義に徹して、伝統に沿って磨き上げ洗練された表現によって、大和絵や水墨画のような繊麗な美の世界を、三十一文字という小さな器の中で現出させたのが和歌だということになろうか。それを日本的な美を体現した高度な芸術的達成と見るか、あまりにも狭小、狭隘な美的世界に自足した詩文学と見るかは、人によって異なる。私個人は、和歌はかなく美しいが、惜しむらくは抒情詩として余りにも繊弱な文学である、という印象をもっている。和歌ならではの洗練された美しさを嘆賞もするが、同時にその美的世界があまりにも狭小で多様性に欠けていることを惜しむ気持ちも強いのである。それが和歌というものであってみれば、そのまま受け入れるしかないのであろうが。

かつて陸機は『文の賦』で、「詩は情に縁《よ》りて綺靡《きび》」つまりと詩とは思想的な内容よりも、情感を美しく表現したものだとしたが、和歌こそはまさにそういう詩の典型だと言えるであろう。それは確かに洗練を極め纎細で美しいが、いかにも女性的で線が細く、まさに「繊弱」と形容すべき文学以外のなにものでもない。こんなことは「言古りにたること」で、改めて言うまでもないかもしれないが、和歌を「他者の眼」で見た者として、ことさらにその点を強調しておきたいのである。

(六) 抒情的な、あまりに純粋に抒情的な文学——その限界と功罪

周知のように中国の文学は、前八世紀頃つまりはホメロスの叙事詩とほぼ同時代に成立したとされる『詩経』をもって始まる。『詩経』は民謡から発展した古代歌謡であり抒情的な歌であって、叙事的な性格はもたない。世界で最も長くまた豊かな文学的伝統を有する中国だが、不思議なことについに民族叙事詩をもつことも、またウェルギリウスの『アエネイス』や、カモンイスの『ウズ・ルジアダス』のような詩人の手になる文学叙事詩(literary epic)を生むこともなく終わった。

わが国の文学もまた八世紀に成立したとされる、歌謡から発展した抒情詩の集積である『万葉集』に始まり、叙事詩的なるものは古代歌謡にその萌芽らしきものをとどめただけで、ついに叙事詩へと生長発展することなく潰えた。日本人は叙事詩ないしはそれに類するものをもたなかったのである(高木市之助「叙事詩の伝統」、「日本文学における叙事詩時代」による)。わが国の古典文学に欠けているのは叙事詩ばかりではない。中世に軍記物はいくつか書かれたが、ヨーロッパの武勲詩に相当するような詩は生まれず、物語は数多く書かれたが物語詩(譚詩)は生まれることはなかった。釈教、神祇の歌などはあっても宗教詩と言えるほどのものはなく、また史詩と言えるほどのものもなかった。思想詩、哲学詩、政治的な詩などはむろんなく、近世に入ってようやく狂歌・狂詩などが一時盛んとなったが、落首などはあっても真の意味での風刺詩と言える詩はついに生まれなかった。では何があったかと言えば、皇室の権威を光背とする、日本の詩の正系である和歌である。よ

かれあしかれ、三十一文字という狭隘な言語空間に成り立つこの韻文芸術が、日本古典文学の屋台骨であって、長きにわたって日本人の感性を独占的に形成し、養い、また規矩として作用してきたのであった。ひたすらに抒情的であること、あまりにも抒情一辺倒に流れたために、人間界や自然界の事象を広く詠うことがなかったのが、日本人の詩精神を集約的に表現してきた、和歌というわが国固有の言語芸術であった。

そもそもわが国最初の詩のアンソロジーである『万葉集』からして、抒情詩を志向しており、叙事的性格は極めて希薄であった。『万葉集』で人麻呂の長歌（と言ってもヨーロッパ詩の基準から見れば少しも「長詩」などと呼びうるものではなく、ごく普通の長さの詩にすぎないが）などに英雄時代の痕跡が投影されていたり、叙事的な色彩が多少は見られたりしたが、その長歌にしても早くも万葉中期には衰え、『古今集』以後は姿を消してしまうのである。長歌が輝きを放ったのは、事実上は天才人麻呂の儀礼的な歌においてのみであって、それさえも短命であり、長歌の伝統というものを形作るには至らなかった。つまりはヨーロッパや中国の詩では、ごく普通の長さの詩でさえも、古代日本人の詩心を表出するには適していなかったということである。その一方で長歌の叙述的な部分に宿っている詩的純度が低い部分を振り捨て、より詩的結晶度の高い純粋の抒情詩たることへの希求の高まりが、「反歌」であった短歌を独立した抒情詩たらしめたのであった。

独立した短歌は、長歌ばかりか片歌、旋頭歌など他の詩形を駆逐し、やがて王朝和歌へと発展してゆく（長歌が衰退したのは、人麻呂においては生きていた長歌の公的、儀礼的、呪詞的主題が形骸化し、以後無内容、無用のものとなったためだとされるが、原因はそればかりではないと思われる。どうやら古代から日本人の詩的感性は、叙事詩や物語詩において少なからぬ部分を占めている、詩的緊張度が低い「非詩的な」叙述や語りが、詩作品の中で長く持続することには耐えられなかったらしい。長歌がいち早く衰退して姿を消したのは、そのあたりにも原因がありそうだ)。

かくて宮廷貴族の抒情的精神を独占して発展した和歌は、『新古今集』を頂点として、以後次第に硬直化、形骸化して衰退しつつも、近世に入るまで他のジャンルの詩の並立を許すことなく、実に一三〇〇年近くにわたって、抒情詩の正系として詩文学の座に居座り続けたのである。古代ギリシアの抒情詩は、実に豊かな様々な詩形を有し、詩人たちはそれを自由に駆使して、個性豊かな詩的世界を繰り広げているが、そういう文学現象はこの国では見られることなく終わった。わが国の古代・中世人の抒情は、他の詩形を駆逐排除した「五、七、五、七、七」という狭隘な詩形にのみ封じられたのであった。中国の古典詩が四言詩、五言詩、七言詩という複数の詩形を有し、その中でも古詩、律詩、絶句、楽府などがあって、中国では正式な詩とはみなされなかったとはいえ、まぎれもなく抒情詩そのものである、長短句を自在に配した「詞」などもあって、より多彩な詩的表現を享受していたのに比しても、異様なまでに表現形式が限られたわけである。

いかにも近世以前は、日本の詩と言えば事実上和歌以外には存在せず（五山の詩僧や江戸の知識人が作った漢詩は、中世ラテン詩と同じく外国語による詩であって、純粋に日本の詩とは言い難いところがある)、日本人の詩心、詩的感性がすべてそこに流れ込み、集約的に表出されたのである。中世に登場した連歌も和歌から派生したものであり早くすたれたし、俳諧にしても座の文学という性格をもち、和歌の「あはれ」に対する「をかし」という精神を基調としているとはいえ、これまた和歌から派生した抒情詩であることに変わりはない。江戸時代に和歌と俳諧が並立併存したと言っても、所詮それは情緒の異なる抒情詩内部でのことにすぎない。久しく腐りかかってはいたが、近世に至るまで和歌こそが日本古典文学のバックボーンであり、その骨格を形成していたことは否めない。高木も認めているように、中世に連歌が登場するまで、和歌がヨーロッパのように詩歌の他のジャンルと競合したり、並立鼎立することがないままに、ずっとわが国の韻文芸術の世界を独占し続けたこと自体が、極めて日本的な、特異にして奇異な現象なのである。それが日本の古典文学に何をもたらし、また何を奪ったか、その功罪を考えてみることも必要ではなかろうか。

ヨーロッパの俗語詩は中国や日本に比べれば発生も発達も遅れ、芸術的な完成度の高い文学となるまでに時間を要したが、その一方で、多様な韻律形式による純粋な抒情詩のほかに、時代による消長はあったが、『ニーベルンゲンの歌』、『ローランの歌』のような叙事詩をはじめ、物語詩（譚詩）、宗教詩、武勲詩、史詩、思想詩、哲学詩、風刺詩といった多様な形で展開していた。そのように韻文による文学が広範囲に及んだことが、結果としてかの地の文学を豊饒なものとし、ダンテの『神曲』、ミルトンの『失楽園』、ゲーテの『ファウスト』のような壮大な詩を生んだことは、誰しも認める事実である。

翻って過去の日本人の詩心が純粋詩を求めて抒情一色に流れ、ひとえに音数律「五、七、五、七、七」という小さな詩形を特色とする（長さから言えば、それは、六脚詩節と五脚詩節の二行から成るギリシアのエピグラムの基本形とほぼ同じである）和歌に託されて表出されたことは、プラス面とマイナス面を併せもつ結果となった。プラス面としては、和歌に見られる純然たる抒情詩としての詩的純度・完成度の高さ、詩的表現の極度の洗練といったことが挙げられるが、マイナス面としては、近世まで韻文芸術をほぼ独占していた和歌はあまりにも単色であり、多様性が欠如していることが指摘できる。王朝時代以前から近世までいわゆる日本漢詩が作られ続け、江戸時代には和歌を圧するほどの盛行を見たとはいえ、日本人の純然たる抒情詩が和歌と連歌、俳諧に限られていたというのは、なんとしてもわびしい。

多様性の欠如は、外的には、和歌の伝統があまりにも強固であって、長きにわたって他のジャンルの詩の発生を妨げたという形であらわれている。中世に入ってようやく和歌から派生した連歌の登場を見るが、これとて和歌の変種にすぎない。近世に入って有力な詩形式となった俳諧にしても、「をかし」を基調とする座の文学だとはいえ、これまた抒情詩の一種にほかならない。内的には、和歌そのものが情緒一辺倒で、多様性多面性に乏しく、唯美主義に徹した狭隘な詩的世界に跼蹐したという形であらわれている。和歌やそれから派生した俳諧が（とりわけ和歌が）、抒情詩としての純粋性を過度にまで追求した結果、それによって表現可能な事象が制約され、大きく限られることになったからである。抒情ひとすじの純粋詩であること、あまりにも抒情的な詩であることが、和歌のもつ詩としての可能性を狭め、またその内容を貧しくもしたのだと言っても言いすぎではないだろう。俊成は『古来風躰抄』で、漢詩に比べると和歌はただ三十一文字で成り立っている単純なものであるかに思われて、軽んじられる点があるが、その実奥義を極めれば無限の可能性がある詩であることを強調して、次のように言っている。

　なかなかに深く境に入りぬるにこそ、虚しき空の限りもなく、わたの原、波のはたても究めみしらずは覚ゆべきことには侍るべかめれ。

だが、現実に作品として残された和歌を見るかぎり、彼の言う無限の可能性を実現した作品はまことに寥々たるものでしかない。

自然をとらえる異様なまでに鋭く繊細な感覚や恋の情緒、感情の揺らめき、内心の微細な動きなどを直観によって瞬時にとらえ、それを密度の高い、洗練された細やかな言語表現に凝集させ、集約的に表出するという点では、確かに和歌はすぐれた詩文学である。それはヨーロッパの中世の詩などが遠く及びがたい、日本人が誇るに足る芸術的達成である。

　山ふかみ春ともしらぬ松の戸《と》にたえ〳〵かゝる雪の玉水《たまみづ》　式子内親王
　一年《（ひと）とせ》を眺《なが》め尽《つく》せる朝戸出《（あさとで）》に薄《うす》雪氷《こほ》るさびしさの果《は》て　定家
　暮《（くれ）》そめて草の葉《は》なびく風のまに垣根《かきね》涼《すゞ》しき夕顔の花　同

清くすむ水の心のむなしきにさればとやどる月の影かな　　良経

といった歌に見られるかぎりなく繊細な美的感覚、それを磨き抜かれた措辞で表現した巧緻な詩技などは、ほとんど驚嘆すべきものである。加えて俊成が「ただよみあげもし、詠《えい》じもしたるに、何《なに》となく艶《えん》にもあはれにも聞《きこ》ゆる事のあるなるべし。」とその本性を説いている和歌は、音楽性、声調の美を重んじる詩であったから、必然的に繊細でうるわしく響くことばの連なりであった。そのこともまた抒情詩としての和歌を優美一途な方向へ向かわせる要因となっていたことは疑いない。

だが同時に、わが国の韻文芸術がこうした抒情一本やりの短詩型文学に集中したことは、そこから詩の多様性を奪い、その詩的世界を著しく狭小なものとし、また時に底の浅いものとしたこともまた否定しがたい事実だと思う。日本人の詩的感性が、詩句を積み重ねる長大な詩というものに耐えられず、その抒情を和歌や俳句にのみ集中したということなのかもしれないが、それが「因襲の文学」としての和歌の特質や、極端な古典主義、過度の守旧性にも起因しているとなれば、やはり問題である。

いずれにせよ、近世に至るまで、日本古典文学が詩の分野では事実上和歌とそこから派生した連歌と俳諧しか知らなかったことは、決して幸福なこととは思われない。しかもその和歌が、社会性、思想性、広い人間把握、深い思索などを欠いた、ひとえに優美繊細な審美主義に終始し、あまりにも純粋にすぎる抒情詩であったことは、やはり残念なことに思われてならない。和歌を立て続けに読んでいると、過去の日本人というのは思想をもたず、深く思惟せず、異様なまでに肥大化した美的感覚だけで生きてきたのかとつい錯覚させられたりもする。さほどにまで、どっぷりと情緒に浸りきっているのが和歌だと言ったら、言いすぎであろうか。この印象は、多彩多様なヨーロッパの古典詩や、和歌に比べてはるかに幅広く深い人間把握を示している中国の詩を念頭に浮かべて和歌を読んでいると、いっそう深まるばかりである。これこそ和歌の特性の一つでなくしてなんであろうか。

主要参考文献

＊以下に本書執筆に際して参照した『新古今集』、定家、および和歌に関する文献のみを掲げる。中国文学、ヨーロッパ文学などに関する記述は、多くは過去の読書の記憶に拠っているので、あえて文献を挙げることはしない。なお参考文献はその参照の程度ならびに頻度、重要性などを顧慮して配列したので、必ずしも年代順ではなく、順不同である。

『新古今集』とその周辺に関する文献

『新古今和歌集』、日本古典文学全集二十六、小学館、一九七四年
『新古今和歌集』、新日本古典文学大系十一、岩波書店、一九九二年
久保田淳訳注『新古今和歌集　上・下』、角川書店、二〇〇七年
藤平春男編『作者別年代順　新古今和歌集』、笠間書院、一九九三年
本居宣長「新古今集美濃の家づと」、『本居宣長全集』第三巻、筑摩書房、一九六九年
窪田空穂『完本新古今和歌集評釈　上・中・下』、東京堂出版、一九六四年
石田吉貞『新古今和歌集全註解』、有精堂、一九六〇年
折口信夫「新古今前後」、『折口信夫全集』第八巻、中央公論社、一九六六年
風巻景次郎『新古今時代』、風巻景次郎全集第六巻、桜楓社、一九七〇年
風巻景次郎『中世和歌の世界』、風巻景次郎全集第七巻、桜楓社、一九七〇年
石田吉貞『新古今世界と中世文学』上、北沢図書出版、一九七二年
小沢正夫・島津忠夫編『古今新古今とその周辺』、大学堂書店、一九七二年

久保田淳『新古今歌人の研究』、東京大学出版会、一九七三年
藤平春男『新古今歌風の形成』、明治書院、一九六九年
藤平春男『新古今とその前後』、笠間書院、一九八三年
谷山茂『新古今集とその歌人』、谷山茂著作集第五巻、角川書店、一九八三年
塚本邦雄『新古今新考』、花曜社、一九八一年
石川常彦『新古今的世界』、和泉書院、一九八六年
森本元子『私家集と新古今集』、明治書院、一九七四年
久松潜一『中世和歌史論』、塙書房、一九五九年
『中世の歌人Ⅱ』、日本歌人講座4、弘文堂、一九六八年
糸賀きみ江『中世の抒情』、笠間書院、一九七九年
糸賀きみ江『中世抒情の系譜』、笠間書院、一九九五年
錦仁『中世和歌の研究』、桜楓社、一九九一年
簗瀬一雄『中世和歌研究』、簗瀬一雄著作集第四巻、加藤中道館、一九八一年
西郷信綱『詩の発生』、未来社、一九六四年

定家に関する文献

佐佐木信綱校訂『藤原定家歌集』、岩波書店、一九三一年
久保田淳校訂・訳『藤原定家全歌集　上・下』、筑摩書房、二〇一七年
久曽神昇・樋口芳麻呂校訂『新勅撰和歌集』、岩波書店、一九六一年
『明月記』全三巻、国書刊行会、一九七三年
今川文雄『訓読明月記』全六巻、河出書房新社、一九七七―七九年

石田吉貞『藤原定家の研究』、文雅堂出版、一九五七年
安田章生『新古今集歌人論』、桜楓社、一九六〇年
村山修一『藤原定家』、吉川弘文館、一九六二年
安田章生『藤原定家研究』、至文堂、一九六七年
塚本邦雄『定家百首　良夜爛漫』、河出書房新社、一九七三年
石田吉貞『妖艶　定家の美』、塙書房、一九七九年
安東次男『藤原定家』、筑摩書房、一九七七年
久保田淳『藤原定家』、集英社、一九八四年
堀田善衛『定家明月記私抄』、新潮社、一九八六年、『定家明月記私抄　続篇』、一九八八年
小田剛『藤原定家名歌注釈』、武蔵野書院、二〇一五年
五味文彦『藤原定家の時代』、岩波書店、一九九一年
村井康彦『藤原定家「明月記」の世界』、岩波書店、二〇二〇年

定家の周辺の詩人たち・中世の詩人たちに関する文献

＊本書で言及することの少なかった西行、式子内親王に関する文献は、それぞれ拙著『西行弾奏』中央公論新社、『式子内親王私抄』ミネルヴァ書房に挙げたので、ここでは省略する。

塚本邦雄『藤原俊成・藤原良経』、筑摩書房、一九七五年
久保田淳『藤原俊成　中世和歌の先導者』、吉川弘文館、二〇二〇年
久保田淳『藤原俊成』、吉川弘文館、二〇二三年
塚本邦雄『新古今の惑星群』、講談社、二〇二〇年
丸谷才一『後鳥羽院』、筑摩書房、一九七三年、同、第二版、二〇〇四年

松本章男『歌帝後鳥羽院』、平凡社、二〇〇九年
五味文彦『後鳥羽上皇』、角川書店、二〇一二年
安田章生『新古今集歌人論』、桜楓社、一九六〇年
久松潜一『中世和歌史論』、塙書房、一九五九年
佐佐木幸綱『中世の歌人たち』、日本放送出版協会、一九七六年
神尾暢子『藤原俊成女』、新典社、二〇〇五年
竹西寛子『式子内親王・永福門院』、筑摩書房、一九七二年
土岐善麿『京極為兼』、筑摩書房、一九七一年
岩佐美代子『永福門院』、笠間書院、二〇〇〇年
村尾誠一『正徹』、新典社、二〇〇六年

近世和歌に関する文献

『近世和歌集』、日本古典文学大系九十三、岩波書店、一九六六年
『近世歌文集　上・下』、新日本古典文学大系六十七・六十八、岩波書店、一九九六年、一九九七年
本居宣長「鈴屋集」「石上稿」、『本居宣長全集』十五巻、筑摩書房、一九六九年
『上田秋成全集第十二巻・歌文篇三』、中央公論社、一九九五年
吉野秀雄校註『良寛歌集』、平凡社、一九九二年
水島直文・橋本政宣編注『橘曙覧全歌集』、岩波書店、一九九九年
斎藤茂吉・杉鮫太郎編註『平賀元義歌集』、岩波書店、一九三八年、一九九六年
窪田空穂『近世和歌研究』、砂子屋書房、一九四一年
玉城徹『近世歌人の思想』、不識書院、一九八八年

和歌全般に関する文献

＊『万葉集』に関する文献は厖大な数に上るので省略する。

『新編国歌大観第一巻・勅撰集編』、角川書店、一九八三年
『新編国歌大観第二巻・私撰集編』、角川書店、一九八四年
『古今和歌集』、新日本古典文学大系五、岩波書店、一九八九年
『古今和歌集』、日本古典文学全集七、小学館、一九七一年
窪田空穂『古今和歌集評釈』上・中・下、東京堂出版、一九六〇年
『拾遺和歌集』、新日本古典文学大系七、岩波書店、一九九〇年
『後撰和歌集』同六、岩波書店、一九九〇年
『後拾遺和歌集』同八、岩波書店、一九九四年
『金葉和歌集・詞花和歌集』同九、岩波書店、一九八九年
『千載和歌集』、同十、岩波書店、一九九三年
『平安鎌倉私家集』、日本古典文学大系八十、岩波書店、一九六四年
『平安私家集』、新日本古典文学大系二十八、岩波書店、一九九四年
『中世和歌集・鎌倉篇』、同四十六、岩波書店、一九九一年
『中世和歌集・室町篇』、同四十七、岩波書店、一九九〇年
久保田淳・山口明穂校注『明恵上人集』、岩波書店、一九八一年
『歌合集』、日本古典文学大系七十四、岩波書店、一九六五年
塚本邦雄『戀・六百番歌合』、文藝春秋、一九七五年
『歌論集・能楽論集』、日本古典文学大系六十五、岩波書店、一九六一年

『歌論集』、日本古典文学全集五十、小学館、一九七五年
『高木市之助全集』第一巻、講談社、一九七六年、同、第二巻、一九七六年、同、第六巻、一九七六年
『和歌文学講座』第一巻—第十二巻、桜楓社、一九六九—七〇年
大岡信『紀貫之』、筑摩書房、一九七一年
大岡信『うたげと孤心』、集英社、一九七八年
小西甚一『日本文藝史Ⅱ』、講談社、一九八五年
加藤周一『日本文学史序説』、筑摩書房、一九七五年
川本皓『日本詩歌の伝統』、岩波書店、一九九一年
久冨木原玲編『和歌とは何か』、有精堂、一九九六年
渡部泰明『和歌とは何か』、岩波書店、二〇〇九年
ツベタナ・クリステワ『涙の詩学』、名古屋大学出版会、二〇〇一年
山中桂一『和歌の詩学』、大修館書店、二〇〇三年
渡部泰明『和歌史』、角川書店、二〇二〇年
正岡子規『歌よみに与ふる書』、岩波書店、一九五五年
萩原朔太郎『戀愛名歌集』、新潮社、一九五四年
萩原朔太郎「純粋詩としての『新古今集』」、『萩原朔太郎全集』第十一巻、筑摩書房、一九七七年
『日本古典文学大辞典』全六巻、岩波書店、一九八三—八五年
『和歌文学大辞典』(「和歌」の項)、古典ライブラリー、二〇一四年
Earl Miner, *An Introduction to Japanese Court Poetry*, Stanford University Press, 1968
W. K. Wimsatt, ed. *Versification: Major Language Types*, New York University Press, 1972

あとがき

「はじめに」で述べたように、本書は『和泉式部幻想』、『式子内親王私抄』、『西行弾奏』に続く、古典和歌についての私の四番目の著書である。一〇年前に遺著とする覚悟で西行論を書いた折に、その「あとがき」で、私はそれが「古典和歌に関する最後の著書となるはずのものである。今後は何であれ、和歌や歌人について本を書くことはないであろう。」と書いている。しかるにあれから実に一〇年の時を経て、傘寿を越えて猶身は世に在り、衰老の身をもって日々「気衰えて　偏に愧ず　志愈々卑きを」という状態でありながら、食言してまた和歌について一書を世に問うことになろうとは、思いもよらぬことであった。「年たけてまだ世に在るべしと思ひきや」と感を深くするばかりである。

二〇二三年、私は宿願であった一休と良寛についての小著（『表現者としての一休』、『風狂と遊戯―閑に読む一休と良寛』）二冊を世に送った。これで以前から書きたいと思っていた詩人（歌人）たちについての本はほぼ書き終わったので、あとは安心して六道地獄へ下るばかりであるが、その前にまだやり残したことがあるようにも思われてならなかった。

それはほかでもない、藤原定家という、わが国が生んだ天才詩人と、おそらく一三世紀の東西古典詩の中で、最も強い光芒を放っていたこの人物の和歌とについて、「本歌取り」という作詩法に焦点を据えて、古典和歌の一愛読者として思うところを忌憚なく開陳することであった。周知のように、定家についてもまた彼がその中枢をなしていた『新古今集』という歌集についても、すでに専門家をはじめとするあまたの著作が汗牛充棟の有様である。そういった先学諸家の著作にふれると、いまさら一介の元横文字屋が言えることは何もないという気もするが、その一方で、「詩から詩を作る」という東西の古典詩に広く見られる作詩法において冠絶した天才ぶりを発揮したこの詩人については、和歌の門外漢の元横文字屋でもまだ何か新たなことが言えるのではないかという思いもしないではない。「はじめに」で述べたように、そういう思いに駆られて、天才詩人定家とその周辺の新古今詩人たちを、和歌史のコンテクストからひとまず切り離して東西古典詩の中に置き、「本歌取り」つまりは「詩から詩を作る」という作詩法の達人としてのその相貌を描いてみようとしたのが、本書である。それが果たしてどの程度成功したか、あるいはまったくの荒唐無稽な試みに終わったのかは、読者の判断にゆだねるほかない。

堅実、実証を旨とする和歌研究の専門家ならば、さような誇大妄想的な著作は、非学問的であると一笑に付して、決して試みようとはしないであろう。世のまともな研究者とはそうしたものである。幸い本書は定家や和歌に関する研究書・学術書ではなく、あくまで和歌の一愛読者であり、狂詩・狂歌・戯文の徒である一老人による古典エッセイであるから、気楽にまた大胆に思うところ、感ずるところをぶちまけてみた。「大風呂敷　定家と和歌に関する放談」とでも題するのが、本書にふさわしいタイトルかとも思われる。

御覧のとおりのいかにも気楽で非学問的な著作ではあるが、そんな本でも本書を書くためにはかなりの数の先学諸家の著作に眼を通し、学ばねばならなかった。先学たちの学問の恩恵に浴することが実に大きかったことを改めて痛感する次第である。多くを教えられた先学諸家の学恩に深く感謝し、文中敬称を略した非礼をお詫び申し上げる。

なお本書はあくまで定家をめぐる随想であり、何かを論証することを意図した論考ではないから、本来注記に回したほうがふさわしいような内容の文章も、本文に盛り込んだ。そのため論旨に混乱が生ずる結果になったかもしれないが、私は詩に関する随想やエッセイの類で、やたらに注のついた本が嫌いなので、あえてわがままを押し通すこととした。引用、借用した先学諸家の文章のすべてに、一々出典を明示しなかったのも同様な理由による。

本書を執筆する上で、最も多く示唆と刺激を与えられたのは、辱知の大中国文学者川合康三氏による著書『中国の詩学』(研文出版、二〇二二年)であった。碩学川合氏の説く中国古典詩の詩学、その中国古典詩の特質についての博大にして深甚な学識と犀利な論法は、定家とその周辺の詩人たちによる「本歌取り」という作詩法を考える上で、大きな手がかりとなりヒントともなった。本書は川合氏の右の名著の全面的な影響下にあって書かれたと言っても過言ではない。もっとも、私がそれを自己流に勝手に捻じ曲げて解釈し利用した惧れなしとしない。この場を借りて感謝と陳謝を併せて申し上げる次第である。

本書の上梓に関しては、東京外国語大学出版会の大内宏信氏に全面的にお世話になり、ご面倒と一方ならぬご苦労をおかけした。氏の原稿に向き合う誠実な姿勢と、丁寧で行き届いた編集作業に厚くお礼申し上げたい。

なお本書が同会から刊行されるに際しては、東京外国語大学名誉教授の岩崎稔氏に大変なお世話をおかけした。同氏は多忙の中、拙稿に眼を通され貴重な助言を下さった。指摘されたくだりでもっともと思われる個所はそれに従ったが、多くは我意を通させていただいた。併記して厚くお礼申し上げる。いずれにせよ老耄による脳力の衰えはいかんともしがたく注意力また散漫、「身倦《つか》れ忘事多し」（新井白石）という状態での執筆であった。それに伴い、筆力もまた衰えたので本書には多くの疎漏な点や誤りなど見られる惧れは多分にあるが、なんとか読むに堪える形になっていることを願うばかりである。読者諸彦のご寛恕を請う次第である。

二〇二四年、炎暑三伏がようやく収まった頃

沓掛良彦

沓掛良彦（くつかけ・よしひこ）
一九四一年生まれ。早稲田大学露文科卒業。東京大学大学院博士課程修了。現在東京外国語大学名誉教授。文学博士。元西洋古典文学専攻。東洋文学に関する著書として、『陶淵明私記——詩酒の世界逍遥』（大修館書店、二〇一〇）、『壺中天酔歩——中国の飲酒詩を読む』（同、二〇〇二）、『和泉式部幻想』（岩波書店、二〇〇九）、『式子内親王私抄——清冽・ほのかな美の世界』（ミネルヴァ書房、二〇一一）、『西行弾奏』（中央公論新社、二〇一三）、『表現者としての一休』（研文出版、二〇二三）、『風狂と遊戯——閑に読む一休と良寛』（目の眼、二〇二三）などがある。ほかにギリシア・ラテン文学、フランス詩などに関する著訳書多数。

Pieria Books
凍れる美学　定家と和歌についての覚え書き
二〇二五年三月二四日　初版第一刷発行

著　者　沓掛良彦
発行者　林　佳世子
発行所　東京外国語大学出版会
東京都府中市朝日町三－一一－一　郵便番号一八三－八五三四
電話番号〇四二－三三〇－五五五九
FAX番号〇四二－三三〇－五一九九
E-mail　tufspub@tufs.ac.jp
装訂者　間村俊一
本文組版　株式会社キャップス
印刷・製本　シナノ印刷株式会社

ISBN978-4-910635-15-6
落丁・乱丁本はお取り替えいたします。
定価はカバーに表示してあります。

Pieria Books

〔ピエリア・ブックス〕

Pieria（ピエリア）とは、ギリシア神話の舞台オリュンポス山北麓の地名で、人間の芸術・知的活動を司る女神ムーサ（ミューズ）たちの生誕の地とされています。混迷の度を深める世界にあって、たしかな知識と柔軟な思考、そして豊かな精神を育んでゆきたいという思いを込めて名づけました。Pieria Books は、東京外国語大学出版会の叢書として、国際性・学際性に富んだ多彩なテーマを広く社会に提供し、来るべき時代を照らす松明となることをめざしてまいります。